JN238834

共震

kyōsin

相場英雄

Hideo Aiba

目次

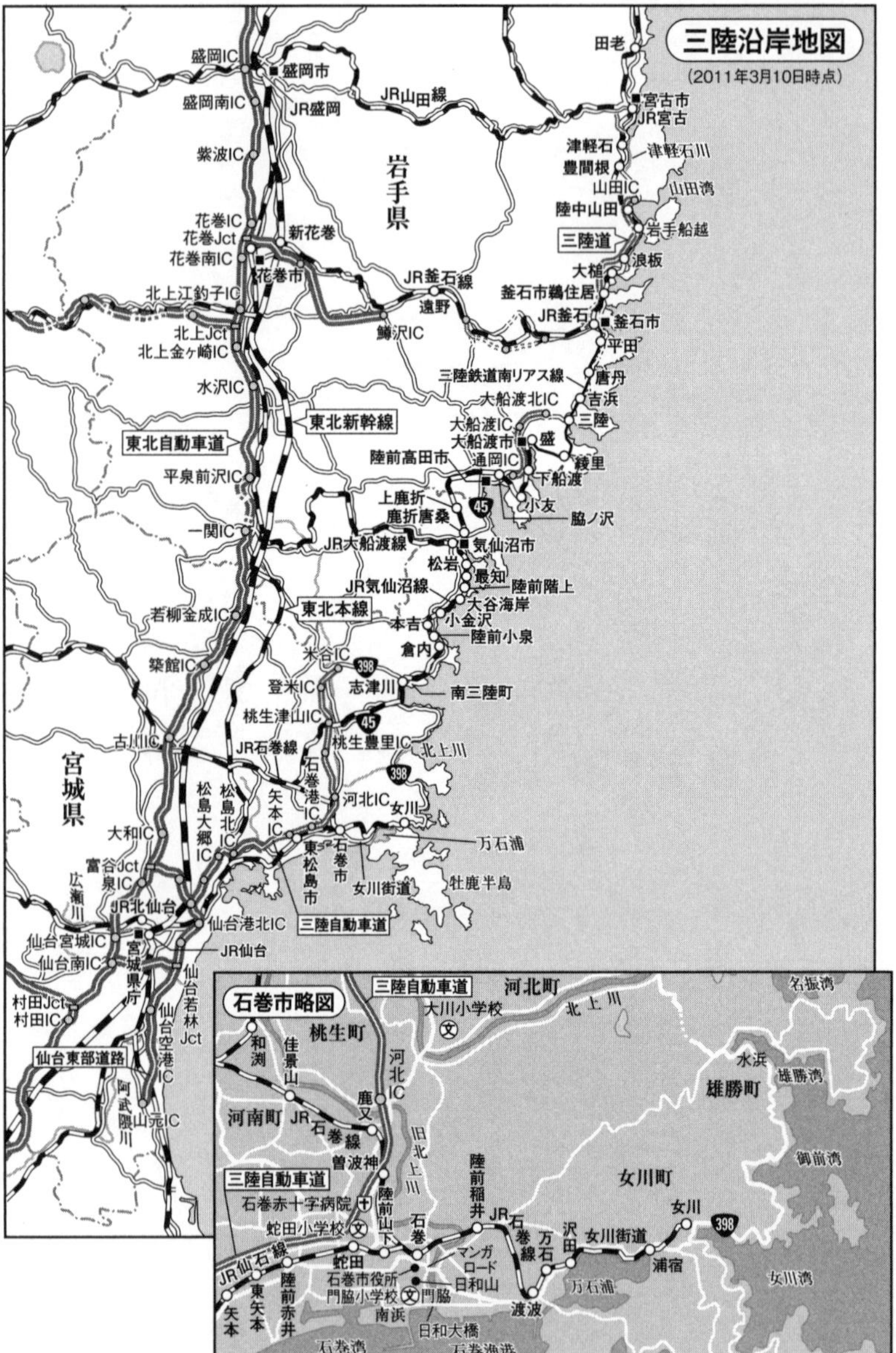

三陸沿岸地図
(2011年3月10日時点)
田老
盛岡IC
盛岡市
盛岡南IC
JR盛岡
JR山田線
宮古市
JR宮古
紫波IC
岩手県
津軽石
津軽石川
豊間根
山田IC
山田湾
陸中山田
岩手船越
花巻IC
花巻Jct
花巻南IC
新花巻
花巻市
三陸道
浪板
大槌
JR釜石線
釜石市鵜住居
北上江釣子IC
遠野
JR釜石
釜石市
北上Jct
北上金ヶ崎IC
鱒沢IC
平田
三陸鉄道南リアス線
唐丹
水沢IC
大船渡北IC
吉浜
東北新幹線
大船渡IC
三陸
大船渡市
盛
東北自動車道
陸前高田市
綾里
通岡IC
下船渡
平泉前沢IC
上鹿折
小友
鹿折唐桑
脇ノ沢
45
一関IC
JR大船渡線
気仙沼市
松岩
最知
JR気仙沼線
陸前階上
大谷海岸
若柳金成IC
東北本線
本吉
小金沢
陸前小泉
米谷IC
倉内
築館IC
398
登米IC
志津川
南三陸町
桃生津山IC
45
古川IC
JR石巻線
桃生豊里IC
北上川
宮城県
石巻港IC
松島大郷IC
松島北IC
矢本IC
河北IC
398
女川
大和IC
万石浦
東松島市
石巻市
富谷Jct
泉IC
広瀬川
女川街道
牡鹿半島
JR北仙台
仙台港北IC
三陸自動車道
仙台宮城IC
宮城県庁
JR仙台
仙台南IC
仙台若林Jct
村田Jct
村田IC
仙台空港IC
仙台東部道路
阿武隈川
山元IC
石巻市略図
三陸自動車道
河北町
名振湾
大川小学校
北上川
和渕
佳景山
桃生町
河北IC
水浜
雄勝町
雄勝湾
鹿又
河南町
JR石巻線
旧北上川
曽波神
御前湾
陸前稲井
女川町
三陸自動車道
石巻赤十字病院
陸前山下
石巻
JR石巻線
万石
沢田
女川街道
女川
398
蛇田小学校
JR仙石線
蛇田
マンガロード
石巻市役所
日和山
浦宿
門脇小学校
門脇
万石浦
女川湾
矢本
東矢本
陸前赤井
南浜
渡波
日和大橋
石巻湾
石巻漁港

共震

プロローグ

スポットライトを浴びた瞬間、小野寺美帆《おのでらみほ》は、思わず目を細めた。瞼《まぶた》の中でみるみる涙が溜《た》まるのが分かる。

一時間前、姿見に映った白いドレスの花嫁が自分だとは思えなかった。夢の中にいるのかもしれない。ゆっくりと瞼を開ける。隣席で武山邦彦《たけやまくにひこ》が笑みをたたえ、美帆を見つめている。

夢でもなければ、幻でもない。今、人生で初めて晴れやかな舞台にいる。そして今日から武山美帆に名前が替わる。

「それでは来賓の挨拶《あいさつ》です。まずは石巻魚市場の須藤社長が……」

高校で放送部の部長だった同級生が通りの良い声で告げると、人懐こい笑顔を浮かべた禿頭《とくとう》の男がスタンドマイクの前に進み出た。

「本日はお日柄も良く、武山・小野寺両家の皆様には……」

小さなホールの左側に目をやる。テーブル席に着いた母親がハンカチを目元に当てていた。頷《うなず》いてみせると、母は小さな肩を震わせた。

「新郎の邦彦君は、三二歳。武山水産の長男で跡取りとして……」

スピーチの途中で、威勢の良いヤジが飛ぶ。

「一目惚《ひとめぼ》れだったんだろ！」

声の方向に目をやると、奥のテーブル席で牡蠣《かき》養殖組合の理事長が真っ赤な顔で笑う。

「ご指摘の通り、武山水産の若き専務は美帆さんを見初め、果敢にアタックしました」

魚市場社長が澱《よど》みなくスピーチを続けると、会場全体から笑いが湧《わ》き起こる。

美帆が下を向くと、邦彦が右手をそっと握る。目を合わせると邦彦の手に力が籠《こ》もる。美帆は自分の左手で優しく腹をさすった。

昨日訪れた産院で九週目だと診断された。式が始まる直前に妊娠を告げると、邦彦は両手の拳《こぶし》を天井に突き上げ、全身で喜びを表した。

平日にも拘《かかわ》らず、邦彦のお得意様や夜の勤務先の常連客が沢山集まってくれた。なおも来賓の挨拶が続く間、港町特有の荒っぽいヤジや歓声が上がる。生まれてからずっとこの訛《なまり》を聞き続けてきた。二七年間生きた中で、一番幸せな時間が美帆を包む。

「新婦は五歳のときに父親を不慮の事故で亡くし、以来、母親の幸子さんが美帆さんを……」

魚市場社長の言葉に、会場のあちこちからすすり泣きが漏れる。

邦彦と付き合い始めて二カ月目に武山家へ挨拶に出向いた。邦彦の両親は歓待してくれた。しかし、実質的な家長である祖母は違った。

家の格が違う。大事な跡取りと水商売の女は不釣り合いだ。年老いた祖母の冷たい視線が全身を射抜いた。

「今回の結婚に際しては、このホールのオーナーである石巻総合水産の木田社長のご尽力があり……」

美帆が顔を上げると、最前列のテーブル席で白い歯の男が頷く。

店の常連客で缶詰会社社長の木田だ。音楽好きが高じて、クラシックやジャズの演奏会が開ける定員二百名のホールを南浜地区に作った。

〈今の時代、家の格なんて関係ないっちゃ。こんな良い娘は他にはいないよ〉

美帆が二度目に武山家を訪れたとき、偶然を装って木田は現れた。

〈俺が美帆の身元保証人だっちゃ〉

邦彦の祖母を説得するため、木田はいきなり切り出した。木田の切羽詰まった声を聞いた途端に涙が溢《あふ》れた。店の常連客はみな結婚を後押ししてくれた。

「美帆さんは家事全般が得意であり、若い専務をもり立て、ひいては武山水産を……」

母は依然としてハンカチを目元に押し当てている。

なにも心配することないよ、母ちゃん。

二年前に狭心症を患った母を養うため事務職を辞め、仙台から石巻に戻った。昼間は介護施設で事務処理のパートをこなし、夜はクラブで懸命に働いた。

入店して半年後に木田社長が連れてきた邦彦と出会った。体目当てに言い寄ってくる客とは違った。お互いジャズが趣味と分かり、急速に距離が縮まった。木田の飲み仲間のジャズメンのライブもこの会場で楽しんだ。

「年寄りが長々喋《しゃべ》ると、怒られますので……」

魚市場の社長が豪快に笑う。美帆と邦彦は立ち上がり、頭を下げる。

「次は、新郎の高校の先輩であり、石巻茶色い焼きそばアカデミー事務局長の島田……」

法被《はっぴ》を着た角刈りの男がマイクに向かう。おどけた風貌《ふうぼう》と仕草に笑いが起こった。

石巻に戻って良かった。会場に漂う穏やかな空気に身を預ける。片親だ、貧乏だとばかにされた。だが、そんなことはもう関係ない。この瞬間を一生忘れない。新たな命を授かり、愛する人と一緒になれた。

美帆は瞼を閉じる。この光景を永遠に記憶の中に刻む。二〇一一年三月九日という日を生涯、胸に抱いて生きていく。

第一章　微震

1

「この中華そば、本当にウマそうだな」

「絶品ですよ。仙台から二時間もあれば行けます。是非とも足を運んでください」

二〇一三年四月八日、宮城県仙台市。

大和《やまと》新聞東北総局の遊軍席で、宮沢賢一郎《みやざわけんいちろう》は夕刊の仮刷りを手に言った。手元を覗《のぞ》き込む赤ら顔の整理部デスクが舌なめずりした。

夕刊一面下の紙面には、にこやかに笑う女性店主がいる。彼女の手元には透き通ったスープと縮れ麵《めん》が写っていた。昭和の趣を色濃く残すラーメンだ。

一週間前に福島県南相馬市鹿島《かしま》区の仮設商店街を取材した。東日本大震災後の原発事故の影響で、避難と移転を余儀なくされた同市小高《おだか》区の二葉食堂が宮沢の主導する震災コラム「ここで生きる」の主役だ。

五年前、東京本社経済部で大誤報をやらかした宮沢は、仙台に飛ばされた。特定の担当をもたない遊軍記者となり、二年間、東北各地を取材した。

二年半前に総局勤務を終え、東京本社社会部の遊軍担当記者として復帰した。だが、事件や事故の深層を追い始めて半年後に大震災が発生した。

総局時代、頻繁に足を運んだ三陸や浜通りが大津波で壊滅的な被害を受けた。いても立ってもいられず、震災発生後に志願して仙台の東北総局に舞い戻った。

遊軍担当のほかに、沿岸被災地の現状を全国の読者に届けるため、「ここで生きる」というタイトルのコラムを立ち上げた。

連載企画の第一回は、震災発生から二週間経《た》ったころ、宮沢がJR盛岡駅前のバスターミナルで撮った写真とともに記事を綴《つづ》った。一回目の原稿を出して以降、東北各地に散らばる同僚記者とともに記事を送り出してきた。

「この食堂は、小高区の人たちが日常を取り戻す場所です。僕はなんども行きましたが、いつも笑いが絶えません」

「そうだろうな……皆、良い顔してるもの」

福島第一原発から半径二〇キロメートルの圏内にある他の地区と同様、小高もまた、日々の暮らしを丸ごと奪われた。今も地区の人々の多くは、避難生活を続けている。

しかし、大震災から二年が経ち、堆《うずたか》く積み上げられた瓦礫《がれき》置き場の写真を紙面に載せても、当事者でない読者の関心はもはや集められない。いや、忘れよう、もう復興は済んでいると思い込みたい読者には響かない。

被災地に暮らす人々の息吹を伝え、一人でも多くの読者が沿岸地域に思いを寄せてくれるよう、宮沢ら東北各地の担当記者たちは腐心した。

今回取り上げた二葉食堂にしても、穏やかな笑顔の裏側には浜通りの人々の怒りや苦痛が堆積《たいせき》している。遅々として進まない除染と風評被害。目に見えぬ恐怖から同市を離れ、山形や新潟、あるいは東京や関西、遠くは沖縄に避難した人も多い。

故郷を離れざるを得なかった人々は、折りにふれ仮設店舗に戻ってくる。この店では、皆が弾《はじ》けるように笑う。同じ訛《なまり》で話し、かつてのご近所さんの消息を知る。

優しい味のラーメンのほかに、穏やかな浜通り地方の空気が店を支配していると宮沢はコラムに記した。

二葉食堂だけではない。福島から青森まで四〇〇キロ続く沿岸地域に生きる人々の生活の一コマをすくい取り、全国の人に被災地の現実を読みとってほしいと考え抜いた。

東京本社や東北総局には読者からのメッセージが増え始めた。震災報道が激減する中、心を寄せてくれる人が少なからずいることを知り、宮沢たちは懸命に取材を続けた。

「次はなにを扱うんだ?」

整理部デスクが口を開く。

「新しい切り口として、雇用関係の話をやろうかと思いまして……」

宮沢が新しい試みを口にしようとした途端、編集局の大部屋の対角線で社会部のデスクが素《す》っ頓狂《とんきょう》な声を上げた。

「東松島の仮設住宅で殺しだ!　県警クラブの記者を石巻署に回せ!」

社会部席がにわかに慌ただしくなる。受話器を肩に乗せ、デスクがメモを取り始める。

宮沢は聞き耳を立てながら自席に座った。

東松島市は航空自衛隊基地を擁する海沿いの街だ。大津波で沿岸部が壊滅的な被害を受け、多くの住民が住まいを奪われ、仮設住宅に入居した。だが仮設住宅の間取りは狭く、近隣に気を遣う。震災を生き抜いても、ストレスで自殺する人が後を絶たない。些細《ささい》な揉《も》め事が傷害事件に発展することさえもある。

顔をしかめながら、宮沢はなおも聞き続けた。殺人事件の発生原稿は県警詰めの記者三名が対応するはずだ。今は自分の出番ではない。

「もう身元割れてるのか？　それを早く言え……ガイシャ氏名は……ハヤサカ・ジュンヤ、早い遅いの早に、坂道の坂。順番の順に、本日は晴天なりの也……」

名前を聞いた途端、無意識のうちに体が動いた。

遊軍席から編集局の対角線上にある社会部席に駆け寄る。デスクがせわしなくメモをしている。ノートに目をやると、「早坂順也」と右肩上がりの書体で綴られていた。

「朝刊向け第一報は県警発表で書き始めろ」

社会部デスクががなり続ける。年齢・五五歳、職業・県庁職員……。ノートに記されているのは、宮沢がよく知る男の名前だった。

「誰か若手を一人、遺族のコメント取りに回せ。ガイシャの写真《ガンクビ》も忘れるな！」

デスクの威勢の良い声が響き渡る。事件・事故、いわゆる発生モノが起きると、編集のシマは戦場になる。

県警の発表は殺人事件だ。既に検視官が現場に急行し、殺しだと見立てを済ませた。なぜ早坂が殺されたのか。理由が分からない。怨恨《えんこん》には一番縁遠い人間だ。物盗《ものと》りによる犯行か。

宮沢の脳裏に、丸顔で太眉毛《まゆげ》の中年男の顔が浮かぶ。裏表のない男だ。宮沢が知る限り、早坂は他人の恨みを買うような人間ではない。

〈おらほの、ががさ……〉

愛妻家だった早坂は、いつも妻のことを地元言葉の「がが」と呼び、持参した弁当片手に宮沢の取材に応じてくれた。

早坂の妻に会ったことはないが、財布に入れた顔写真はなんども見せてもらった。早坂と同様、丸顔でたおやかな笑みを浮かべた夫人だ。大和新聞だけでなく、他の新聞やテレビの取材が早坂の自宅に殺到する。悲しみのどん底に落とされた遺族は、メディアスクラムという過酷な状況に晒《さら》される。早坂夫妻に子供はない。早坂の死によって、妻はたった一人残された。

「無理な取材はさせないでください」

そう告げると、デスクが宮沢に顔を向けた。

「ガイシャを知ってるのか?」

「はい」

「なら、おまえも手伝ってくれ」

一方的に指示を出したデスクは、再び受話器に向かって話し始めた。デスクの横顔を見ているうちに、次第に理不尽な事件に対する怒りが湧き上がってきた。

〈こんなことが許されていいのか! これじゃシロアリじゃないか!〉

今度は、顔を真っ赤にして怒りを露《あらわ》にした早坂が現れた。

約一年前、宮沢は早坂と市内中心部の居酒屋で会った。このとき、早坂は国の復興予算が他の事業に流用されている事実を宮沢に明かしてくれた。

政府は五年間の時限措置として、東北の復興のために補正予算を組んだが、秘《ひそ》かに中央官庁の役人たちがその予算にたかったというのだ。にわかには信じられない話だったが、早坂は具体的な数値を詳《つまび》らかにしてくれた。知人の中央役人から入手したという財務省の資料には、震災復旧とは全く関係のない他県の道路整備や中央官庁の出先機関の建物修繕、海外留学生の受け入れ費用などに流用された事実が載っていた。

〈未《いま》だに三〇万人からの人間が仮設住宅で不自由な暮らしを強いられているんだ。復興住宅だってまだほとんど手つかずなのに〉

安いウーロンハイをあおりながら、早坂が怒った。宮沢は資料をコピーし、本社社会部の遊軍担当記者らと〝震災予算にたかるシロアリ〟として糾弾キャンペーンを展開した。

東北という地元の復興を真摯《しんし》に思う早坂がもたらしたスクープ企画だった。なんども情報の確認作業を行ううち、早坂との信頼関係は強固になった。

喜怒哀楽をはっきり顔に出す早坂が殺された。未だに信じられない。

反射的に足が自席に向く。宮沢はアップルのノートパソコンとニコンのデジタル一眼をショルダーバッグに放《ほう》り込み、編集局のドアを押し開けた。

2

「被災者向けの支援金や義捐金《ぎえんきん》の支給は未だに遅れがちです。支給日前には、被災者を狙《ねら》って十《ト》一《イチ》や十三《トサン》と法外な金利を貪《むさぼ》る闇金《やみきん》業者が流入します。それだけではありません。私有地の瓦礫を違法投棄すると近づいてくるマル暴系の産廃業者の摘発も重要な任務となります」

岩手県警本部の大会議室で、田名部《たなぶ》昭治《しょうじ》が告げると、集まった本部や所轄署刑事課の知能犯担当捜査員が一斉にメモを取った。

「震災瓦礫の処理で、役所の対応遅れに苛立《いらだ》った事業主や地主が、秘密裏に関東や関西のマル暴傘下企業と接触し、処理させています。産廃物処理法違反であり、フロント企業がマル暴とつながっていると証明されれば、県の暴力団排除条例に抵触します」

大震災の発生以降、田名部は警視庁刑事部捜査二課管理官の肩書きのほかに、警察庁のキャリアとして広域知能犯罪撲滅本部担当官の役職も兼務し、東北地方の県警と警視庁を行き来する生活を続けていた。

「不法処理については、管内各地で噂《うわさ》を聞いたことがあります。警視庁の組対四課とはどのように連携すればよいですか？」

演台前で、熱心にペンを走らせていた若手警官が手を挙げ、県警本部刑事課の堀合圭介《ほりあいけいすけ》巡査部長と名乗って発言した。

「警視庁の組対四課管理官の冨山《とみやま》警視に連絡を入れてほしい。話は通っている。宮城や福島からも既に同様の情報が冨山に集約されつつある」

田名部が答えると、私服の若手は頭を下げた。

「このほか、沿岸で半壊した住居に住む人たちの間を回り、リフォーム詐欺を企てる一味も複数存在します。所轄署の刑事課や県警本部の生活経済課においても十分な注意を」

田名部が言うと、一斉に捜査員たちが頷《うなず》いた。

「復興工事の発注に絡む市役所、県庁職員等の地方公務員と建設業界の汚職《サンズイ》の事例は既に数件立件されています。引き続き目を光らせていただきたいと思います。以上」

二時間半のレクチャーを終えて田名部が一礼すると、会議室に集まった三〇名以上の捜査員が一斉に立ち上がり、敬礼した。演台から降りると、先ほどの堀合巡査部長が田名部の脇に駆け寄ってきた。

「よろしければ昼メシを一緒にいかがですか？　もう少しお話を聞かせてください」

堀合が田名部を見上げる。

「構わんよ。ただし、変な気遣いは無用だ」

キャリアの立場で出張すると、必ず地元警察幹部が擦り寄ってくる。上役になんども楯突《たてつ》いたことが響き、出世のピッチは大幅に遅れているが、岩手県警本部長に就いてもおかしくない年次となった。特別扱いは真っ平だ。

「行きつけのラーメン屋でも良いですか？　昼のピークは過ぎたので、すぐに入れると思います」

「地元の麺か。いいね」

「すぐにご案内します」


城址《じょうし》近くの県警本部から趣のあるアーケード街を歩き、地元書店ビルに辿《たど》り着くと、堀合が上の階を指した。

「お口に合うかどうか」

「出張の度にその土地の麺を食べるようになってね。経験上、地元で愛される店に外れはない」

書店脇のエレベーターに乗り、三階で降りた。占いスタンドや雑貨店、理容室脇を通り過ぎると、白い提灯に黒い文字で〈柳屋〉と屋号が記されている。どこにでもある食堂の趣だ。田名部は屋号の脇に添えられた文字を凝視した。今まで緊張気味だった堀合がくすりと笑う。

「キムチ納豆ラーメンが一番の名物です。大丈夫ですか？」

「キムチも納豆も好物だが、一緒にしても平気なのか？」

「初めての外れになるかもしれませんね……。醤油《しょうゆ》や味噌《みそ》もありますけど」

「いや、試してみよう。地元名物には違いない」

田名部は暖簾《のれん》をくぐる。直後、カウンターの中から甲高い声が響く。

「いらぁっしゃーあーい」

中華鍋《ちゅうかなべ》で豪快にもやしを炒《いた》めながら、老店主がヨーデルのような節回しを付けて田名部に笑顔を振りまく。

「あの掛け声も名物の一つです」

笑いを噛《か》み殺しながら堀合が言う。カウンター席では、エプロンを着けた書店員が豪快に麺をたぐっている。田名部が唾《つば》を飲み込んだとき、背広のポケットでスマートフォンが震えた。キムチ納豆ラーメンをオーダーすると、田名部は慌てて店の外に出た。

液晶モニターには「022」で始まる市外局番が表示されている。田名部は迷わず通話の表示を押した。

〈失礼します。田名部警視でいらっしゃいますか？〉

快活な声が電話口に響く。そうだと答える。

〈宮城県警本部捜査一課警部補の門間《もんま》と申します。当管内で殺人事件が発生しました〉

電話口の門間警部補は、宮城県沿岸の地名を言った。

〈宮城県庁職員の早坂順也という人物と接触されたことはありますか？〉

名前を聞き、田名部は記憶のメモリーを辿る。警察庁キャリアとして震災発生直後から東北三県を重点的に回った。各地で数え切れないほど県職員や市役所のスタッフと名刺交換した。だが、早坂という名に記憶はなかった。

「その人物が殺された？」

〈毒物を使った殺人です。遺留品のノートに田名部警視のお名前と警視庁捜査二課とのメモがありましたので、警視庁本部で確認し、連絡させていただいた次第です〉

スマフォを耳に押し当てたまま、もう一度記憶のファイルをたぐる。やはり、早坂という人物とは接点がない。

「ちなみに、その被害者《マルガイ》はどんな職務を？」

〈「震災復興企画部の特命課長」です。年齢は五五歳。宮城だけでなく、福島や岩手の被災地を飛び回っていた叩《たた》き上げです〉

県庁職員で被災地担当となれば、現場を数多く踏んでいる人物だろう。沿岸各地で犯罪の芽に気付き、告発しようとしていたのかもしれない。

「他の手掛かりは？」

〈残念ながら今のところありません〉

「宮城県警でも知能犯担当捜査員向けに詐欺や汚職対策のレクをやりました。どこかで私の名前を聞いたのかもしれない」

田名部は頭に浮かんだ言葉をそのまま門間に告げた。

「今は盛岡にいます。すぐ仙台に向かいます」

〈ご足労をおかけいたします〉

店に戻ると、堀合が心配げな顔で田名部を見上げる。聞いたばかりの事実を伝えると、堀合が顔をしかめた。

「いつもこんな感じで振り回される。急いで食べて、新幹線に乗る」

自嘲《じちょう》気味に言った直後、目の前に湯気をあげる丼《どんぶり》が現れた。中には、大量のもやしとコーン、青い葱《ねぎ》が盛られている。スープは赤みを帯びた味噌の色だ。レンゲですくい、一口味わう。キムチと納豆の形は見えないが、絶妙のバランスで双方のエキスが溶け合い、発酵食品独特の香りが鼻腔《びこう》を刺激する。想像していたどぎつい味ではない。なんどか食べると、病みつきになりそうな風味がある。

「今度はゆっくり味わわせてもらう」

麺をたぐると、田名部は一気に食べ始めた。

3

愛車のオープンカー、プジョー306カブリオレで総局を飛び出した宮沢賢一郎は、仙台東部道路から三陸道を経て沿岸の東松島市に到着した。矢本インターで高速を降り、仮設住宅団地を目指した。

震災発生当初、大和新聞を始めとする大手メディアはお隣の石巻に集中した。しかし、東松島も同様に甚大な被害を受けた。

海沿いの堤防が大津波で決壊し、町中心部にある住宅街まで浸水被害に遭った。流入した海水が引かず、自衛隊がポンプで排水するまで住民たちは二、三カ月も不自由な生活を強いられた。

三陸道を走るたび、自衛隊員や機動隊員が胸まで水に浸かり、長い棒を使って行方不明者を捜索していた姿が頭をよぎる。火葬が間に合わず、津波の犠牲となった家族を仮土葬する場面に遭遇したのも東松島が最初だった。慟哭《どうこく》する遺族の傍らには、目を真っ赤に充血させた市役所職員のほか、実状調査で訪れていた早坂の姿もあった。

〈本当にすまねぇ。役所の力不足だ〉

誰に言うでもなく、早坂は唇を嚙《か》み締めていた。

ハンドルを握り直し、辛《つら》い記憶を振り払う。プジョーが小高い丘に続く道を進むと、県警の捜査車両や社旗を立てたマスコミのハイヤーが道路脇に目立ち始める。

民放局のミニバンの後ろに車を停《と》め、宮沢は人だかりの方向に進んだ。かつて運動公園だった区画にプレハブの仮設住宅がびっしりと建っている。宮沢の腕章を見た老女が、仮設団地の奥を指し示す。

「信じられねぇっちゃ」

老女は顔をしかめる。

「早坂さんをご存知でしたか?」

「あんな良い人がなぁ」

老女はそう言ったきり、口を噤《つぐ》んだ。あの日、市民の仮土葬を見つめていた早坂は、この仮設団地でも多くの知り合いがいたのだろう。

老女の脇を通り過ぎたとき、ジーンズのポケットの中でスマフォが震えた。取り出してみると、記者二年目の後輩女性の名前が画面に点滅している。

「宮沢です。どうしました?」

〈すみません。被害者の顔写真とコメントをいただこうと思って自宅まで来たのですが、既に他

社が張り付いていて……〉

「奥さんはいらっしゃるの？」

〈はい……でも、インターフォン越しでしか……〉

「こういうときは、絶対に無理な取材をしたらダメです」

宮沢は殺気立った記者が多数集まっている現場での取材テクニックを後輩に伝え、電話を切った。

仮設住宅脇の駐車スペースを二〇メートルほど進むと、黄色い規制線が見え始める。制服姿の若い巡査が二人、線の前で通せんぼの形を取っていた。

早坂の殺害現場は仮設住宅の一番奥、山側に作られた共用の集会所だ。壁面には、俳優が主宰するＮＰＯ法人の被災地救援プロジェクトのポスターがある。二週間後にこの団地で俳優の仲間のミュージシャンが集まり、ミニライブを開催するとの告知だった。ミニライブのあとは、カクテルが振る舞われるとの文字も見えた。

規制線の奥では、足にビニールカバーを装着した県警本部の鑑識課員や捜査一課の刑事たちがせわしなく動いている。捜査員の一団に、宮沢は知る顔を見つけた。背の低い背広姿の男が「捜査」と書かれた腕章をたくし上げている。

「門間さん、ちょっといいですか？」

規制線越しに声をかけると、ぼさぼさの髪に童顔の捜査員が顔を向ける。

「どこの記者だ？」

捜査員は怪訝《けげん》な顔で宮沢を見る。

「大和新聞の宮沢と申します。いつもウチの若手がお世話になっています」

ぺこりと頭を下げると、門間の表情が和らいだ。直接の面識はないが、若手記者が震災取材でなんども世話になった。大震災後、宮城県警は引き取り手のない遺体の写真をもとに、鑑識課員が手分けして似顔絵を制作し、公開した。一連の作業を進める間、遺族との窓口役となったのが門間だ。

取材写真の中に写る門間は童顔で若手捜査員だとばかり思っていたが、実際は当時四四歳のベテランだと後輩記者から聞いた。

「大和さんには、似顔絵捜査のときに世話になった。改めて礼を言うよ」

門間が小さく頭を下げる。メディア嫌いの刑事が多数を占める中で、門間は律儀な男なのだと思った。似顔絵捜査で県警はホームページを使った。大和をはじめ各社も紙面を割き、遺族のもとに遺体が帰る手伝いをした。門間はその点を未だに感謝しているのだ。

「被害者が県庁の早坂さんだって聞いたもので、すっ飛んできました」

宮沢が顔をしかめると、門間も唇を噛む。県警本部のベテランは規制線をくぐり、宮沢の傍らに立つ。

「知り合いなら、なにか心当たりあるか?」

「あの早坂さんですからね。殺されるなんて信じられません」

「俺は面識ないが、かなり慕われていたらしいな」

門間の問いかけに宮沢は大きく頷き返す。

「県庁の役人といえば地元では名士です。でも、彼は一切偉ぶったりするところがなく、被災者に寄り添っていました」

「部下に地取りをやらせているが、同じような話ばかりだ」

「それで、死因は？」

宮沢が声を潜めると、門間も声を落とす。

「石巻署に捜査本部《チヨウバ》が立つ。一課長が会見で言うから待てよ」

「僕は速報担当はおろか本記を書く立場でもありません。あくまで参考に」

「会見までは同僚にも漏らすなよ……恐らく毒殺だ」

そう言って、門間は手でコップを持つ仕草をしてみせる。

「誰かと一緒だったということですか？」

「多分な。今頃仏さんは大学病院で司法解剖中。その結果待ちだ」

「毒とは青酸化合物ですか？　犯人の目星はついているんですか？」

「……そんなこと言えるか」

一瞬だが門間が口籠《くちごも》った。宮沢が首を傾《かし》げてみせると、門間は視線を外す。既に捜査線上に容疑者が浮かんでいる。宮沢が構えると、仮設集会所の方向から鑑識課員が門間を呼んだ。

「それじゃあな」

門間の後ろ姿を見つめる。その先には、ブルーシートで覆われた集会所の玄関が見える。合掌したあと、宮沢は仮設団地に目を向けた。野次馬の周囲には、報道腕章を付けた他社の記者や、テレビ局のリポーターが群がっている。人混みを避け、宮沢は仮設住宅の間を縫って歩く。既に在京紙の若手記者が個別に部屋を訪ね、地取り取材を展開していた。

〈早坂さんは同僚の真鍋《まなべ》さんと一緒に説明会に出た〉

〈いつものように、丁寧な説明だった〉

騒然とする群衆の中から、断片的な証言が漏れ聞こえる。

宮沢は別の小路《こうじ》に足を向けた。

既に地元ブロック紙の河北日報や石巻毎日新聞の腕章が見える。各社ともに犯人の目撃情報や早坂の来訪目的を訊《き》いている。

〈早坂さんは、真剣に考えてくれる人だった〉

次の小路に向かう。この間、聞こえてきた情報を頭の中で整理する。

早坂は昨晩、集会所で仮設住宅のその後をどうするかの説明を行っていた。高台の住宅地造成や、復興住宅として恒久的に使うことのできる新たな住まいへの取り組みを説明することが主な目的だ。

その後、地元民と酒を酌み交わし、忌憚《きたん》のない意見を吸い上げた。現場に出向き、直接説明し、意見を聴く。早坂らしいやり方だと思った。

説明会は午後五時半から始まり、八時前に終わったという。県庁の同僚で真鍋という男はこの段階で引き揚げたとされる。

ささやかな宴会も同十時までにはお開きとなった。その後、早坂は持参したパソコンでメールなどの事務連絡をこなしていたという。

〈早坂さん、よく集会所に泊まっていたからなぁ〉

別の住民の声が宮沢の耳に届いた。生前、早坂は同じようなことを言っていた。

〈おらほのがは、よく出来た人でね。何日も帰れないときだって、文句一つ言わねぇんだ〉

既に県警も遺族に同様の事柄を確認しているに違いない。

早坂は自殺するような人物ではない。県警も他殺と見立てた。となれば、住民たちが個別の仮設住宅に引き揚げたあと、誰かが早坂を訪ね、殺害に至ったということだ。

先ほど、門間は思わせぶりな態度をとった。様々な思いが交錯する仮設住宅の住民だが、彼らが早坂に恨みを抱くとは到底考えられない。となれば、早めに仮設団地を出た同僚の真鍋が既に捜査線上に上っているのか。

宮沢はショルダーバッグからメモ帳を出し、真鍋という名前を記したのち、駐車場に向かう。するると、背後から声をかけられた。

「あの、あなたも記者さんですか?」

振り返ると、中年の男が笑みを浮かべている。

「そうですけど、どうして記者だと分かったんです? 他にもたくさん押しかけているのに」

宮沢が訊くと、中年の男がわずかに首を傾げた。

「うまく言えませんが、他の人に比べてゆっくりした足取りでしたから。それで、私なんかの話でも聞いてもらえるかもしれないと思い、声をかけました」

「……まぁ、たしかに僕はがつがつ取材していませんけど、どうして他所《よそ》の人間だと分かったのですか?」

「足音ですよ。ここの住民ではないし、出入りする役所の人でもない。事件のあとでしたから、テレビか新聞の人だと思ったわけです」

男は体を宮沢の方向に向け、姿勢を正した。宮沢が会社名と自分の名を名乗ると、男は仙台の福祉関係の仕事に就いている黒田善克《くろだよしかつ》だと名乗った。

「では、事件について訊いてもいいですか」

宮沢は黒田の傍らに行き、声を潜める。

「たくさんメディアが来ていますが、当然、私のところには誰も……昨夜、私は足音を聞きました。革靴の男が駆け足でこの団地の敷地から出て行きました」

宮沢は再びメモ帳を取り出し、黒田の証言を書き取った。

「時間は?」

「毎日聴いているラジオ番組が終わった直後ですから、午後十一時十五分過ぎでした」

「なぜ革靴だと分かったのですか?」

「乾いた、堅い音が響きましたから。この仮設団地の住民は、ほとんどスニーカーかサンダルです。革靴を履く何人かの住民とも靴音は別でした」

黒田が自信に満ちた口調で言い切った。

「県警にこのことは?」

「他の記者さんと同様、誰も訊いてきません」

「時間は間違いありませんね?」

「間違いありません」

黒田は口元を引き締めて言った。

「車が出ていくような音は聞きませんでしたか?」

宮沢が訊くと、黒田が頭を振った。

「足音は次第に遠のいていきました。どこかに車を置いてきたか、あるいは共犯が待っていたのかもしれません」

はっきりとした口調で黒田が答えた。

「なるほど」

宮沢は周囲を見回した。車を使う住民は、割り振られた区画に駐車している。来客用のスペースもあるが、そこに置いたのでは夜間とはいえ住民に不審感を与える上、足も付きやすくなる。黒田の分析を宮沢はメモ帳に書き加えた。

4

ＪＲ仙台駅前で宮城県警の車両に乗り、三陸道を経て石巻署に着いたのは午後三時半だった。田名部は捜査本部となった会議室に足を踏み入れた。

一回目の捜査会議が始まり、県警捜査一課長が幕僚席で口を開いたところだ。田名部は県警本部捜査員と所轄署刑事課の面々の後ろ側に席を取った。

「被害者の早坂氏は震災対策本部の中心人物で、復興に欠かせない人だった。県警の威信をかけ、早期の犯人検挙を」

県警幹部は、掠《かす》れ気味の声で捜査員を叱咤《しった》する。一課長に続き、県警本部の主任警部が概要を話し始めた。

「検視官の見立て通り、本件は被害者に毒物を摂取させた他殺だ。先ほど大学から司法解剖の結果が届き、胃の内容物から青酸化合物が検出された。具体的にはシアン化ナトリウム、通称青酸ソーダだ。昨晩、被害者が摂取した飲料、ジンベースの飲み物に混入されたものだ。現場から毒を入れた容器あるいは包み紙は発見されなかった。不明の人物によって持ち去られたものと推定され、他殺であるとほぼ断定できる。集会に参加した住民によれば、被害者は石巻の仕出し屋の弁当を食べていたそうだ。胃からは鶏の唐揚げ、卵焼き、さくらんぼの表皮の一部などが検出された。死亡推定時刻は午後十一時から翌午前一時までの間……」

田名部はメモ帳に要点を書き出した。

「第一発見者は仮設住宅団地の自治会長。午前九時半、駐車場に県のライトバンがあったことから見に行き、被害者を発見して一一〇番通報した」

周囲の捜査員たちが熱心にペンを動かし、ノートに文字を刻む音が響く。

「早坂氏が泊まり込むことは過去にもなんどかあったため、昨夜午後十一時過ぎの見回り時には不審に思わなかった。通常は早朝に引き上げるのに、早坂氏が乗った県庁のクルマが残っていたことから集会場をチェックしたそうだ」

主任警部が腰を下ろすと、替わりに鑑識課員が立ち上がる。鑑識マンが小さなリモコンを取り上げ、プロジェクターを起動させた。一課長の背後のスクリーンに現場写真が映し出された。

田名部はスクリーンを凝視した。

折りたたみ式の簡易テーブルに、目を見開いたままの早坂が両手を広げて突っ伏していた。鑑識マンがリモコンのボタンを押すと、画像が切り替わる。今度は、早坂の顔面をアップでとらえた写真だった。思わず田名部は顔をしかめた。

早坂の形相は異様だった。見開いた両目は血走り、口元が醜く歪《ゆが》んでいた。苦しみ抜いて絶命したのは明白だ。

鑑識マンは青酸化合物特有の痕跡が眼球などに出ていたと説明した。同じ鑑識マンがリモコンを操作すると、画面が切り替わった。

「現場遺留品で、我々が注目したのはステンレス製のタンブラーです。食器棚にありました」

スクリーンには、ビニールに入ったタンブラーが映った。

「集会場の管理係に尋ねたところ、集会所の備品であることが確認されました」

田名部は鑑識課員の右手の先を見る。銀色に光るタンブラーだ。

「これは震災後に新潟県燕《つばめ》市のボランティア団体が沿岸各地で無料配布したステンレス製のタンブラーです。東松島の仮設団地には、計三〇個が寄附されました」

金属加工に定評のあるその街の評判はなんども聞いたことがある。震災後、全国から様々な支援が実行された中で、タンブラーも提供されたのだろう。

「タンブラーはテーブルの下に放置されておりました。おそらく、被害者が苦しみながら落としたものと推察されます。ここからは、被害者本人の指紋および唾液《だえき》が検出されました。また、タンブラーに残っていた水分からも胃に残った青酸化合物と同一の液体成分が出ました」

ペンを走らせながら、田名部は考えた。仮設住宅の住民が見回りに行った際、早坂は一人だった。服毒自殺するような理由はなかったのか。田名部が首を傾げたとき、鑑識課員が言葉を継ぐ。

「遺留品の実物はこちらです。ステンレス製でして、唾液等の反応がありました」

鑑識課員が左手でビニール袋を掲げる。袋の中のステンレス製タンブラーは野球場でビールを入れるようなシンプルな形だ。

早坂が一人になったタイミングを見計らい、誰かが、隙《すき》をみて早坂のタンブラーに毒を盛った。顔見知りの犯行か。

鑑識課員の後は、捜査員側の一人が立ち上がる。県警本部機動捜査隊の警部だ。

「一一〇番通報を受け、こちらで被害者の周辺を基礎捜査しました。まず、昨晩説明会に同行した県庁の真鍋氏を当たりました」

警部は存外に強い口調で告げる。田名部はスーツの背中を凝視する。

「被害者の死亡推定時刻に真鍋氏は国分《こくぶん》町のスナックにいたと証言しましたが、未だ確認が取れておりません。同氏は総務省からの出向組で三五歳。震災の半年前に赴任しました。県庁の多数の同僚によれば、日頃から早坂氏の手法に異を唱え、度々職場で衝突したそうです」

警部と入れ違いに、別のダークスーツの県警本部警部補が立ち上がる。

「真鍋氏は対策本部で中央官庁出身であることを誇示し、義捐金の配分などで一定の権限を……」

説明を聞きながら、田名部はメモ帳にペンを走らせた。早坂に同行した同僚・真鍋は一足先に引き上げ、その後のアリバイが不確かだ。しかも被害者と反りが合わなかった。予算配分などで被害者との対立があれば、殺害につながる動機は成り立つ。

「相手はキャリアだ。人目もあるから、仙台中央署で秘かに事情を聴け」

腕組みしていた捜査一課長が低い声で言うと同時に、捜査員の間から低い唸《うな》り声が響く。同僚同士が感情のボタンの掛け違いから怨恨の度合いを深めた。だが、早坂という人物がそこまで恨みを買うものなのか。また、一介の県庁職員が簡単に青酸化合物を入手できるのか。田名部は腕を組み直した。

5

「死因は強力な毒物を摂取したこと。即死に近い状態だった」

「青酸カリですか?」

「捜査上の重要情報であり、現段階で公表できない」

石巻署の剣道場に設《しつら》えられた即席の会見場で、県警本部捜査一課長が仏頂面で記者団の質問に答える。即座に返答され、地元民放局の記者が肩をすくめた。

会見場の一番奥の席から、宮沢は課長の様子を凝視した。ノンキャリア警官だが、泥臭さのない冷静な捜査員として知られる。だが、今日は違う。両目が真っ赤に充血しているうえに、言葉の一つひとつに力みがある。

「自殺の線は？」

地元ブロック紙の河北日報の記者が訊くと、一課長の眉間に皺《しわ》が寄る。

「他殺だ」

「根拠は？」

「捜査中であり、詳細は明らかにできない。だが、見立ては揺るがない」

またもやぶっきらぼうな言いぶりだ。一課長の窪《くぼ》んだ目が鈍く光った。

「犯行の動機は怨恨でしょうか？」

日報の別の若手が訊く。一課長がぎろりと若手記者に目をやる。

「その方向で動いているのは間違いない」

日頃、記者に尻尾《しっぽ》を摑《つか》まれぬよう遠回しな言い回しに終始する課長だが、今の返答は怨恨だと言い切ったに等しい。

「既に容疑者の存在が浮かんでいるのですか？」

次は民放局の記者が探りを入れた。

「そんなことは答えられん。だが、見立ては絶対に間違っていない。以上だ」

一方的に一課長が会見を打ち切った。

「ちょっと待ってくださいよ」

最前列に座っていた記者五名が一斉に一課長にぶら下がる。宮沢も後を追い、廊下に出た。たちまち一五名以上の記者が課長の周囲を取り囲んだ。

「もう目星がついていると考えてよいですね？」

河北日報の県警クラブサブキャップが食い下がる。一課長はなにも言葉を発しないが、自信たっぷりの態度はイエスだと言っていた。

「今晩あたり弾けますか？」

民放の若手記者が訊くと一課長が睨《にら》む。だが、なにも言わない。いつも慎重な捜査幹部にしてはかなり雄弁だ。

「ここからはオフレコだ。被害者は俺の高校の先輩だ。絶対に被疑者を検挙する。それも早期にだ」

言いたいことだけ言うと、一課長は記者たちを振り切り、捜査本部のある上階に向けて足早に立ち去った。

記者たちは一斉に互いを見回し、携帯電話やスマートフォンで上司やキャップに連絡を入れ始めた。捜査幹部や現場刑事たちを夜討ちし、明日の朝刊や夜のニュースに最新情報を突っ込む。足の早い事件だと全員が直感している。

「宮沢さん、僕は所轄捜査員を当たります」

大和新聞の一番若い記者が顔を紅潮させ、電話を入れ始めたことを確認した宮沢は、石巻署のロビーに目を向けた。電話で連絡を入れておいた人物がいるか探す。目線を左側に向けると、交通課の書類申請窓口の近く、ベンチに目的の男がいた。宮沢は駆け足でロビーを横切った。

「黒田さん、ありがとうございます」

「いえいえ、こちらこそ。タクシーまで手配してもらって申し訳ない」

挨拶《あいさつ》しながら、宮沢は捜査本部の番号を押す。門間はすぐに電話口に出た。

〈交通課の窓口脇だな。すぐ行く〉

宮沢がスマフォをジャケットのポケットに放り込んでから一分も経たないうちに、門間が階段を駆け下りてきた。

「待たせたな」

周囲の目を気にしながら、門間が言った。

「こちらが黒田さんです。昨晩の一件で唯一の目撃者です」

宮沢は傍らの黒田を紹介した。だが、門間の表情がみるみるうちに困惑の度合いを強めていく。

「目撃者っていっても……」

門間の言葉が尻窄《しりすぼ》みとなる。宮沢は顔をしかめ、門間との間合いを詰める。

「どうして話も聞かないうちに、そんな顔するんですか？」

「……宮沢さん、しょうがないですよ」

黒田が肩をすくめる。眼前の黒田は白い杖《つえ》を携え、黒いサングラスをかけている。門間が黒田の全身をなんども見つめる。

「彼の耳は確実です。目が不自由でも、逃走する犯人の足音を聞いたそうです。それに犯人は駆け足だったそうです。仮設住宅の外に共犯者が待ち受けていたかもしれません」

宮沢は、先ほど黒田と東松島の仮設住宅で会ったと明かした。次いで、宮城県の視覚障害者情報センター、昔の点字図書館のベテラン校正者だと紹介する。だが、門間の表情は曇ったままだ。

「しかしな、そうは言っても……」

「話だけでも聞いてください」

宮沢が強い調子で告げると、門間は渋々窓口前のベンチに腰を下ろした。

6

「大変お待たせしました」

捜査本部の隅で、田名部がコーヒーに砂糖とミルクを入れていると、小柄で童顔の背広男が駆け寄った。

「宮城県警の門間です」

恐縮した表情で、門間が警察手帳を見せる。

「既に方向性が決まった事件《ヤマ》のようですから、私はおまけみたいなもんです。気になさらず」

田名部は空いたパイプ椅子《いす》を勧めた。後ろ頭をかいた門間が口を開く。

「お待たせしたのは、訳がありまして。新聞記者が目撃者を連れてきましてね……」

田名部が目で先を促すと、門間が困惑顔で続ける。

「目撃者といっても、仮設住宅に入居している視覚障害者でしてね。犯行時刻に近いタイミングで走り去る足音を聞いたと……まぁ、参考にはしますが」

「どこの記者ですか?」

「大和です」

社名を聞いた途端、田名部は顔をしかめる。たちまち門間の表情が強張《こわば》った。

「あの、なにか?」

「いや、一人腐れ縁の記者がいましてね……」

「もしや宮沢賢一郎ですか？」

名前を聞いた途端、田名部は溜息《ためいき》を吐《つ》いた。

「一見ぼんやりしていますが、あの男はかなり切れます。その目撃者についても、予断を持たない方がいい」

田名部が告げると、門間が目を見開く。

「もしや……石巻で二年半前に起こった殺しの真犯人を炙《あぶ》り出したとは聞いていましたが、その他にも？」

田名部が東北六県で関《かか》わった過去の事件の概要を話すと、門間が納得したように頷いた。

「帳場全体にはまだ報《しら》せませんが、調べてみます」

門間がメモ帳を取り出し、要点を書き出す。

「それで、私の名前があったというノートを見せてもらってもいいですか？」

「そうでした。少々お待ちください」

門間は慌てて捜査本部内の情報集約を行うデスク席に向かう。鑑識課員と二言三言話したあと、機動捜査隊がＢ５判のノートを携えて戻ってきた。

「被害者の自宅から預かってきました」

門間がページを繰る。田名部はノートに目を凝らした。今年に入ってから綴られた備忘録だ。一月から順番にページを見ると、宮城県だけでなく岩手や福島など津波被害が深刻だった地域へ頻繁に足を運んでいたことが分かる。

所々にスナップ写真が添付されている。仮設の市役所や町役場の前で、地元自治体のスタッフと肩を組んでいる写真のほか、ボランティアと会話を交わす早坂の後ろ姿など多種多様なスナップだった。

「これだけ現場を踏む人は滅多にいない」

田名部は東北と東京をなんど往復したか数え切れないが、到底かなうレベルではない。頭の下がる思いだった。

「沿岸各地を飛び回り、様々なニーズを汲《く》み取っていたそうです」

三月のページになると、走り書きに近いメモがある。

〈なぜ補充がこない？〉

田名部は目を凝らした。怒りの籠った文字の横には、岩手新報のスクラップが貼《は》り付けてある。沿岸被災地の自治体の中には、職員が津波被害に遭い、生命を失ったケースが少なくない。

「早坂さんは、宮城県庁の枠を飛び出し、スタッフ不足に苦しむ町や村など小さな自治体の需要を国や他県につないでいたそうです」

門間が小声で告げる。土木課や保健課など地方自治体には様々な職種があり、高い専門性を要求されるポストが多数ある。自治体が真っ先に機能を回復せねば、沿岸各地の復興は果たせない。早坂は現場を飛び回り、皮膚感覚でこうした切実な需要を摑み、中央に訴えていたのだ。

スクラップ記事の横には、手書きのメモがあった。

〈どうする？　仮設商店街の移転〉

田名部はメモを凝視した。大津波で沿岸の多くの商店街が流されたあと、各地にプレハブの仮設商店街が作られた。しかし、その大半が移転先の地主との貸借契約期限が近づき、立ち退きの危機にさらされていると早坂は綴っていた。

〈ようやく商売を再開した店主たちはどうする？　地主も土地活用を考えるタイミング。どちらの言い分も理解できる↓高台の住宅地造成とともに急務〉

「なぜこの人が……」

そう言ったあと、不意に視界がかすむ。役人という枠を軽々と超え、早坂は一人の人間として震災に向き合っていた。

「あとでコピーをお渡しします」

田名部が頷くと、門間は一気にノートの巻末までページを繰った。

「こちらに田名部警視のお名前があります」

門間の指の先に、右肩上がりの文字がある。

〈警視庁刑事部捜査二課管理官（警視）田名部昭治〉

自分の名前の横には、さらに早坂の手書きメモが続く。

〈＊釜石《かまいし》：本宮、大槌《おおつち》：春木、山田：衣笠《きぬがさ》、石巻：鰐淵《わにぶち》……〉

岩手県から宮城県にかけての沿岸被災地の土地の名前だ。それぞれの地名には人の名前らしい文字が並ぶ。

「心当たりは？」

門間の問いかけに、田名部は頭を振る。

「故人に指名されたも同然です。せめてもの手向けにこのメモがなにを意味するのか調べますよ」

田名部は自分に言い聞かせるように、力を込めて言った。

7

渋滞が慢性化する三陸道を経て、宮沢がJR仙台駅近くの東北総局に戻ったのは午後七時近くだった。県警クラブから総局に上がった若手記者が、社会部デスクから小言を言われながら事件の本記を書き終えていた。

宮沢はアルバイトの大学生が配った朝刊の仮刷りに目を走らせる。宮城県版と東北総合版双方のトップは、東松島で発生した早坂殺害に関する第一報だ。

紙面には会見する県警一課長の顔写真、それに現場となった住民用集会所を遠巻きに撮った写真が載る。県庁で復興企画部の特命課長を務めていた人物が殺された。地域ネタとしては第一級のニュースであり、他に大きな事件・事故の発生モノがなければ全国版社会面のトップとなり得る。

若手が綴った本記には、県警発表の事件概要が記されている。早坂の仕事の内容、そして被災地の仮設住宅をめぐる情勢が淡々と書き込まれていた。その横には、雑観記事がある。若手が仮設住宅の住民の間を回って拾った声だ。一様に早坂の人柄の良さを言い、そして突然の死に驚き、犯人に対して強い憤りを表している。

仮刷りには、在りし日の早坂の写真が載っていた。背広にネクタイ姿だ。おそらく、県庁担当の記者が気を利かせて総務部あたりから入手したのだろう。

「随分と一課長の鼻息が荒かったらしいじゃないか」

宮沢の姿を見つけた社会部デスクが歩み寄ってきた。

「重要参考人を射程に捉えているとみた方がいいでしょうね」

「県警担当全員が夜回りかけてる。宮沢はなにか獲物をつかんだのか？」

かつて警視庁記者クラブでサブキャップまで務めた経歴があるだけに、デスクは事件を狩りに見立てる。

「一応当てました……」

宮沢は声を潜めた。

県警本部の門間警部補は、黒田の証言を自分が預かると言ったうえで、オフレコを条件に情報をくれた。

門間によれば、早坂が亡くなっていた仮設団地集会所のテーブルの下には、ステンレス製タンブラーが落ちていた。このタンブラーからは早坂の指紋と唾液が検出されたほか、直接の死因となった青酸化合物の成分が検出された。

「それで県警が他殺だって断定したわけだ。俺自身も何人か当たってみた」

三年前、宮沢が東京に戻るときに入れ替わりに赴任したデスクは、既に仙台で相当数のネタ元を育成していた。

「県庁の中で、早坂と不仲で有名だった東京からのキャリアがいたそうだ」

デスクは机の引き出しから、履歴書のコピーを取り上げる。髪を七三に分けたエラの張った男の顔写真もある。

〈「真鍋守《まもる》　一九七七年東京都出身、東京大学経済学部卒業後、総務省入省……」〉

「県庁に出向中、大震災に遭遇した。本来なら本省に戻っていたはずだが、震災後は対策本部付となり、中央とのパイプ役を務めていた」

「早坂さんと仲が悪かったというのは？」

「ガイシャが現場主義だった一方、こいつはデスク派。つまり、机から離れずあちこち電話で差配するタイプだ。役人なんてそんなもんだ。握った権限とポストは絶対に放さない。若いキャリアならなおさらだ。地方に来た以上、せいぜい威張らないとな」

デスクが吐き捨てるように言う。

「真逆ですね、早坂さんと。あす、僕も県庁で取材します。ネタがあれば県警クラブにつなぎます」

宮沢が言った直後、遊軍席の固定電話の入電ランプが光った。反射的にデスクが受話器を取り上げた。

「どうした？」

デスクが眉間にしわを寄せる。記者が獲物を狙う猟犬ならば、デスクはポインターを巧みに操る老練なハンターだ。

「……確実なのか？」

若手記者が夜回りに出ている時間だ。取材した相手は誰か。県警の一課長か、それとも主任警部かもしれない。

「……分かった。別の人間に当ててダブルチェックする。よくやったぞ、総局に上がってビールでも飲め」

受話器を置いたデスクは、宮沢の席に腰を下ろし、自分の携帯電話でどこかに連絡を取り始めた。端末を掌《てのひら》で覆うように、小声で二言三言話すと電話を切る。

「朝刊用本記、全面差替《ゼンサシ》だ」

デスクは立ち上がり、編集フロア全体に向け大声を張り上げた。

「宮沢、手伝ってくれ」

デスクがノートを宮沢に向ける。太い文字で「真鍋、ニンドウ」と書かれている。

「本当ですか？」

「夜回りで主任警部が認めた。俺のネタ元に当てたら、否定しなかった。書くぞ」

デスクは宮沢の席の仮刷りを取り上げると、猛烈な勢いで赤ペンを走らせる。

「おーい、バイト君。この赤文字の通りにデータを修正だ」

デスクの一声に、編集局の空気が張りつめる。

時刻は午後七時四五分。大和だけでなく、各社地方版の締め切り時間が迫る。河北日報もネタを摑んだかもしれない。在京ライバル紙も差し替えている可能性がある。

もとより、公式会見で一課長が前のめりだった。県庁職員殺人という異様な事件を県警が威信をかけて調べ、マスコミが全力で追う。

発生モノ特有の張りつめた空気が宮沢を刺激する。だが、どうしても納得いかない部分がある。視覚障害者というハンデはあるが、黒田の聴覚の鋭さは尋常ではない。黒田によれば、犯人とおぼしき人物は駆け足で仮設の敷地から出て行った。逃走用の車両を表通りに置いていたか、あるいは共犯者が待ち構えていたはずだ。仮に真鍋が真犯人だとして、一旦《いったん》仮設住宅を離れたことは多くの住民が見ている。再度、戻ってきたとの足どりを県警はつかんだのか。門間は〝目撃情報〟を捜査本部の中で披露し、他の捜査員と共有したのか。県警は二人の仲が悪いというだけで、真鍋を重要参考人に仕立て上げ、突っ走っているのではないか。

本記記事の追加と、脇に追いやられる雑観記事の削減行数を数えながら、宮沢は考え込んだ。

8

仙台市の西側にある広瀬川近くの賃貸マンションで、宮沢は地元紙や主要在京紙の朝刊をチェックした。熱いコーヒーを喉《のど》に流し込むと、徐々に昨夜の編集局の興奮が蘇《よみがえ》ってくる。配達された全紙の社会面をチェックすると、案の定全て同着だった。共通する見出しは〈県警本部、きょうにも重要参考人を聴取へ〉となっていた。

既に真鍋の自宅周辺は記者やカメラマンが張り付き、任意同行される決定的瞬間を固唾《かたず》を飲んで見守っている。大和新聞も若手記者とカメラマンを張り付かせた。

もう一口コーヒーを飲み始めると、青葉城恋唄のメロディーを奏でながら、スマフォが震動した。液晶画面に妻・亜希子《あきこ》の名が点滅する。

〈ケンちゃん、おはよう〉

「ケンちゃんじゃない、賢一郎だ。これから取材に出るところだけど、なに?」

〈乙ちゃんから聞いたんだけど、宮城で弾けた事件に例のタンブラーが関係してるんだって?〉

「そうなんだ」

宮沢には大和新聞社会部OBで、ノンフィクション作家として有名な乙彦《おとひこ》という叔父がいる。どこからかネタを引いてくる手法は現役記者の数段上を行く。

「タンブラーがどうかしたの?」

〈田舎の同級生、ほら、例のタンブラーを寄贈した人なんだけど、ちょっと心配していてね〉

「そうか……事件の焦点は、重要参考人がいつ逮捕されるかにシフトしている。タンブラーのことで悪評が広がる懸念はないよ」

〈良かった。あ、そうそう。同級生が言っていたんだけど、あのNPO法人が例のタンブラーを扱うらしいよ〉

「あのNPOって?」

〈俳優の三村尚樹《みむらなおき》が主宰しているリブート・ハウスよ〉

三村という名前を聞いた直後、宮沢の頭の中に東松島の仮設住宅の映像が浮かんだ。事件現場となった集会所の壁には、俳優の三村の顔写真とともに、ミニライブとカクテルの提供サービスがあるとの告知が記されていた。

記憶のページを繰る。三村は四〇代半ばの舞台俳優であり、ときおり人気テレビドラマの脇役や映画でクセのあるキャラクターを演じる個性派だ。表情豊かな俳優で、その名は知らなくとも、彼が演じた風変わりな役柄を言えば、大概の人は顔を思い出す。また、二〇年ほど前には他の舞台俳優とともにコントのコンビを組み、芸人のオーディション番組を勝ち抜いたこともあった。

一方、ここ数年はNPOを主宰し、ボランティア活動を熱心に展開している。大和新聞の文化面や社会面でもなんどか取り上げた経緯がある。

三村の名前が一躍有名となったのは、リーマン・ショック後の不況で派遣切りが社会問題化したときだ。東京の日比谷公園で派遣切りされた若者向けにテント村を設営し、炊き出しを主導した団体の一つが三村のNPO「リブート・ハウス」だった。貧困層の救済が目的で、法人名は「再起動」を促す狙いがあると文化面のインタビューで読んだ。

〈沿岸の被災地は雇用情勢が悪化しているでしょ? このNPOが燕をはじめとする全国の地場産業の経営者に声をかけて、東北に工業団地を作れないかって奔走しているらしいの〉

亜希子の説明で合点がいった。燕市の製品が優れているのは技術者や職人の世界では有名だが、小さな街が全国規模のプロモーションを展開するのには限界がある。三村という俳優兼NPO法人代表がタイアップすれば知名度が上がり、ひいては沿岸被災地への支援につながる。しかし、殺人事件で負のイメージがついてしまえば、好サイクルが逆回転してしまう。この点を亜希子の同級生は気にしているのだ。

「掲載前の情報は渡せないけど、記事にならないバックグラウンド情報があれば伝えるよ」

〈ありがとう。それから、今度いつ東京に戻ってこれる?〉

「今扱っている事件の行方次第だね。また連絡するよ」

〈浮気はダメだからね〉

「叔父貴の女癖の悪さで宮沢家は散々な目に遭ったんだ。僕にはあり得ない」

宮沢は諭すように妻に告げ、電話を切った。

NPO法人リブート・ハウスを主宰する俳優の三村もタンブラーを使った支援を考えている。次回の震災コラム「ここで生きる」の中で三村に取材し、タンブラーに触れることもアリだ。宮沢は取材ノートを取り出すと、三村の名前を刻み込んだ。

9

トーストとコーヒーで朝食を済ませると、宮沢は仙台市中心部の県庁に足を向けた。震災復興企画部には三日に一度の割合で顔を出している。すれ違う職員が会釈して宮沢の横を通り過ぎる。早坂の死がなければ顔見知りと軽口を叩くところだが、事件の翌日だけに県庁内の空気がずしりと重い。

企画部の広いフロア前に着く。入口横には、ホワイトボードがあり、職員向けの文書や、地元紙のコピーが掲示してある。

入口の対角線上には、早坂のデスクがあり、机上には白い菊の花が活《い》けてある。この部署は震災対策の要《かなめ》だ。いつも県下の役所や役場の職員が訪れ、義捐金の受付事務の打ち合わせや支援物資の配分計画などを話し合っている。

視界の先でも、作業着姿の市役所職員が数名、県の職員と話し込んでいるのが見える。宮沢が知った顔を探しながら大部屋を見渡していると、いきなり脇腹を突つかれた。

「この前はありがとうございました」

左脇を見ると、小柄なショートカットの女性職員がセルの眼鏡越しに見上げている。

「なんだ我妻《あがつま》さんか。ありがとうって、なんのこと?」

対策本部で市町村とのパイプ役を務める課長補佐の我妻陽子《ようこ》だ。

「大和人情寄席のチケット取ってくれたじゃない」

宮沢と同い年で三五歳の我妻は、落語マニアだ。東京のホールで開催された大和新聞主催の独演会チケットを文化部の後輩に手配してもらい、我妻に融通した。

「演目はなんだったの?」

「子別れの下よ。独身の私でも泣いちゃうくらいすごい高座だった」

宮沢が笑顔を浮かべると、我妻が目で大部屋隅の簡易テーブルを指した。同時に探るような目付きで宮沢を見る。簡易テーブルで紙コップのお茶を差し出すと、我妻は周囲を見回し、口を開いた。

「真鍋さんが犯人なの？」

各紙とも名前は出ていないが、勤務する部署など重要なキーワードを入れた記事もあった。実際の職場では実名報道も同然の扱いだ。宮沢は溜息《ためいき》を漏らし、口を開いた。

「県警本部の見立ては、そういうことになっているらしいね」

「引っかかる言い方ね。お得意の推理では違う犯人がいるの？」

セルの眼鏡を鼻の先にずり下げ、我妻が訊く。落語のほかに、我妻は内外のミステリーを月に二〇冊以上読破する読書家でもある。

「推理じゃない、取材だよ」

宮沢は我妻と同じように周囲を見回す。

「宮沢さんって東北各地で難事件を解決に導いたんでしょ。県警にいる同級生に聞いたわよ。ねえ、どうなの、真鍋さんが犯人？」

「亡くなる前に同席していたのは事実だけど、どうも都合良すぎる気がするんだ」

「どういう意味？」

「だって、早坂さんと真鍋さんは始終揉めていたんでしょ？　それに珍しく真鍋さんは被災地の現場に行った」

宮沢がそう告げた直後だった。大部屋の入口がにわかに騒がしくなる。地元紙の記者やローカル局のスタッフを引き連れ、端正な顔立ちの男が大部屋に入ってきた。俳優の三村尚樹だ。薄手のフリースを羽織り、足元は色褪《いろあ》せたジーンズを穿《は》いている。外見は地味だが、俳優特有の華やかなオーラを発している。白い菊の花束を携えた三村は、早坂のデスクに向かって足早に部屋を横切った。

「ちょっと話を訊いてくる」

まだなにか話したげな我妻を振り切り、宮沢は早坂のデスクに駆け寄った。三村は机に白菊を置くと、両目を閉じ合掌した。口元を凝視すると、三村は小声で念仏を唱えている。俳優兼NPO法人代表の姿をとらえようと、地元紙記者がカメラで横顔を写し始める。三村は二分ほど、身じろぎもせずに合掌を続けた。三村が薄《うっす》らと瞼《まぶた》を開けたとき、写真を撮っていた若手の記者が口を開く。

「早坂さんとはどういうご関係で？」

「先日会ったばかりだったのに……」

三村の口元が突然歪むと同時に、端正な顔立ちが崩れる。堰《せき》を切ったように、三村の瞳《ひとみ》から涙が零《こぼ》れ落ちた。

「大震災発生後、私たちは被災地に入りました……そのとき、熱心に協力してくださったのが早坂さんでした」

洟《はな》をすすりながら、三村が独り言のように告げる。

「……復興はまだ全然終わっていないのに、なんでだよ」

宮沢も同感だった。震災から二年という節目を超えたが、カレンダー上の日付と被災地の現実には言いようのない隔たりがある。三村の言葉には、被災地を取材し続ける各社の記者を動かす力が籠っていた。

「お会いになったときの用件は？」

意を決し、宮沢は訊いた。洟をすすったあと、三村が宮沢に顔を向ける。

「……私が主宰するNPO法人では、職業訓練のプログラムがあります。被災地では雇用問題が深刻になるばかりです。手に職をつける訓練をなんとか被災三県で実現できないかと……」

そう告げ、三村は下を向き、嗚咽《おえつ》を漏らした。すると、取材陣を掻《か》き分けるように、NPO法人のウインドブレーカーを着た若手スタッフが三村の腕をつかむ。

「代表、次の予定があります。お通夜とご葬儀のときに改めてご挨拶を」

「……そうだな高倉《たかくら》。早坂さん、また来るよ」

三村は机上の白菊に向け、言った。病人が看護師に付き添われるように、三村は高倉という若手とともに大部屋を後にした。

三村の背中を目で追うと、廊下に人影があった。県庁の職員と並んでいるが、頭一つ分だけ飛び出ている。宮沢が手を振ろうとした瞬間、大きな男は視界から消えた。

「なぜこそこそする必要があるんだ」

宮沢は呟《つぶや》き、旧知の男の影を追った。

10

宮城県庁の職員に案内されて大部屋に着いたとき、田名部の視界に人だかりが映った。

「こんな所までメディアが?」

田名部が眉根を寄せると、中堅の男性職員が肩をすくめる。

「有名人が来庁しています。俳優でNPO法人の代表を務める三村尚樹ですよ」

田名部は背伸びして大部屋の様子をうかがう。一九二センチの高身長が唯一役立つときだ。一瞬だがカメラマンの肩越しに横顔が見えた。人気の刑事ドラマで、ハードロックオタクの鑑識課員を演じていた俳優だ。

「たしか、彼は貧困対策のＮＰＯを主宰していますね？　なぜ彼が宮城県庁に？」

「大震災の発生直後から、彼のＮＰＯ法人は支援に乗り出しました。早坂さんとは、そのときから付き合いができたようです」

県庁職員の説明を聞いたあと、田名部はもう一度大部屋の中を覗き込む。

「あっ」

三村を取り囲む取材陣の中に、田名部は知った顔を見た。

「どうしました？」

県庁職員が怪訝な顔で田名部を見る。田名部は身を屈《かが》め、足早に歩いた。

「それより、早坂氏のことを教えてください」

「では、こちらへ」

職員は廊下を挟んで向かい側の応接スペースに田名部を案内する。簡易なソファーセットがある。促されるまま、田名部は腰を下ろした。

「電話でお願いした通り、なぜ早坂氏が私を知ったのか、その経緯《いきさつ》を知りたいと思いましてね」

田名部の問いかけに、目の前の職員が腕を組む。

「今朝から数人に訊いてみました。しかし、田名部さんがなんどか県警でレクチャーしたことを人づてに聞き、早坂が興味を持ったのではないか、という推論以上のことは出てきませんでした」

盛岡で県警の門間から連絡を受けたとき、真っ先に浮かんだ事柄だ。職員が背広のポケットから紙片を取り出し、テーブルに広げる。県警マスコットの黄色い雁《がん》「みやぎくん」が描かれている。

「こちらは県警が震災対策担当者に向けて配布したペーパーです」

題字に目をやる。

〈『特別講演のお知らせ　被災地での詐欺・横領等犯罪被害の実態について　／　警察庁広域知能犯罪撲滅本部担当官・警視庁刑事部捜査二課管理官　田名部昭治警視』〉

三カ月前の日付が刷られている。宮城県警本部の会議室には宮城だけでなく福島県警の捜査員も加わり、一〇〇名近くを相手に最新の犯罪データを開示し、被災者を食い物にする犯罪抑止に努めるよう訴えた。

「県庁からはどなたが出席したのですか？」

「対策本部の若手や、総務部の人間です。既に聴き取りをしておりますが、彼らは直接早坂から田名部さんについて尋ねられたことはないそうです」

「そうですか……」

田名部と早坂を結ぶ線は、未だに途切れたままだ。なぜ、指名に近い形で自らの名前が記されていたのか判然としない。

「早坂さんは釜石や大槌など岩手の沿岸にも出かけられていましたか？」

背広からメモ帳を取り出し、田名部は地名が記されたページを睨み、訊いた。

「かなり頻繁に出かけておりました。知事からも了解を取り付けた上での行動です。『同じ東北、県境は関係ない』が早坂の口癖でした」

職員の告げた言葉が田名部の心臓を鷲《わし》づかみにする。

復興が遅れている背景の一つに、役所の縄張り意識があり、融通の利かない役人の悪《あ》しき弊害が横たわっている。犯罪抑止目的のレクチャーで東北各地を飛び回る間、田名部は様々な「境」に直面し、疲弊する被災者の姿を目の当たりにした。地元の役場に行けば、県の許可が必要だと言われた。県庁まで足を運べば、担当者からは国の許可が降りないと告げられる。

国の仕組み、県の仕事、町や村の責務……。役人には超えてはならない境、職域がある。ただ、それは平時の場合だ。早坂が言った『県境は関係ない』というひと言は、震災後の混乱と的外れな対策の正体を見事に射抜いていた。

自分の名が記された資料を見つめていると、背広の中でスマートフォンが震えた。モニターを見ると、岩手県警の名が点滅している。通話ボタンを押す。

〈つながりの一端が見えてきました〉

電話口で岩手県警の堀合が興奮気味に告げた。昨晩、宮城県警の門間から早坂が遺《のこ》したメモを受け取ったあと、岩手の地名と人名のつながりを探るよう堀合に指示した。

〈釜石の本宮、大槌の春木、山田の衣笠、石巻の鰐淵という名前は、いずれも義捐金を受領した人間でした。地名はそれぞれの避難所があった所です〉

「すぐ盛岡に戻る」

〈盛岡に戻られたあとはどうされますか？〉

「直接、現地で情報を集める。準備を進めてくれ」

そう告げると、田名部は立ち上がった。早坂の期待にどうしても応《こた》えたい。久々に衝《つ》き動かされるような事件に出会ったと感じた。

11

仙台中央署の暗がりの中で、門間は複数の男たちの熱気を感じた。

特殊ガラスの向こう側にある取調室では、不貞腐《ふてくさ》れた男が座っている。門間の隣で、ガラスの際に立つ捜査一課長が男を睨む。体全体から怒気が湧《わ》き上がる。隣に立つ石巻署刑事課長も同様だ。マジックミラーに顔を近づけ、鼻息が表面を曇らせている。

〈午後三時過ぎに県庁を早坂さんとともに出発、その後三陸道を経て東松島に入った。間違いないですか?〉

〈そうです〉

県庁震災復興企画部の真鍋は、溜息《ためいき》をつきながら答える。

〈住民に対して、高台移転計画のほか、仮設住宅を出たあとの復興住宅団地の構想も説明した、これも合っていますか?〉

〈だから、なんど同じことを聞かれても、その通りですって〉

真鍋は何度も足を組み替え、目の前の捜査一課警部補に告げる。

〈住民とビールを飲み始めた早坂さんを残し、石巻から合流した別の県庁職員の車で仙台に帰ったのは何時ですか?〉

〈渋滞していましたから、遅くなりました。ただ、午後九時頃には仙台駅の西口で車を降り、食事に向かいました〉

苛立ちを込めた声で、真鍋が答える。

〈たしかに、あなたを東松島でピックアップした県庁の同僚はそう証言していますし、市内の防犯カメラにもあなた方が乗った車がこの時間帯に映っていました〉

〈だから、嘘《うそ》なんかついていませんよ〉

〈しかし、なぜその後のことが不鮮明なのでしょう〉

ガラス越しのやりとりを見た一課長が口を開いた。

「もっとしつこく訊くように伝えろ」

一課長の指示を受け、扉近くに控えていた若手の巡査部長が飛び出していく。二〇秒ほど経つと、若手が取調室に入り、取調官である警部補に耳打ちする。

〈もう一度、うかがいます。事件当日は午後三時過ぎに……〉

警部補の言葉を遮るように、真鍋が両手を机に打ち付ける。

〈だからさぁ、何度訊かれても同じだってば。東松島の仮設集会所ではたくさんの住民が僕の帰るところを見ているんだ〉

真鍋のこめかみに血管が浮かぶ。対峙《たいじ》する警部補は冷静に切り返す。

〈東松島での記憶は鮮明なのに、なぜ仙台に戻ってからの行動についてはあやふやなのですか?〉

真鍋は顎《あご》を上げ、精一杯の虚勢を張る。

〈駅前の牛丼《ぎゅうどん》屋でビールと定食を頼みましたよ〉

〈杉屋ですか、それとも吉田家?〉

すかさず同僚が畳み掛ける。門間は真鍋を凝視する。机に置いた左手が小刻みに動きだす。人差し指と中指が交互に机を叩く。

〈杉屋です〉

〈広瀬通り店、それとも青葉通り店でしょうか?〉

間髪入れず警部補が訊く。真鍋の指の動きが速まる。

〈青葉通り店でした〉

〈分かりました。ちょっといいか……〉

警部補は背後に控えている筆記係に声をかける。真鍋に聞こえるよう、防犯カメラの映像を回収しろと告げている。声を聞いた真鍋の指の動きがさらに加速する。

「野郎、嘘《うそ》ついてるな」

ガラス越しに睨み続けていた一課長が唸る。しかし、門間の胸の中では小さな違和感が湧き上がった。嘘を言っているかもしれないが、真鍋はなにか別の事柄を隠しているのではないか。

〈足音を聞きました。間違いありません〉

突然、頭の中に石巻署で会った黒田の姿が浮かんだ。胸に広がった小さな黒い染みの根源は、黒田の証言なのか。

門間は頭を振り、黒田の残像を振り払った。もう一度、冷静に取調室の状況を見極める必要がある。

取調室は異様な空間だ。刑事はわざと威圧的に振る舞う。

部屋に呼ばれた時点で、おまえは全面自供することになる。そう思わせろ。

言葉を荒らげずとも、有無を言わさぬ空気感で相手を威圧せよ。門間自身、先輩刑事からそう教わり、被疑者と対峙してきた。

取調室に入ると、個人の性格や背景がくっきりと見える。真鍋にしても、キャリア然とした尊大な態度を取ったかと思えば、今のように牛丼屋の位置関係まで畳み掛けられると急に不安が膨らみ、露骨に仕草となって表れる。あと二時間もすれば防犯ビデオの回収と解析が終わり、真鍋の嘘はバレてしまう。

〈ところで、早坂さんとは随分仲が悪かったようですね〉

突然、同僚警部補が本題に切り込む。門間は真鍋の左手を睨む。一旦、今までの忙《せわ》しない動きが止まる。だが、すぐに指が動く。真鍋の特徴は左手にある。心理状態がそのまま反映されるのだ。

〈……仲が悪いというより、考え方の立脚点が違うのです〉

真鍋が答える。顔に浮かんだ不安の色が濃くなる。

〈彼は地方公務員で私は国家公務員です。早坂さんは現場にこだわる人でしたが、私にはキャリアとして与えられた役割があります〉

〈意見の違いが決定的な感情に変わった、そんなことはありませんか？〉

同僚警部補が低い声で告げる。次の瞬間、真鍋の指の動きがもう一度止まる。

〈私は疑われているんですか？〉

〈被害者の周辺にいらっしゃった方全員にお尋ねしています。どうかご協力を〉

同僚は冷静に応じる。だが、真鍋の問いかけの答えにはなっていない。あえて様子をみる尋ね方だ。

〈意見が違うから殺したって無茶な……そんなことを言ったら、会議で早坂さんと対立した人が全員容疑者になってしまう〉

「せいぜい吠《ほ》えろ」

吐き捨てるように呟くと、一課長は監視部屋から出ていった。一瞬垣間《かいまみ》見えた横顔は、自信に満ちていた。主任警部に地検との調整を指示するのは時間の問題だ。

〈大分考えが飛躍されるようですね。私は疑っているとは言っていない〉

同僚の声が一段と低くなる。

〈……会議で早坂さんと対立した人間なら、僕だけじゃない。知事に訊いてもらえれば分かるし、何人かの部長は早坂さんのやり方に異論を唱えていたんだ。彼は県や市町村の枠組みから外れることが多すぎたからです〉

真鍋の声が上ずる。一方、同僚は冷静にキャリアの顔を見つめる。門間はもう一度、真鍋の指に目をやる。机の上に置かれた左手は、しっかりと拳《こぶし》になっている。だが、先ほどのようにひくひくとは動いていない。

〈話を戻しましょうか。牛丼屋ではなにを食べましたか?〉

〈そうやって僕を苛立たせて無理矢理供述を取ろうってことですか?〉

真鍋が抗弁する。左手はしっかりと握られたまま動かない。一課長はこの場面を見ていない。門間の経験則に従えば、牛丼屋の一件は嘘だが、肝心の殺しに関しては真鍋は本当のことを言っている。

門間は腕を組み、真鍋の様子を凝視し続けた。突然、脳裏に宮沢記者の顔が浮かんだ。その横には、サングラスをかけ、白い杖を携えた黒田の姿もある。

〈足音を聞きました。間違いありません〉

黒田の言葉がなんども門間の頭蓋《ずがい》を刺激した。

第二章　烈震

1

ＮＰＯ法人「リブート・ハウス」に取材依頼のメールを送信したあと、宮沢はアップルの液晶画面に見入った。

夕刊の締め切り時間が迫る総局の編集局は慌ただしさを増す。東松島の殺人事件の続報や、県議会の人事情報など宮城県版向けのほか、東北全域のニュースが続々と仙台の総局に集まってくる。

「宮沢、夕刊の目玉になるような隠し球はあるか？」

遊軍席の対角線上から、社会部デスクの声が編集フロアに響き渡る。宮沢は頭を振り、再び液晶に目をやる。

〈リブート・ハウスについて〉

画面には、主宰者でＮＰＯ法人の代表である三村の顔写真が映っていた。その横には三村がなぜリブート・ハウスを立ち上げたのか、設立趣旨が掲載されている。

〈日本はいつからこんなに優しさのない国になってしまったのでしょう。富める者はどんどん財布が膨らみ、貧しい人は苦境から抜け出せないサイクルがここ数年、顕在化していると感じるのは私だけではないはずです……〉

画面をスクロールすると、リーマン・ショック後の年末に開設された年越し派遣村の写真がある。

〈活動のご案内〉

ＨＰの画面を繰ると、リブート・ハウスの主立った活動履歴の項目が表れる。派遣切りに苦しむ若い労働者をサポートした実績のほか、ＮＰＯが主体となった職業訓練サポートの仕組みも解説されている。次のページには、一番気になる記述がある。

〈東日本大震災後の被災地支援〉

画面の文字をクリックすると画面いっぱいに写真のファイルが表れた。ビルに突き刺さったクルーザーや建物の屋上に乗り上げた大型バスの写真だ。宮城県石巻市の中心部のほか、同市郊外の雄勝町《おがつ》の震災直後の画像だった。一旦《いったん》マウスから手を離し、宮沢はこめかみを強く押さえる。

あの日から二年以上が経過したが、否《いや》が応でも当時の光景が頭の中を駆け巡る。後頭部が鈍い痛みに支配され、宮沢は無意識のうちに瞼《まぶた》を閉じた。

＊

〈落語棚の隣に演芸関係の書籍やテープを集めた棚がある。その中にファイルがあるはずだ〉

「叔父貴、ありがとう」

東京都新宿区高田馬場一丁目の実家で、宮沢は海外取材中の叔父、宮沢乙彦に礼を言い、電話を切った。

昭和のコメディアン、坂上二郎が逝った翌日、二〇一一年三月一一日。宮沢は大好きだったコント55号の足跡を辿《たど》る企画をデスクに通したあと、大手町の遊軍部屋を出て実家の書庫に向かった。

生まれ育った実家は、両親の他界後、叔父の乙彦が一人で住んでいる。宮沢は半地下にある書庫兼書斎に足を運んだ。だが、二〇畳ほどのスペースには無数の棚が並び、どこにどんな資料が残っているか皆目見当がつかず、ロンドンで就寝中の叔父を起こしてしまった。

乙彦はかつて大和新聞社会部で史上最強の事件屋の名をほしいままにした敏腕記者だった。だが、管理職であるデスク業務を嫌い、さっさと退職し、フリーのノンフィクション作家に転じた。事件・事故に関する大量の資料があるほか、趣味人の乙彦は大量のレコードや映画関係の雑誌を書庫に詰め込んでいた。

電話で聞いた通り、古今亭志ん生や桂《かつら》文楽、林家正蔵など昭和の名人上手と呼ばれた噺家《はなしか》の全集が詰まった棚の隣に、「浅草コメディアン」と煤《すす》けた手書きの札が見える。

「これだ……」

棚の中ほどに〈コント55号〉のファイルが見える。棚から引っぱり出し、埃《ほこり》を払うと、浅草の地図とともに名コンビの出演した劇場のパンフレットが出てきた。

宮沢は乙彦の影響で演芸好きとなった。坂上二郎が亡くなったと文化部の後輩から聞かされ、昭和のコメディアンの軌跡を辿る企画を起こした。

白忍者・赤忍者姿の55号の写真に見入っていると、書架が小さな音を立て、軋《きし》み始めた。その直後、地中から突き上げるような震動が伝わる。

反射的に宮沢は両側にある書棚に両手をかけた。すると、今度は飛行機が急速に方向を変えたときのような感覚に襲われた。目眩《めまい》か。足元がふらつく。だが、すぐに違うと気付く。地震だ。

不意に背後の書棚が通路側に倒れ込み、大量の書籍と新聞のスクラップが床に落ちた。

両手にかかる書棚の重みが一層増す。相当に大きな揺れだ。目の前にある棚が不気味な軋み音を立て続ける。このままだと棚に挟まれる。頭の中で真っ赤なサイレンが点《とも》ると同時に、宮沢は息を詰め、扉を目指す。落下する何冊もの書籍が後頭部やこめかみをかすめる。

視界の先では、書架から書籍や雑誌のほか、LPレコードが滝のように落ちる。床に散らばった本に足を取られながらも、なんとか扉に辿りついた。

一メートルほど高い位置にある扉からみると、書架が奇妙な形で倒れ込み、通路が完全に見えない状態になった。

宮沢はリビングに向けて駆け出した。初めて体験した、強く、大きな揺れだった。廊下から五段の階段を駆け上がり、リビングの扉を開ける。

壁に掛かっていた額縁が奇妙な形で吊《つ》り下がっている。サイドテーブルに置いてあった笠間焼《かさまやき》の大鉢もフローリングの床に落下し、真っ二つに割れた。

呆然《ぼうぜん》と周囲を見渡していると、薄型テレビが視界の隅に入る。壁掛けにしていたのが幸いし、壊れていなかった。リモコンを手に取り、電源を入れる。

画面には、公共放送のニュースセンターが映り、ベテランアナウンサーが強張《こわば》った表情でなんども同じ言葉を連呼した。

〈ただいま宮城県沖を震源とする大きな地震が発生しました。念のため、津波に注意してくださ

い。繰り返します。午後二時四六分頃、宮城県沖を震源とする……〉

宮沢が画面を睨《にら》み続けるとアナウンサーの頭上に帯状のテロップが走る。馴染《なじ》みのある東北各地の都市名の横に、震度六、七と強烈な揺れがあったことを示す文字が点滅する。スマートフォンを取り出すと、宮沢は仙台の東北総局のメモリを呼び出した。だが、機械音が響くのみでつながらない。

舌打ちしたあと、妻・亜希子のメモリをタップした。亜希子は大阪に出張中で、今夕帰京したあと夕食を一緒に摂《と》る約束をしている。だが、仙台と同様、関西方面への通話もままならない。

スマフォの画面を凝視すると、宮沢は我に返った。自分がかつて経験したことのない大きな地震が起こった。電話がつながらないほど事態は切迫している。

ソファーに置いたショルダーバッグのストラップをつかんだとき、テレビ画面から素《す》っ頓狂《とんきょう》な声が響く。

〈仙台放送局のヘリから映像が届きました。ご覧ください……〉

反射的に画面を睨む。広大な仙台平野を上空から俯瞰《ふかん》した画像だ。

〈……カメラマンの上田さん、状況を伝えてください〉

東京のアナウンサーが懇願口調で訴える。

〈……ただいま仙台市若林区の上空です……地震のあと急きょ飛び出しました。今のところ津波の姿を捉えることはできません〉

画面を食い入るように見つめていると、突然画像が切り替わる。アナウンサーの顔が一段と強張っている。

〈たった今入った情報です。気象庁は東北の太平洋岸に大津波警報を発令しました。海岸には絶

対に近づかないでください〉
大津波警報という言葉に宮沢は身構える。同時に、仙台の総局時代に走り回った三陸各地のリアス式海岸の美しい風景が頭に浮かんだ。魚市場や商店街と海面の高さがほとんど同じで、地元民は海に密着して生活している。入り江の所々には見上げるような高さの防潮堤があり、歴代の津波の高さがプレートに刻まれていた。
〈気象庁が東北の太平洋岸に大津波警報を発令しました。付近の住民の方は絶対に海岸に近づかず、高台に避難してください……〉
アナウンサーの声が絶叫に近くなる。宮沢はテレビを切ると、駆け足でガレージに向かった。取材で出会った沿岸各地の人たちの顔が浮かぶ。魚市場の食堂でホタテの刺身をサービスしてくれた女主人。セリの仕組みを解説してくれた仲買人。新鮮な鯖《さば》をあっという間に捌《さば》いてくれた居酒屋の店主。早く高台に逃げてくれ。無意識のうちにそう口にしたあと、宮沢はプジョーのイグニッションを捻《ひね》った。

2

田名部がJR盛岡駅を出ると、バスターミナル横で岩手県警の堀合巡査部長がスバル・レガシィとともに待機していた。

助手席に乗り込んだあと、田名部は早坂のメモにあった地名と人名が、沿岸各地の避難所の名簿にあったことを再確認した。堀合は機敏に動き、沿岸の市役所や所轄署と連絡を取っていた。

盛岡を出発して一時間半ほど経《た》つと、レガシィは険しい山道を下り、宮古市街に入った。信号で停車すると、堀合は後部座席の紙袋をつかみ取り、田名部に手渡す。

「なんだ?」

「小腹空《す》いていませんか?　盛岡を出る前に名物のコッペパンを買っておきました」

田名部は紙袋を開く。

「随分とでかいパンだな」

「福本パンです。盛岡市民のソウルフードですよ。上司に言わせると、昭和の味だそうです。どうぞ召し上がってください」

紙袋に手を伸ばす。大人の拳《こぶし》が二つ分ほどありそうなふかふかのパンが指先に当たる。薄いビニールで小分けされたパンを手に取ると、手書きのシールに「あんバター」の文字が見える。封を切って頬張《ほおば》る。口中に小麦の香りが広がったあと、こしあんとバターの風味が古い記憶を呼び起こした。

「子供の頃に食べた調理パンはこんな味だった。うまいな」

田名部は片手で袋をまさぐり、もう一個を取り出す。シールには「バタピー」の文字がある。恐らくピーナツバター味だ。

「これでいいか?」

封を切って大振りのパンを手渡すと、堀合は礼を言い、器用に片手で頬張り始めた。

「腹持ちが良いので、張り込み時の必須アイテムなんです」

軽口を叩《たた》きながら、堀合が笑う。

地元名物の麺がふんだんにある盛岡に、昭和の趣を色濃く残すパンがあるとは知らなかった。疲れた体に甘味が染み入っていく。

パンを食べている間、レガシィは山側に位置する市街地を抜け、海岸線に沿って走る国道四五号線に入った。これからリアス式海岸を南下するルートをたどる。

海岸線に入ると、今まで捜査の機微を熱心に尋ねてきた堀合の口が重くなる。フロントガラス越しに深い入り江と堤防が見えた。その横に国土交通省の河川標識がある。

〈津軽石川〉

看板は真新しい。周囲の堤防には、重機や大型ダンプカーが忙《せわ》しなく動き回っている。

「この辺りは宮古でも相当酷《ひど》くやられた辺りです」

田名部の視線を辿った堀合が口を開く。

「少しだけ、見ていきたい」

堀合はステアリングを切ると、運動公園近くの空き地に車両を停《と》めた。降車した田名部は堤防の縁に上がり、周囲を見渡す。

全身泥まみれになって作業員たちが働いている。陸側に目を向ける。鉄骨がへし曲がったままの倉庫が放置され、横にはコンクリートの土台だけが剝《む》き出しになっている。

「復興って言葉は、絵空事だな」

思いが口をついて出る。震災発生から二年が経過した。折れ曲がった鉄骨は、傷ついた住民たちの心のように思える。国会議員やマスコミは復興という言葉を軽々しく使うが、実態は違う。目の前に広がる風景を見るたび、世間一般との違和感が着実に強まる。被災地に一歩足を踏み入れれば、一瞬で被害の異様さが皮膚感覚で分かる。

田名部は胸が押し潰《つぶ》されるような思いに襲われた。息が苦しくなる。だが、口が裂けても地元の人たちの前で言葉を表すわけにはいかない。あの日からずっと、沿岸の住民たちはこの風景と暮らし続けている。好き嫌いではなく、遅々として進まない現実と対峙《たいじ》しているのだ。

「時間取らせて悪かった。行こう」

田名部は自らドアを開け、助手席に滑り込んだ。眼前の景色は変わらない。あの日の情景が鮮明に蘇《よみがえ》った。

＊

「この程度の供述内容では地検が食ってくれない」

警視庁本部四階、捜査二課の会議室で田名部が言い放つと、中堅の西澤辰巳《にしざわたつみ》警部補がたちまち萎《しお》れた。

「だが、これは重要な端緒だ。徹底的に叩いてくれ」

田名部の声に、西澤警部補が無言で頷《うなず》く。

「管理官、引き続きこの横領《ヨコ》は西澤に任せてもよろしいですか？」

隣席に座る腹心、真藤勝《しんどうまさる》警部が低い声で訊《き》く。

「もちろんです」

捜査二課で企業絡みの不正を追う第三知能犯捜査係《サンチ》は、実質的に年長の部下である筆頭警部の真藤が実質的に仕切っている。今回は、西澤が端緒を取った百貨店の業務上横領がターゲットだ。真藤に任せておけば、係の仕事は円滑に回る。

「それでは持ち場に戻ってくれ」

田名部が会議終了を告げ、立ち上がったときだった。不意に目眩を感じ、会議机に手をついた。

連日、捜査報告書を読み込み、刑事部の会議や警察庁との調整に明け暮れ、睡眠時間は三時間を切っている。四六歳となり、無理が利かなくなった。目眩が酷く、机から手を放せない。顔をしかめながら周囲を見ると、真藤も同様に手をついている。

「管理官、かなりデカいです」

冷静沈着で口数が極端に少ない真藤の顔が引きつっている。田名部の目線の先にいる西澤のほか、行動確認班《コウカク》キャップの清野《せいの》警部の顔も歪《ゆが》む。

「こりゃ、でかいぞ」

清野が軽口を叩いた直後に床から突き上げるような揺れが起こり、その次の瞬間には強烈な横揺れが警視庁本部全体を不気味に揺らした。会議机を取り囲むように設置されたスチール製のロッカーがドミノのように音を立てて動いた。

「危ない」

田名部がそう叫んだ直後、ロッカーが破裂音とともに床に倒れ込んだ。

「管理官、出ましょう」

呆然と立ち尽くしていると、真藤が太い腕を絡ませ、強引に田名部を会議室の扉に誘導した。もつれる足を蹴《け》り出し、大部屋に出る。すると、日頃一切の無駄口を廃している第一から第五までの各知能犯係の捜査員《ナンバー》たちがどよめいていた。

「テレビ点《つ》けろ!」

第五《ゴチ》知能犯係の生方《うぶかた》管理官が若手捜査員に怒鳴る。弾《はじ》かれたように若手が共用休憩スペースの小型テレビの電源を点けた。

〈震源は宮城県沖……今後、大津波が発生する恐れがありますので……〉

日頃いがみ合うナンバーの捜査員たちがテレビを取り囲む。田名部は清野の頭越しに画面を睨んだ。すると、若手を押しのけて画面に見入っていた真藤が振り返った。

「どいてくれ」

真藤の目が真っ赤に充血している。日頃、一切の感情を表に出さない真藤だが、表情を見た瞬間、田名部は全てを悟った。真藤は田名部の横をすり抜け、デスク脇で携帯電話をなんども耳に押し当てる。ノンキャリアの真藤は、他の多くの警察官と同様に早婚だ。現在は五五歳だが、仙台に嫁いだ二三歳の娘と一歳半の孫娘がいる。

「娘さんとお孫さんは仙台のどこに？」

「市内の宮城野区です。元々地盤が緩い土地なので……」

消え入りそうな声で告げたあと、真藤は携帯電話のリダイヤルボタンを押した。だが、なんど同じ動作を繰り返しても回線がつながる気配がない。

田名部は自分の端末を取り出し、千代田区隼《はやぶさ》町にある官舎のメモリを押した。だが回線はつながらない。買い物に出かけていなければ、妻は自宅に、長女と次女はそれぞれ中学校にいる時間帯だ。

慌てて飛び出した会議室の光景がフラッシュバックする。自宅の大型箪笥《たんす》が倒れているのではないか。ガスコンロを使い、妻が調理をしていたのではないか。

周囲のどよめきが止《や》まない。冷静な捜査員たちが、固定電話や携帯電話で家族と連絡を取り合っている。だが、通話できている捜査員はわずかだ。

田名部は災害優先電話を使ったが、自宅や親戚《しんせき》には一向につながらない。壁の大時計を見ると、午後三時五〇分をすぎている。慌ただしさと動揺の中で地震発生から一時間経っていた。

「うわっ」

テレビを取り囲む輪の中から素っ頓狂な声が上がった。反射的に振り返ると、画面にはヘリからの空撮映像が映っている。

〈……ただいま仙台市の隣にある名取市の上空です。ご覧いただけますでしょうか、仙台平野に津波の第一波が押し寄せてきました……〉

仙台市を縦に貫き名取市に至る仙台東部道路が映り、その右側に広大な田畑がある。まっすぐに走る道路脇には、河川が見える。

〈……危険です、すぐに高台に避難してください〉

ヘリからではなく、東京のスタジオでアナウンサーが絶叫すると、津波が映った。大波は、軽々と橋を乗り越え、田畑に侵入する。

「やられるぞ、逃げろ！」

空撮映像を見ていた捜査員が叫ぶ。画面には、信号待ちする車列が映る。その背後に猛烈な速度で迫る波が見えた。

「おい、出ろよ！」

真藤が端末に向かって怒鳴った。取り調べで数々の知能犯を号泣させ、全面自供をもぎ取った落としのプロの顔色がなくなっていた。

3

東松島で早坂が殺害されてから二日後、宮沢はＪＲ仙台駅東口にある商業ビルに足を向けた。

ＮＰＯ法人リブート・ハウスとの取材アポが成立した。五階の事務所ドアを開けると、若いスタッフが応接セットに宮沢を案内してくれた。

県庁の震災復興企画部で会ったときと同じで、三村はグレーのフリースを羽織っている。はにかんだ笑みを浮かべた三村が、宮沢の対面に座った。

「タイミングが良かった。ちょうど被災地でのフリーライブの企画で仙台に残っていましたから」

宮沢の頭の中で、東松島の仮設住宅で見たポスターが浮かぶ。

「あちこちでライブを?」

「これでも芸能人の端くれですからね。所属事務所や系列会社の演歌歌手や芸人を沿岸各地に派遣して、皆さんに楽しんでもらっています。仮設住宅はどうしても人間関係が煮詰まってストレスが溜《た》まりますからね。それに、カクテルの無料提供にも同じねらいがあります。昔少しだけかじったことがありまして」

三村は屈託のない笑顔を浮かべ、シェーカーを振るまねをした。

「それで、早坂さんのことをお尋ねとか?」

「そうです。三村さんと早坂さんはどのような経緯《いきさつ》で会われたのですか?」

宮沢の問いかけに、三村が頷いた。同時に、事務所の若手スタッフに資料を持ってくるよう指示した。

「当NPO法人は、貧困対策、派遣切りに遭った若者や労働者を支援する目的で設立しました……」

三村が言い終えないうちに、スタッフがファイルを手渡す。昨日、県庁に同行していた高倉という若い男だ。三村が支援し、「再起動」を果たした若者なのか、あるいは劇団員なのかは分からないが、常に三村の周囲に控えるマネージャーのような役目をしているのかもしれない。三村は高倉の顔を見ずにファイルを受け取った。

「この国は、米国型の市場経済を導入して以降、完全に弱肉強食社会になってしまいました。富める者はもっと金持ちになり、貧しい者は身ぐるみ剝《は》がれ、路上に放《ほう》り出される仕組みです」

受け取ったファイルをテーブルに広げ、三村が説明する。

「貧困対策として、路上生活者の保護やワーキングプアの若者への住居の斡旋《あっせん》、そして生活保護申請のサポートを一貫して行っています」

三村は一旦話を区切り、宮沢に笑顔を見せた。

「私は長いこと下積みの役者をやっていました。トラックの助手や土木作業員、バーテンダーと様々な仕事をしてきて、ようやく一人前になりました。しかし、現在は若者が自分ではい上がるだけの余裕が社会にない。だからこの活動を始めました」

ファイルのページを繰りながら、三村が続ける。

「五年前に活動を興し、地道に活動を展開していた矢先、あの忌まわしい震災が起こりました」

三村がさらにページをめくる。すると、何枚もの写真が見える。

「私たちが支援した若者や元ホームレスからなるボランティアチームを沿岸被災地に派遣し、瓦《が》礫《れき》処理や炊き出しを行いました」

「このとき、早坂さんと？」

宮沢が訊くと、三村が大きく頷く。

「ちょうど、仙台に事務所を開設した直後でした。そこで当地のスタッフが真っ先に当時の震災対策本部に出向き、早坂さんと知り合ったのです。その後も頻繁に連絡を取り合ってきました」

早坂の話に話題が及んだ直後、三村の瞳《ひとみ》が赤みを増す。

「当初は沿岸の住宅地を覆った瓦礫処理から始め、炊き出しや生活必需品の配布などの被災者支援を約半年間続けました。また、保育士資格を持つスタッフを動員して、幼児の見守りサービスを開始しました。この間、親御さんたちは生活再建のために集中できましたから。その後は、被災地・被災者ともに需要が変わってきました」

三村が熱心に語り続ける。

「生活の基盤を無くした被災者に必要なのは、雇用とカネです。そこで、元々の活動である低所得者支援のツテを辿っていると新潟との接点があることに気付きました」

「どんな接点ですか?」

「町工場同士の連携ですよ」

三村は再度スタッフの高倉を呼び、あれを持ってきてと指示する。高倉が壁のキャビネットを開くと、銀色に光る物体がずらりと並んでいた。

「あっ」

宮沢は驚きの声を上げた。三村が首を傾《かし》げている。

「あのタンブラーは、東松島で……」

「あぁ、なるほど」

三村が目で合図すると、高倉がタンブラーを取り出した。

「河北日報で、これと似たようなタンブラーが早坂さん殺害の現場にあったことが書かれていました。でも、これはちょっと違う品物です」

「新潟の製品ですか?」

「そうです」

三村は、スタッフから渡されたタンブラーを右手に持ち、愛《め》でるような視線で顔の前に掲げる。

「新潟の燕市とは仕事関係の縁がありましてね。東松島の仮設集会所に寄附されたのは、比較的安価なステンレス製で、こちらは職人が手作りしたチタン製です」

三村がタンブラーを宮沢に手渡す。高級なバカラのような風格がある。

「値段は一つ二万から三万円クラスの製品が中心でしてね」

宮沢がタンブラーに見入っていると、三村が説明を加える。

「このタンブラーを作った小さな会社は、元々魔法瓶を作っていた町工場です。職人のスキルを活《い》かすため、工業デザイナーに依頼してこの芸術品を製作しました」

三村はさらに、チタン製タンブラーが数年前に開催された政府主催の国際会議で海外要人の贈答品として採用されたことも明かした。

「そもそも、燕市に行き着いたのは貧困対策の一環だったのです」

生活保護の申請をサポートする一方、自立を促すためにリブート・ハウスは職業訓練の支援に力を入れているという。

「最初は東京・蒲田《かまた》の町工場を何軒か訪ねました。人不足の会社が多かったので、ウチから自立した何人かを斡旋しました。今は職人の見習いをやっている人もいます。蒲田の工場で燕市のことを聞きつけ、商工会を通じて知り合いを増やしました」

三村は再度スタッフにパンフレットを持ってくるよう頼んだ。若手スタッフが冊子を手渡す。

三村は宮沢に顔を向けたまま、話を続ける。

「燕市の技術は本当にすごい」

三村が言うと、宮沢は即座に反応した。妻の亜希子は燕市の隣、弥彦《やひこ》村の温泉宿の娘で、地元情報としてなんどか金属加工技術の高さを耳にしていた。

「知っています。アップルの初代iPodの研磨を手がけた工場や、ノーベル賞の晩餐会《ばんさんかい》専用カトラリーを作る工場もありますからね」

宮沢が告げると、三村が笑みを浮かべた。

「手に職を付けるということは生半可なことではありません。蒲田や燕で、ウチから自立した人たちが一生懸命働いています。今後は、今まで培ったネットワークを東北沿岸の雇用に役立てることはできないか、そう考えています」

三村は穏やかな口調で、すらすらと話す。

「一口に雇用と言っても、人員調整の対象になりやすい単純作業を担っていてはだめです。企業の言いなりではなく、会社から残ってくれと言われる人材を一人でも増やすことに注力しています。そのために工場の最前線で高度な技術を身につけることが大事なんです」

三村の口調に熱がこもってきた。

様々な場所で講演を行い、そして多種多様な人たちと交わるうちに、この話し方が出来上がったのだろう。

「私自身もなんどか研磨の工場で実際に仕事をしてみました。思った以上に大変な仕事です。しかし、この高度な技術を身につけることができれば、職人としてどこに行っても食べていけます」

三村の話に宮沢は強く頷く。

「偉そうなことを言っても、私自身がスキルを身につけねば説得力がありませんからね。俳優の仕事を削ってまで工場の現場に入り、研磨や旋盤の技術を身につけました」

そう言うと、三村は宮沢の目の前に両手を差し出した。

「爪の間に入った機械油や研磨の微量な粉がなかなか取れなくて」

三村ははにかんだように笑ってみせた。

「またお話を聞かせてください」

宮沢はがっちりと三村の掌《てのひら》を握った。

「そうだ、ちょっと待ってください」

三村が突然立ち上がり、キャビネットに歩み寄った。

「この辺りにあったんだけど……」

銀色の艶《つや》消し加工が施された高級タンブラーをいくつかよけながら、三村がキャビネットの中を探っている。

「あった」

三村が棚の奥からピカピカに光るタンブラーを取り出し、宮沢のもとに戻ってきた。

「せっかくのご縁なので、プレゼントさせてもらいますよ」

応接テーブルの上に三村がタンブラーを置く。

「高級品を受け取るわけにはいきません」

宮沢が固辞すると、三村が笑みを浮かべる。

「パッと見は分かりませんがね、こういう理由があるんですよ」

突然、三村がタンブラーをつかむと、カップの底部を宮沢に向けた。

「小さな溶接の傷跡が見えるでしょ？　これは傷物として弾かれた一つでしてね。タダで分けてもらったんです」

三村がタンブラーを宮沢に手渡した。光沢のある鏡面仕上げの側面が輝いている。宮沢の顔がくっきりと映り込む。宮沢はタンブラーを傾け、底を凝視した。長さ一・五センチほどの黒く焦げた痕《あと》が残っている。傷の周囲は薄い紫色に変わっていた。

「この町工場の凄《すご》いところは、研磨の技術だけでなく、溶接の神業を持っているところなんです」

得意気な様子で三村が説明する。なぜ神業なのか。宮沢は首を傾げた。

「このカップには、特別な技術が用いられています。そのための溶接なんですよ」

三村は赤い巾着袋《きんちゃくぶくろ》をスタッフからもらうと、タンブラーをしまった。

「記者さんなら、ご自分の目で技術の粋を取材してみたらどうですか?」

「では遠慮なくちょうだいします。今度、工場にアポ入れますよ」

「私の名前を出していただいてかまいません」

三村は屈託のない笑みを浮かべた。宮沢は、タンブラーの礼を言い、席を立った。

4

リブート・ハウスの仙台事務所を出た宮沢は、エレベーターで一階に降りた。ロビーホールで入居テナントの案内を見上げる。東証一部上場の機械メーカーや製薬会社の仙台支社が入居する新しいビルだ。一流企業ばかりが入居するビルに、事務所を構えることができるのも、ＮＰＯ法人として信用度が高いということかもしれない。

三村は取材に協力すると約束してくれた。また、沿岸被災地への真摯《しんし》な思いも活動の様子を写したファイルで確認できた。

だが、なにか腑《ふ》に落ちない。事前に調べたが、反社会的勢力と密接な関係が噂《うわさ》される芸能事務所に三村が所属しているわけでもない。だが、とんとん拍子に話が進み過ぎる。三村の熱意は直接会って本物だと確認できたが、なにか小さな違和感を感じた。指先の小さなささくれ立ちを見つけたような、わずかな違和感だ。

入居テナント案内の脇に、リブート・ハウスが主宰する被災地でのライブのポスターが貼《は》ってある。日程を見ると東松島のほか、気仙沼や岩手県の陸前高田、釜石など甚大な被害に遭った都市の名が連なる。

ポスターにある都市の名前を見た直後から、またあの日の記憶が蘇った。

*

巨大な揺れから一時間が経過し、都内の幹線道路は大渋滞した。高田馬場からようやく大手町に着いた宮沢は、大和新聞本社五階の編集局に駆け込んだ。大きなドアを開けた直後、異様な光景が眼前に広がった。

編集局の中心部にある局長席、そしてその隣にある番台《ばんだい》に編集局幹部が集い、全員が固定電話の受話器を握ってがなり散らしている。

本来、番台は政治部や社会部、経済部のデスクが打ち合わせを行う二畳ほどの大きな机だ。三〇年ほど前、当時の局長がこの机にパイプ椅子《いす》を乗せ、各出稿部を監視したことから銭湯の番台をもじって付けられた。

目の前に広がる光景は戦場の最前線指揮所のような緊迫感があった。

「宮沢、早く手伝え！」

受話器を握ったまま、角田孝三《つのだこうぞう》編集局長が怒鳴る。空いたスペースにショルダーバッグを置くと、宮沢は周囲を見回した。

局長席の前にホワイトボードが三つ持ち込まれ、東北各地の総局、支局、通信局の名前、そしてそこに詰める記者やカメラマン、事務担当社員の名前がリストアップされていた。青森や秋田支局管内のマス目には○の印がついているが、太平洋岸の総局、支局は軒並み空欄だ。

「固定電話を使って安否確認を」

社会部の筆頭デスクが受話器をいきなり宮沢の眼前に差し出した。

宮沢はホワイトボードに目をやる。空欄となっている盛岡支局の番号をダイヤルするが、無機質な機械音が響くだけで、先方が出る気配はない。盛岡はかつて一カ月間だけ臨時勤務した支局だ。現地採用の経理担当者の顔が浮かぶ。世話好きの女性だ。盛岡の様子はどうなっているのか。なぜ電話がつながらないのか。苛立《いらだ》ちが言いようのない不安に変質する。

一旦、受話器を置く。ホワイトボードに目をやると、仙台総局の局長や次長、仲が良かった整理部デスクの名前には○がついている。だが、カメラマンやシステム担当社員の欄は空いたままだ。

総局の管轄下には、石巻支局と安住卓二《あずみたくじ》支局長の欄がある。大和新聞写真部で戦場取材経験の豊富なカメラマンとして知られた支局長だ。三年前の殺人事件を取材したとき、安住には様々なサポートをしてもらった。

〈……現在、私は石巻上空です〉

番台横の壁には、公共放送のほか在京キー局の数だけ液晶テレビが据え付けてある。音声は民放の日本橋テレビから出ている。反射的に目をやる。

〈……石巻市の港近くの住宅街や工場一帯が浸水しています〉

ヘリからの中継音声が届く。その途端、耳を錐《きり》で思い切り突き刺されたような感覚に襲われた。石巻支局は工業港近くにある。画面に目を凝らす。夕闇《ゆうやみ》が近づいているため、上空からの映像では支局周辺かどうかを確認することができない。

「安住さんは無事なのか？　連絡はどうした！」

角田の怒声が編集局全体に響き渡る。

「宮沢、どうなってるんだ？」

角田の怒声が止《や》まない。宮沢はスマートフォンを取り出し、安住の番号をチェックする。携帯を鳴らすが応答はない。もう一度支局の番号をダイヤルする。しかし、機械音が響くのみで反応はない。

「つながりません！」

「バカ野郎、そこをなんとかするのが記者だろう！　仲間の命がかかってるんだ。どんな手段使ってでも安否確認しろよ！」

角田の怒声が一段と大きくなる。番台に集まった各部のデスクや編集局次長らが一斉に受話器に手を伸ばし、ダイヤルを再開した。

5

レガシィの助手席から、田名部は四五号線沿いの風景を無言で睨み続けていた。三分ほど前に宮古市から山田町に入ったことを道路脇の標識で知った。

スピードを上げた大型ダンプカーが対向車線を走り抜けていく。宮古と同様、海沿いの小さな町も未《いま》だ復興作業の途上にあることを思い知らされた。

幹線道路の四五号線は、海岸脇の路肩補強工事も済み、走行に問題はない。だが、道路周辺には依然空き地が目立つ。所々に白い看板が見える。目を凝らすと、個人名や商店の名前、連絡先や移転先の情報が記されている。

単なる空き地ではない。看板のある場所には、かつて人々の生活があったのだ。手書きの文字を見るたび、胸を掻《か》きむしりたい衝動に襲われる。

田名部の祖父は青森県八戸市の出身だ。亡き父とともに、なんどか田名部家の墓参に赴いた。八戸にも同じような海岸線がある。四五号線沿いにいた住民たちは、今どこに住んでいるのか。仮設住宅には入居できたのか。家族は無事だったのか。白い手作りの看板には様々な思いが籠《こも》っている。田名部の沈黙の根源を察知したように、堀合が口を開く。

「カーナビって、皮肉ですよね」

堀合が左手で液晶画面の地図を拡大させた。車両の現在位置を示す矢印の隣には、国道に沿う形で建っている商店の名前が載っている。

〈桜庭《さくらば》石材店〉

カーナビには詳細な形で石材店の影が映る。だが、フロントガラス越しの景色には、建物の姿はなく、土台すら残っていない。田名部は黙るしかない。

宮古市を過ぎ、レガシィは山田町を目指した。早坂のリストには山田という町名の横に、衣笠という人物の名が遺されていた。

ステアリングを握る堀合巡査部長の調べで、衣笠という人物が四三歳の男性で、町内の船越地区にあった避難所に入所していたことが判明した。だが、男は既に山田町を離れ、どこに行ったのかは不明だという。

「震災直後、堀合はどんな任務に就いたんだ？」

緩やかなカーブが続く中、田名部が訊く。

「沿岸の所轄署に動員されました。主に釜石と大船渡でした」

「遺体の捜索か？」

「それもありました。ただ、主な任務は検視の補助です」

「補助とは？」

「大半のご遺体は津波にのまれ、流されたのでヘドロを被《かぶ》っていたり、砂にまみれていました。検視担当の地元医師が検案する前に、一体ずつ水で洗いました」

「……そうか。大変だったな」

二の句が継げない。だが、堀合は淡々と答える。

「検案に支障が出ないよう、懸命に作業しました。ただ……」

堀合が口を噤《つぐ》むと同時に田名部は身構えた。

「釜石の安置所で高校の同級生に会いました。剣道部の親友でした」

「……」

「ヤツは高校卒業後、昆布専門の水産加工会社に就職しました。津波警報が出たあと車で避難したようですが、会社から二キロも離れた雑貨店の二階で見つかりました」

「……どうやってその経緯が分かった？」

「遺体を入れる納体袋に発見場所、性別、大まかな年齢を書いたメモ用紙が添付されていました。ただ、ジッパーを開けるまで同級生だとは知りませんでした」

自分の身に置き換えてみる。田名部は私立の中高一貫校でバスケットボールに興じた。現在も年に一、二度の割合で当時のメンバーたちと酒を酌み交わす。誰一人欠かすことのできない友人だ。

「ヤツは幸せでした」

突然、堀合が意外な言葉を吐く。

「ヤツは顔も傷んでいませんでしたし、手足が付いていましたから」

「……そうでないご遺体が沢山あったということだな」

田名部の言葉に堀合が頷く。

堀合だけではない。岩手、宮城、福島三県警の捜査員は皆、多かれ少なかれ東京の人間が考えもしない修羅場をくぐっている。東京の霞が関、警察庁のデスクで他府県の機動隊や捜査員の動員計画を差配するだけの上司に、沿岸で遺体捜索に関《かか》わった警察官の壮絶な体験談を聞かせてやりたい。

「今もあの時の夢を見ます」

堀合はそう告げたきり、口を噤んだ。心なしか、レガシィの速度が上がる。田名部はフロントガラス越しの海岸線に目をやるしかなかった。

6

大震災発生当日、大和新聞本社編集局の混乱は夜になっても一向に収まらなかった。仙台総局所属の記者やカメラマンの安否確認はできたが、依然として石巻支局の安住支局長とは連絡がつかない。支局兼社宅に同居している安住の妻の所在も判明しない。

一五分前、地元夕刊紙である石巻毎日新聞の若手、秋本《あきもと》記者と二分間だけ携帯電話がつながった。同紙は輪転機が水に浸かり、新聞の発行が不可能になったと知らされた。石巻毎日の本社近くに大和新聞石巻支局があることを思い起こした宮沢は、周囲の様子を訊いた。

〈あの一帯はもろにやられました。でも、安住さんは地元出身だから、津波の怖さを知っています。きっと高台の日和山に避難しているはずですよ〉

疲れ切った秋本記者の声が耳殻の中でなんどもこだまする。沿岸で育ったからこそ津波の恐怖を身に染みて理解している。一方で不安も膨らむ。安住はかつて著名な戦場カメラマンだった。被写体が迫ってくれれば、港に出向いてシャッターチャンスを狙《ねら》うかもしれない。

ホワイトボードを見る。福島県相馬市の通信局とも連絡が取れないほか、気仙沼や陸前高田の通信員の安否も判明していない。

「お前ら休むな！」

顔に脂汗を浮かべ、角田局長が怒鳴り続ける。番台では、安否確認と並行して朝刊の紙面組み作業が進んでいた。ワイシャツのボタンを外した編集局の男たちが、赤ペンを片手に仮刷りと格闘している。

　我に返った宮沢が受話器に手を伸ばしたとき、手元に置いたスマフォが震えた。反射的に取り上げ、モニターを睨んだ。022で始まる仙台市の市外局番が表示される。通話ボタンを押した途端、悲鳴に近い若い女の声が響いた。

〈宮沢さん！　ウチはどうなってるの？〉

「……もしもし、落ち着いてください。どなたです？」

〈仙台の西城《さいじょう》です〉

　電話の相手は、総局時代頻繁に足を運んだ地元書店のアルバイト店員だった。東北大学に通いつつ、熱心に店の棚を作っていた女子大生だ。宮沢の読書傾向や好みを熟知し、演芸関係の本やミステリーの新作が入荷すると、真っ先に連絡をくれた。

「たしか、西城さんの実家は石巻の奥にある雄勝《おがつ》だったよね」

〈民放のラジオ番組聴いていたら、雄勝が壊滅したってリポートがあったんです。大和新聞さんでなにか情報を摑んでいないでしょうか？〉

　宮沢の頭の中に、牡鹿《おしか》半島の北に位置する険しい谷間と深い入り江が浮かぶ。風光明媚《ふうこうめいび》という言葉がぴったりと合致する美しい港町が雄勝だ。

　一方で急速に不安が頭をもたげる。雄勝町は平時でも陸の孤島と呼ばれるほど辺鄙《へんぴ》な場所にある。石巻市街からは海沿いの女川《おながわ》ルート、あるいは北上川の堤防から峠越えをする山ルートをたどる。いずれにしても一時間近くかかる。険しい崖《がけ》と峠道。震度七の揺れが襲えば、道路が寸断され、文字通りの孤島となっている公算が大きい。

〈両親が心配なんです！〉

安住支局長のことを話しかけ、宮沢は思いとどまる。今までなんどか人の生死に関わる取材をしたが、今回のようなケースは初めてだ。まして、相手は女子大生だ。耐性があるとは思えない。

「こちらも必死で沿岸各地と連絡を取り合っているんだ。雄勝のこと、ご両親のことでなにか分かったらすぐに連絡する」

〈お願いします……絶対連絡ください……〉

電話口で西城の嗚咽《おえつ》が漏れる。

「必ず連絡する。待ってて」

宮沢はそう言って電話を切った。

いつも快活な笑顔で接客してくれた西城が泣き崩れることなど考えられない。だが、今、耳に突き刺さった声は、現実なのだ。

西城のように家族の安否を心配する市民は、今、この瞬間に何万、いや何十万単位で存在する。宮沢は固定電話の受話器に手を伸ばした。西城の声を聞いた瞬間から、大震災が自分の身に降り掛かったのだと思い知る。人ごとではない。家族同様に接してくれた三陸の人々が巻き込まれた災禍なのだ。

目の前の固定電話、二番のランプが赤く点《とも》る。反射的にボタンを押すと、雑音混じりの中で、聞き覚えのある声が響いた。

〈石巻の安住だ〉

「安住さん⁉」

〈無事だ……〉

「安住さん！　奥さんは？」

〈一緒だ。連絡が遅れてすまん〉

電話越しの声は疲れ切っていた。

〈地震の直後にカメラ持って港に行こうとしたら、母ちゃんに泣いて止められた〉

安住は擦《かす》れた声で笑う。宮沢は拳で頰を拭《ぬぐ》う。

「今、どこですか？」

〈三陸道のインター近く。蛇田地区にある幼なじみの家に転がり込んだ。幸い電波も生きている〉

「このまま、ちょっと待ってください……」

受話器を掌で覆うと、宮沢は立ち上がった。仁王立ちでホワイトボードを睨む角田の背中に叫ぶ。

「局長、安住さんから二番に入電です！」

角田は振り向き、猛烈な勢いで受話器を取り上げる。

「安住さん、良かった！　とにかく安全な場所に留《とど》まってください」

角田は右手を番台につき、大粒の涙を零《こぼ》している。総局時代、角田と安住は極端に反りが合わず、始終いがみ合っていた。だが、角田は洟《はな》をすすりながら、本気で泣いている。編集局だけでなく、大和新聞が一つになったのだと宮沢は瞬時に悟った。

7

早坂が殺害されてから二日目の午後、門間は石巻署の捜査本部で捜査会議に出た後、一人で東松島の仮設住宅団地に赴いた。県警本部と所轄署捜査員が全世帯をローラー作戦で地取りし、ほとんど手掛かりが出なかったことは承知している。仮設住宅近くの主要な道路についても、不審な車両についての情報は上がっていない。だが、まだ掘り起こしが足りないのではないか。師匠と仰ぐ先輩捜査員の声が頭をよぎる。

〈地取りで成果ナシなんて、絶対に嘘《うそ》だね〉

気仙沼署刑事課から県警本部捜査一課に異動して三年目の春、捜査研修要員に抜擢《ばってき》された門間は警視庁捜査一課に派遣された。第三強行犯係に配属され、中年太りで酒好きの警部補《シュニン》の下で捜査のイロハを伝授された。

〈現場には必ず答えが落ちている〉

地取り・鑑取りの鬼と呼ばれた教官は、新宿駅近くの思い出横丁《しょんべん》で濁り酒を飲みながら力説した。

教官はメモ魔だった。地取りに向かった住宅の家族構成はもとより、自家用車のナンバー、子供用自転車の防犯登録までをもメモ帳に記した。

仮設団地の集会所ベンチに腰掛け、門間は携えてきた地取り報告書を広げる。全戸の住民の名前一覧が掲載され、世帯ごとに証言の有無が表記されている。

〈世帯全員に聴かなきゃ、地取りは終わらないよ〉

もう一度、教官の声が頭をよぎる。一覧には、各世帯の証言は載っているが、一人ひとりについての記載がない。世帯の中の一人から話を聞いただけで、仮設住宅の住民全てから話を聞いたわけではない。手抜き捜査と言い換えることもできる。

自分一人で全世帯を回るか。門間はベンチから立ち上がった。だが、今度は直属の上司である県警一課長の顔が浮かぶ。捜査本部は真鍋犯行説で突っ走っている。仙台市内の牛丼屋の防犯ビデオに真鍋の姿がなかったことで、帳場はより前傾姿勢を強めた。

今さら地取りではないだろう。

一課長の嫌味が聞こえたような錯覚にとらわれる。捜査方針に楯突《たてつ》くような地取り再開は、帳場に波風を立ててしまう。

門間の脳裏に、拳を握り締める真鍋の残像が蘇る。牛丼屋に関する供述では、真鍋は明らかに嘘を言った。だがその後は違う。今までの捜査経験に照らせば、真鍋はシロだ。

門間は背広から携帯電話を取り出し、教官の番号を押した。仮設団地の路地を歩きながら、応答を待つ。だが、なかなかつながらない。

「門間さん、調べ直しですか?」

突然、背後から声をかけられ、門間は慌てて電話を切った。振り向くと、見覚えのある男が笑顔を浮かべている。

「黒田さん……」

サングラスをかけ、白い杖《つえ》をついた黒田が頷いた。

「どうして私だって分かったんですか?」

「門間さんの足音には特徴があります。車から降りられたときから分かりましたよ」

黒田の言葉を聞いた瞬間、両腕が一気に粟立《あわだ》つ。

「昔、足を怪我《けが》しましたね? 多分、アキレス腱《けん》だ」

今度は両腕から首筋に鳥肌が立った。黒田の言う通りだった。高校二年の春、一関の高校の道場でアキレス腱を切った。リハビリで復帰したが、今も天気や季節の変わり目には鈍い痛みが走る。自然と右足を庇《かば》うようになっているのは事実だ。門間が考え込んでいると、背後から人影が通り過ぎた。その途端、黒田が口を開く。

「高橋のお母ちゃん、娘さんは今度いつ帰ってくるの？」

「東京の仕事が忙しいらしくてね。お盆にはなんとかって言ってたよ」

「早く戻ってくれるといいね」

門間の傍らで、黒田が仮設住宅の住民と親しげに言葉を交わす。黒田に高橋という女性が見えている気配は皆無だ。門間のことを判別したのと同様、近所の婦人の足音も聞き分けているのだ。

「黒田さん、もう一度、あの晩のことをお訊きしてもよろしいですか？」

門間の求めに、黒田は笑顔を見せた。

「早坂さんの無念を晴らすためでしたら、なんでもやりますよ」

黒田はくるりと向きを変え、集会所に歩み出した。黒田の背中に、真鍋の握り拳がオーバーラップする。この仮設住宅団地に答えは落ちている。携帯電話を取り出すと、門間は本部の主任警部を呼び出した。

「少し気になることがありまして」

門間はかいつまんで黒田に関する情報を伝える。電話口で上司の嗄《しゃが》れた声が響く。

〈大方そんなことじゃないかと思ったよ。俺も帳場がやや滑っている気がしているんだ〉

「視覚障害者の目撃情報、課長に上げますか？」

〈……まだ待った方がいい。帳場の大勢は真鍋犯行説だ。ネタを固めてからでないと、帳場が混乱する〉

「分かりました」

〈課長にはおまえが別のネタ固めをしていると報告する。もう少し調べてみろ〉

門間は電話を切り、端末に向けて小さく頭を下げた。小さな疑念は、徹底的に潰す。門間はもう一度、集会所の周囲を歩き始めた。

第三章　黒流

1

ＮＰＯ法人リブート・ハウスの仙台事務所を出た宮沢は、総局のデスクに連絡を入れた。夕刊帯で特段大きな動きはないと知り、石巻で取材する旨を告げ、プジョーに乗り込んだ。

仙台東部道路を経て、通い慣れた三陸道を走る。東松島の矢本インターを過ぎ、高速道路の右側に目をやると、日本製紙石巻工場の巨大な煙突から、もうもうと白い煙が立ち上っていた。総局に配属された直後、石巻市を初めて訪れたときに見た風景だ。

震災前、なんども取材で訪れたときも煙が上がっていた。工業港に隣接する工場は、津波の直撃を受け、操業停止を余儀なくされた。今、視界に入ったこの風景が石巻のかけがえのない一部だったのだと痛感する。

三陸道を降り、石巻市街に向かう。瓦礫《がれき》が撤去され、市街地は見違えるほど綺麗《きれい》になった。信号で停《と》まるたび、震災発生直後に訪れたときの残像がフラッシュバックする。

市内中心部にある小高い丘、日和山方向に宮沢はプジョーを向けた。住宅街と全国チェーンのコンビニの間を抜け、石巻毎日新聞の敷地に滑り込むと、玄関前で仮面ライダー一号の等身大人形が待ち構えていた。

石巻近郊で生まれた漫画家石ノ森章太郎が創《つく》り出したヒーローは、萬画館や市内中心部に設置されていたが、ことごとく津波の被害に遭った。街の復興再建のシンボルとして、ヒーローは街の情報発信基地である同紙の玄関に設置された。

一階の受付席を会釈して通り過ぎ、勾配《こうばい》のきつい階段を登る。震災前から同紙スタッフには漁業関係者を紹介してもらい、沿岸地域の風土や人情の機微まで教えてもらった。いつしか酒を酌み交わす機会も増えた。

大震災の発生直後、数人の記者が津波に呑《の》まれ、九死に一生を得たと聞かされた。

廊下の海側に報道部の部屋がある。ノックして扉を開けると、ガラスのパネルに入れられた手書きのポスターが視界に飛び込んできた。

「久しぶりじゃないですか、宮沢さん」

手書きの文字を見つめていると、衝立《ついたて》の横から大きな男が宮沢を見下ろしている。

「やぁ秋本さん、どうも。これ、こんな形で保存しているんですね」

宮沢は男を見上げ、言った。

「テレビに取り上げてもらったあと、番組のスタッフさんが気を利かせてくれましてね。永久保存すべきだって」

改めて宮沢は手書きの文字を見る。ポスター大の紙に刻まれているのは、石巻毎日新聞の号外だ。

〈日本最大級の地震・大津波〉

ポスターの最上部に見出しがある。その横には平成二三年三月一二日の日付。

〈正確な情報で行動を！〉

東北地方太平洋沖地震の太文字と本記の横には、赤いマジックで市民に冷静な行動を訴える文字が並ぶ。石巻毎日の本社一階は、あの日新聞社の心臓部となる輪転機が水に浸かった。

「俺たちは当たり前のことをやっただけですよ」

宮沢が手書き新聞に見入っていると、記者の秋本裕宏《ゆうひろ》が照れくさそうに笑う。手書き新聞は在京メディアに取り上げられ、全国的なニュース素材となった。悲惨な状況ばかりが伝わる震災直後のタイミングにあって、同紙の取り組みが心温まるニュースとして取り扱われた。

一切の情報から遮断された市民のために、石巻毎日新聞は手書きニュースという最も原始的なツールを用いた。六日間も手書きの新聞を発行し、市内各所の避難所に掲示し続けたのだ。電気やガスのライフラインが途絶え、携帯電話の電波も極めてつながりにくい状況だっただけに、原始的な情報伝達手段は絶大な効果を発揮した。

出所不明の流言飛語が飛び交うなか、記者が役所や警察、自衛隊から情報を得て、手書きの新聞に掲載した。情報の真偽を確かめ、読者に届けるというジャーナリズムのお手本のような事例が目の前の手書き号外だ。

大和新聞を始めとする大手紙や東京のテレビは読者、視聴者のためにと言いながら、自らの手柄や同業他社を蹴落《けお》とすためにスクープを狙《ねら》っていた。一方、地元読者のために情報を伝えるという石巻毎日の姿勢はぶれなかった。

「どうぞ、こちらへ」

秋本に促され、七名分の机が並ぶ簡素な報道室の奥へ進む。

「あら、久しぶりじゃない！」

五名の若手記者を束ねる報道部長の平田美智子《ひらたみちこ》が立ち上がる。平田は眼鏡をカチューシャがわりに頭に載せ、応接セットを勧めた。

「秋本に聞いたけど、なにか調べものがあるんだって？　もしや早坂さんの件？」

ビニールレザーのソファーに座るなり、平田が口を開いた。同業者だけに話が早い。

「そうなんです……」

「県警の見立てに疑問を持っているの？」

平田がどんどん先回りする。大きな体を折り三人分の緑茶を置いた秋本も加わる。

「県警本部と石巻署は同僚の真鍋を既に仙台中央署に任意同行《ニンドウ》しているっていうじゃないですか」

「僕もその話は知っています。お二人には釈迦《しゃか》に説法でしょうが、真鍋氏は早坂さんとソリが合わなかった……」

「石巻署の刑事課長もウラ懇談でその見立てに間違いないって言っていましたよ」

大きな体を屈《かが》めながら、秋本が小声で告げる。

「その件、僕も今朝ほど県庁で再確認しました」

宮沢が応じると、隣席の平田が頭を振る。

「それに、犯行時刻のアリバイがあやふやだって聞いたわよ」

ジャケットから取材メモを取り出し、平田が告げる。

「……うまく言えないんですが、どうも都合良すぎる気がするんです」

「宮沢さん、考え過ぎよ」

二人の地元紙記者が言うように、真鍋は早坂と仲が悪く、アリバイもあやふやだ。県警本部の捜査員を取材する大和の若手記者と同様、平田と秋本も捜査本部のある石巻署に食い込み、ネタを取っている。総局のデスクのように、この二人も真鍋犯行説は揺るがないとみている。

溜息《ためいき》をつくと、宮沢は別の話を振った。ここからが石巻を訪れた本当の目的だ。

「リブート・ハウスというNPO法人と早坂さんの関《かか》わり、なにかご存知ですか?」

宮沢が告げると、二人は拍子抜けしたように顔を見合わせた。

「震災直後からものすごい数のNPOが石巻に入ったからね。あまり記憶にないわね」

平田が首を傾《かし》げる。秋本も肩をすくめる。

「たしか俳優の三村尚樹が主宰している団体でしたか?」

秋本が自信なげに告げる。宮沢が身を乗り出すと、秋本が慌てて頭を振る。

「炊き出しや瓦礫処理のボランティアの様子を取材しましたが、特段変わったことはなかったですよ。沢山支援してくださった団体の一つ、それ以上の印象は特にないですね」

二人の答えに、宮沢は肩を落とした。三村の活動は、突出したものではなかった。仙台のリブート・ハウス事務所を出た際、胸に浮かんだ小さな違和感は、やはり思いすごしだった。頭を切り替えた宮沢は口を開いた。

「それでは、早坂さんに恨みを抱くような人はいませんでしたか?」

「そんな人、絶対にいるわけないじゃない」

強い調子で平田が否定する。瞳《ひとみ》には薄《うっす》らと涙が浮かぶ。

「もちろん、僕も彼のことはよく知っています。ですが、震災直後のこととか、僕が東京にいるころの話とかで、心当たりありませんか？」

宮沢と平田の話を聞いていた秋山が身を乗り出す。

「彼はものすごく優しい半面、曲がったことが嫌いというか、厳正な人でした。ご存知のように、石巻は他の沿岸都市と比べて復興の立ち上がりが遅かったので、彼に発破をかけられ、不快な思いをした人はいたかもしれません」

秋本の言葉に平田がなんども頷《うなず》く。

「良ければ、市役所で早坂さんをよく知る人を紹介しますよ」

「助かります。どうしても疑問を潰《つぶ》さないと納得できない性分なもので」

宮沢は二人の地元紙記者に頭を下げた。

2

大震災発生からまる一日が経過した。

連絡が途絶えていた東北各地の支局員や通信員全員の無事が確認された。各地の記者は自らが被災したにも拘《かかわ》らず、精力的に取材に戻った。

東北各地の中でも、石巻支局の安住の出足が一番速かった。安住は石巻中心部や港で二〇〇〇枚以上の写真を撮り、仙台の総局から緊急用食糧を持って駆け付けた事務職員にメモリーカードを託した。データは総局を経由して東京本社に届いた。

連絡を受けた宮沢が番台でデータを開いた直後、周囲にいた角田局長ら編集担当者は一様に絶句した。

石巻の市街地は、徹底的に破壊されていた。北上川の河畔に建っていた昭和の趣を色濃く残す古い劇場は跡形もなくなり、橋の欄干に看板がぶら下がっていた。

河口近くの商業ビル三階には大型クルーザーの舳先《へさき》が突き刺さり、市街地の真ん中に漁船が漂着していた。無数の瓦礫や乗用車が散乱する市街地を、肩をすぼめ、泥だらけになった市民が歩いている。写真を目にした瞬間から、全身が粟立《あわだ》つ。

戦場カメラマンだった安住は、路上に放置され、収容を待つ犠牲者たちもファインダーに収めた。遺体の扱いに関し、積極的に掲載すべしと主張する写真部長と、新聞協会の取り決めを待つべきだと言う角田局長が協議を始めた午後三時半過ぎ、番台横の整理部デスクに設置された帝都通信社の速報ブザーが至急電を告げた。

〈東電福島第一原発一号機が水素爆発〉

通信社のアナウンスに編集局全体が凍り付く。この至急電のブザーが鳴ったとき以降、宮沢ら編集局に詰めたメンバーは、ほとんど不眠不休で編集作業に没頭した。

本社の地下二階にある仮眠室、通称・蚕棚《かいこだな》から這《は》い出た宮沢は、廊下で祖父の形見のオメガに目をやった。日付は一三日、時刻は午前十一時半になっていた。番台に顔を出すと、社会部のデスクが宮沢にメモを手渡した。

「ちょうど起こそうと思ったところだ。受付にお客さんが来てるぞ」

「誰ですか？」

「知らん」

ぶっきらぼうに言ったあと、デスクは夕刊最終版の仮刷りに目を落とした。

宮沢は首を傾げる。昨晩、妻の亜希子が下着やワイシャツなど着替えを持参して来社したばかりだ。

宮沢は五階の編集局からエレベーターで一階に降りた。早足にロビーを横切ると、ポニーテールの後ろ姿が目に入った。

「宮沢ですが……」

宮沢が声をかけると、女性が振り向く。

「お久しぶりです」

「めぐみさん、どうしたの？」

眼前の女性は、セルの眼鏡をかけ、化粧気がない。仙台総局勤務時代に知り合ったときとは全く印象が違う。

「一昨日《おととい》、友達の結婚式に出席していたんです。でも、帰れなくなって」

めぐみは、東北一の繁華街・国分町でクラブを切り盛りする三〇歳の若きオーナーママだ。四年前、出張で仙台に来た叔父・乙彦に紹介された。たまたま、当時住んでいた賃貸マンションが同じだったことが縁で、めぐみは単身赴任の宮沢に煮物や海産物を差し入れしてくれるようになった。

「めぐみさん、たしかご実家は……」

記憶を辿《たど》りながら、宮沢は怖々と訊《き》く。

「そう、石巻」

一瞬だが、眼鏡越しのめぐみの目が潤む。

「……大丈夫、家族は全員無事でした」

家族は、という言葉に息を飲む。

頭の中のメモリを繰る。めぐみの実家は漁港にほど近い門脇地区だ。安住からの連絡で、門脇や南浜の住宅街は津波に加えて火災に遭い、壊滅的な被害を被ったと聞かされた。実際、真っ黒に焼け焦げた小学校の写真も目にした。

「実家は流されこそしなかったけど、二階まで波が来て全壊です。でも、家族は全員奇跡的に助かったの……あの日の午前一一時半に祖父が赤十字病院で亡くなったから、東京にいた私以外全員が集まっていたの」

石巻赤十字病院は地域の医療拠点として現在は野戦病院のようになっている。

「祖父の亡くなる時刻がもう少し遅かったら……きっと祖父が守ってくれたの」

独り言のようにめぐみが告げる。

「大変だったんだ……」

祖父の死去だけでもめぐみはストレスにさらされている。まして故郷が壊滅的な打撃を受け、しかもそこに帰れずにいる。国分町では気丈な美人ママとして知られているが、胸の内は混乱の極みにある。

「……今日の夕方、東京の友人が車で仙台まで送ってくれることになりました。その先は、仙台の友人に頼んで故郷に戻ります」

「どこに泊まるの?」

「三陸道のインター近くに叔父が住んでいますから。一家全員で居候です」

宮沢は頷くしかない。東北新幹線は不通で、東北自動車道も緊急車両以外は通行禁止だ。国道四号線を四〇〇キロ近く北上するルートしか残されていない。

「緊急用の食糧だったら、社の倉庫にいくつか用意があるはずだから、持っていってください」

宮沢が告げると、めぐみが頭を振る。

「ありがとうございます。でも、今日お邪魔したのは別のお願いがあったからなんです」

宮沢は首を傾げる。

「震災で日本製紙が被災して以降、紙不足なんでしょ？」

一一日以降、首都圏ではインスタント食品や飲料水、トイレットペーパーの買い占めが横行した。原発事故が加わったことで消費者の恐怖心はさらに膨らみ、闇雲《やみくも》な買いだめが顕在化している。スーパーやコンビニの棚から一斉に商品が消え、震災の直接的な被害を受けていない首都圏は一種のパニックとなっている。

「なにか必要なものがあるの？」

「子供用の紙オムツをどうしても入手したいんです……お邪魔する前に四〇近い店舗を回ったんですけど、どこにも在庫がなくて」

社会部の若い記者が買い占めの実状をリポートした記事を思い返す。

製紙会社の被災が雑誌や新聞の用紙不足につながっているのは事実だが、ティッシュペーパーや紙オムツまで原料と在庫が払底したわけではない。パニックの連鎖で若い母親たちが我先にドラッグストアに列を作った。

「製紙会社の広報マンに訊いてみるよ。紙オムツはどんなタイプ？　生後何カ月とか色々な種類があるはずだけど」

「新生児用です。二、三パックだけでもあると助かります」

めぐみの目がたちまち充血する。

頷いた宮沢はスマートフォンの番号を呼び出す。幸い、広報マンがつかまり、数時間のうちに五パックを大和新聞のバイク便が取りに行くことで話がまとまった。電話を切ると、めぐみの表情が明るくなる。

「あまりマスコミ特権は使いたくないんだけど、今回は事情が事情だからね」

宮沢が軽口を叩《たた》いた直後、めぐみの目に涙が溢《あふ》れる。

「姉の同級生に子供が生まれたばかりなんです。でも病院では極端に物資が不足しているみたいで……」

「もう安心です。調達した紙オムツを赤ちゃんのご両親に託してください」

「違うんです……」

ハンカチを口元に当て、めぐみが頭を振り続ける。

「子供用の肌着とかだったら、妻からアパレル関係のツテもたどるけど」

めぐみはなおも頭を振る。

「……赤ちゃんは一人なんです」

小さな声でめぐみが告げる。一人とはどういう意味か。

「生まれたばかりの赤ちゃんは、内臓の検査のために入院中でした。一足早く母親は退院し、父親とともに南浜の自宅に戻ったんです……」

南浜という地名を聞き、宮沢は胸を鷲《わし》づかみにされたような痛みを覚えた。考えたくない結論が頭をよぎる。

「姉と同級生たちが私に連絡してきたんです……亡くなった両親のためにも赤ちゃんは絶対に死なせないって。だから紙オムツをなんとしてでも手に入れろって」

宮沢の頭の中に、編集局の番台脇のホワイトボードが映る。東北三県の県名の横に、死者と行方不明者の数が手書きで記されている。新生児の両親は発見されたのか。だが、東京で事務的にカウントしていた数字が、一瞬のうちに生身の人間の生き死にに直結する現実なのだと思い知らされる。無機質な数字の背後には、壮絶な事態に直面し、日常をあっという間に奪われた人たちがいる。

マスコミに勤務して一三年経過したが、背骨を無理矢理肉体から剝《は》がされるような鈍い痛みに襲われるのは初めてだ。言葉が出ない。

「宮沢さん、本当にありがとう」

目の前で、めぐみが深く頭を下げる。お互い様です。必要なことならなんでも言ってくれ。あれこれ言葉を探すが、どれを使えばいいのか分からない。宮沢はなんとか言葉を絞り出す。

「……石巻の皆さんに頑張ってくださいと伝えてください」

宮沢がそう告げた直後だった。今まで必死に堪《こら》えていためぐみの頰を涙がつたう。

「大津波から生き残っただけでも、みんな必死で頑張ったの。これ以上頑張ったら、東北の人間はみんな死んじゃうよ」

様々な謝罪の言葉が頭の中を駆け巡るが、どれ一つ声に出せない。涙を拭《ぬぐ》っためぐみの顔が、気丈な表情に変わっている。

「このご恩は一生忘れません」

めぐみが深く頭を垂れる。宮沢は、バイク便が到着したら知らせると言い残し、めぐみと一旦、別れた。大和新聞だけでなく、日本中が東北沿岸に向けて、声高に頑張れと伝えている。だが、頑張れというひと言が、どれだけ相手の胸を抉《えぐ》ることになるのか、宮沢も含めてほとんど理解している人間はいない。

エレベーターで五階に戻った宮沢は、編集局に続く廊下で場違いな人間を見つけた。

「金野《こんの》さん、どうしたの?」

ボブスタイルの髪型に反応して声をかけた瞬間、宮沢は口を噤んだ。白いワイシャツに黒いベストを着た小柄な若い女性が肩を震わせていた。

本社一〇階にある社員食堂で、ウエイトレスとして働いている職員、金野信江《のぶえ》だ。

金野の眼前には、石巻支局長の安住のほか、東京本社から東北沿岸に駆け付けた本社カメラマンたちが撮った写真が引き伸ばされ、廊下の壁一面に掲示されていた。

「……編集局の前に写真が掲示されたと聞いて、いても立ってもいられなくなって」

消え入りそうな声で金野が告げる。金野の視線の先には、ヘリコプターから撮った写真がある。海沿いの広大な地域が津波の直撃を受けていた。

「もしかして、金野さんの出身地は……」

「陸前高田です」

家族は無事か。家はどうなったのか。そう口元まで出かかったが、宮沢は思いとどまった。仙台の総局時代、休日になんども陸前高田を訪れた。眼前の空撮写真とは全く違った。その違いは、写真を見つめる金野自身が一番知っている。

「実家の家族や嫁いだ姉、その子供たちとも連絡が取れていません。実家の隣に住んでいた幼なじみに子供が生まれたばかりだったのに、彼女とも電話がつながりません」

写真から目を離した金野が力なく頭を振った。

「こんなときだから、仕事を休んだら?」

努めて優しい口調で宮沢が告げると、金野が存外に強い口調で返答した。

「いえ、私が休むわけにはいきません」

「でも……」

宮沢が口を開きかけると、金野が三メートルほど編集局の入口方向に早足で移動した。なにか気に障ることを言ってしまったか。先ほど、めぐみの大粒の涙を見た直後だ。故郷が一瞬にして波にのまれた金野の心情を推し量ることはできない。金野はなにをしようとしているのか。

「宮沢さん、これを見てください」

小柄な金野が右腕をいっぱいに伸ばし、天井近くの一枚の写真を指している。宮沢が金野の指先を辿ると、全身ずぶ濡れになりながら、太い梁《はり》を持ち上げる自衛隊員の姿が写っていた。倒壊した家屋から生存者を捜索する写真だ。

「盛岡駐屯地から緊急出動した兄です」

ヘルメットの下にある若い隊員の顔は、ヘドロと重油が付着して真っ黒だ。力んだ口元からわずかに見える歯が異様に白く映えていた。

「兄が歯を食いしばっている以上、私が休むわけにはいきません」

金野はそう言って頭を下げ、エレベーターホールの方向に駆けて行った。

小さな背中を見送りながら、宮沢はこめかみを押さえた。自衛隊員が懸命な救命活動を行っていた間、自分はのうのうと仮眠をとっていた。

このまま東京にいたのでは、記者として今後なにも書けなくなる。宮沢は編集局のドアに向かって大股で歩き始めた。整理部や社会部の脇を通り抜け、番台で朝刊の紙面組みメモを読んでいた角田に駆け寄る。このまま東京にいては本当のことを伝えられない。どの程度の戦力になるかは分からないが、自分の足で被災した地域を回り、頑張ってという言葉の持つ残酷さの根源を探らねばならない。

「局長、今すぐ仙台に行かせてください」

メモから目を離した角田が、ギロリと宮沢を睨《にら》む。

「ダメだ、もう少し東京にいろ。おまえほど東北各地の事情に通じた記者はいない。この場所で扇の要《かなめ》になってもらわなきゃ困るんだ」

角田の声は高圧的だが本質を突いている。東北六県の全支局に勤務し、各地の自治体や警察に顔が利くのは自分が一番だと分かっている。だが、どうしても行かねばならない。宮沢は、めぐみや金野とのやりとりを角田に告げた。日頃は傲慢《ごうまん》な角田の態度が一瞬にして消え去る。

「分かった……ただし、あと三日はここにいてくれ。原発事故の様子が分かるまでだ」

宮沢は渋々頷いた。大震災のあとに起こった原発事故は、今までの災害報道マニュアルを越える事態を次々に引き起こした。前例のない取材態勢を講じなければならない。

「あと三日です。そのあとは仙台を拠点に沿岸各地を飛び回りますよ」

自分でも驚くほど強い口調だった。角田が口を真一文字に結ぶ。宮沢は番台の上にある固定電話の受話器を取り上げ、石巻の安住支局長の番号を呼び出した。

「……近々、応援に向かいます。よろしくお願いします」

宮沢は一気に告げる。電話口で、安住の嗄《しやが》れた声が響く。

「分かった。ただし、覚悟決めてこいよ」

安住は一方的に電話を切った。

日頃から無駄口の少ない寡黙なカメラマンだが、今しがた聞いた声は、宮沢が今まで知らなかったぶっきらぼうな口調だった。気にかかる。再度受話器に手を伸ばしかけたが、思いとどまった。四日後には、この目で震災の爪痕《つめあと》に接する。そのとき、安住の声音の根源にも触れることができるはずだ。

アルバイト学生が手渡した紙面組みのメモに目をやり、宮沢は編集作業に没頭した。

3

「あと少しで山田町です」

切り立った断崖《だんがい》の脇を縫うように走る国道四五号線。左手に太平洋を見ながら、田名部は岩手の沿岸を南下するレガシィの揺れに身を任せた。

きついカーブを曲がった瞬間、深い入り江が田名部の視界に飛び込む。ほとんど波のない山田湾には、牡蠣《かき》養殖の筏《いかだ》と無数の黄色いブイが浮かぶ。その周囲を小さな船外機を付けた漁船が走る。予備知識なしに訪れていれば、絵に描《か》いたようなのどかな漁村の風景にみえる。

だが、入り江の奥にある陸地の光景は残酷だ。宮古市で見た景色と同じで、堤防の補強工事が実施されている。四五号線沿いには、所々にプレハブの仮設商店があるほか、コンクリートの土台のみが残された空き地ばかりが目立つ。穏やかすぎる湾を見るにつけ、本当に大津波が襲ったのかと疑いたくなるが、現実に町は破壊されたのだ。穏やかな湾と土台だらけの荒涼とした風景の対比は皮肉としか言いようがない。

「あっ」

ハンドルを握る堀合が素《す》っ頓狂《とんきょう》な声を上げた。田名部はゆっくりと顔を堀合に向ける。

「綺麗になったなぁ……」

堀合はなおも感嘆の声を上げている。

「綺麗、なのか？」

「そうです。あっ、言っていませんでしたか？　ここは本職の地元なんです」

堀合が照れくさそうに笑う。

「来る度に町が綺麗になっていくんです。自衛隊や他県警始め、多くのボランティア団体が入ってくださったおかげです。地元の人間としてありがたいことです」

フロントガラス越しの景色を見つめたまま、堀合が言う。

「山田町は、津波の直撃のほか、ガス爆発が原因で市街地がほとんど焼失しました。本職の実家もそうです。よくここまで綺麗になったもんだ」

レガシィの速度を落とした堀合は、周囲の風景を愛《いと》おしげに眺める。

田名部は記憶を辿る。捜査二課の大部屋で公共放送のヘリ映像を観《み》た。震災当日の夜、真っ暗な画面の中で、山田町が燃えていると記者が叫んでいた。オレンジ色の炎が不気味に光っていた。

あの漆黒の画面の中には、無数の住民たちが残されていた。堀合の親戚《しんせき》縁者はもちろん、友人が津波に襲われ、その後は火災の恐怖に怯《おび》えていた。

震災後なんども東北に足を運んだ。警察庁や警視庁のビルの中で一度も被災地を目の当たりにしていない同僚たちとは一線を画してきたという自負がある。だが、やはり自分は当事者ではないのだ。

「少しだけ、地元の案内をさせてください」

ハンドルを切りながら、堀合巡査部長が田名部に告げた。

「湾の中程に小さな島と大きな島があるでしょう？」

堀合が進行方向の左側を指す。穏やかな湾の中に、大小の椀《わん》を伏せたような二つの島がある。

「夏休みになると、毎日あの島で泳ぎました。大きいのは大島、もう一つは小島って言うんです。養殖の漁師に頼んで、運んでもらうんですよ」

穏やかな湾内には、何艘《そう》もの小舟が浮かぶ。真っ黒に日焼けし、白い歯を見せる少年たちの像が浮かぶ。

田名部は市街地があった周辺を見渡した。田名部の眼前には、住宅や商店の土台がいくつも見える。

「やっぱり綺麗になりましたよ」

国道四五号線を右折し、レガシィはプレハブの仮設店舗や移動販売の車両が停車する一角を通り過ぎた。フロントガラス越しには真っ黒な樹木が見え始める。

「駅前ロータリーがあった場所です」

田名部の視線をたどった堀合が明るい口調で説明する。たしかに、樹木を中心に同心円の車の流れがある。樹木に近づいた。

「真っ黒じゃないか」

遠目には分からなかったが、ロータリーの中心にある樹木は焼け焦げていた。

「この辺りも根こそぎ津波にさらわれ、そのあとの火事でやられましたから……ちょっと降りてみましょう」

欅《けやき》か杉なのか。降車して見上げるが、種類さえ分からないほど木は焼け焦げている。

「ここにＪＲの陸中山田の駅舎がありました」

背伸びした堀合は、手をいっぱいに広げて空間に絵を描いた。だが、周囲には駅舎の影すらない。堀合の背を追い、歩を進める。

「ここ、プラットホームだったんです」

コンクリートの表面が焦げ茶色になっているが、薄らとホーム上の白線の痕跡《こんせき》が見える。だが、線路は見えない。強引に剝ぎ取られたのだ。改めて津波の破壊力の強さを思い知ると、両腕に鳥肌が立つ。釜石の方向、かつて線路が敷設されていた場所には、雑草が生い茂っていた。

「二年経《た》ってもこの状況なのか……」

田名部がぽつりと言うと、堀合が強く頭を振った。

「だから綺麗になったって言ったじゃないですか」

堀合はどんな気持ちで言っているのか。その胸の内を計り知ることはできない。

「高校はどこに通っていたんだ?」

「釜石です。毎朝、ここから山田線に乗って通いました」

重機の方向に目線を固定させたまま、堀合が答える。田名部は中高一貫の私立校に通った。三《み》鷹《たか》の実家からJRと私鉄を乗り継ぎ、練馬区の小さな駅近くの学校に六年間通学した。駅前に広がる小さな商店街の風景は、今も当時と大して変わりない。足繁く通ったパン屋や、授業を抜け出して行った喫茶店は現在も営業している。

今、堀合の眼前にあるのは、懐かしい、そして当たり前だった日常の記憶を一切合切奪い取ったあとの風景だ。

堀合は依然として釜石の方向を見続けている。明るい口調で田名部に接しているが、堀合の胸中はぽっかりと空いた記憶の穴を懸命に埋めているのだ。

息を吐き出し、田名部はレガシィの方向に歩き出した。いつの間にか、捜査車両の側《そば》にタクシーが停車し、後部ドアを開けている。客待ちをしている。もう一度、駅舎があった方向を振り返る。プレハブの建物はおろか、線路さえ敷設されていない。タクシーに乗る客が次々に現れるとは到底思えない。運転席のドアが開いた。背の低い中年の男が降り立ち、煙草《タバコ》をふかし始める。

「彼は中学の先輩です」

いつの間にか、田名部の傍らに堀合が立っている。

「ここで客待ちをしても……」

「一日に三、四人でしょうね。ボランティアの人とか、取材にきた人とかしかタクシーを使うことはありませんから」

「役場の前とか、仮設商店街の前でも良さそうなのに、なぜだ」

「彼の奥さんは、風邪で高校を早退した娘さんを駅に迎えにきていたそうです」

堀合の言葉を聞いた瞬間、後頭部に鈍い痛みが走る。

「タイミングが悪かったんです。先輩は同じころ内陸の方向に客を乗せて走っていた。普段なら、俺がメーター倒さずに連れて帰っていたって……」

「ならば、彼はなぜ？」

「あの日から全く日付が変わっていないのです。今も娘さんが早退してくるかもしれない。そう思っている。まだ奥さんと娘さんには会えていませんから」

一〇メートルほど先には、穏やかな山田湾をぼんやり見つめる男の背中がある。日付が変わっていない。妻と娘と再会を果たしていないという男の心情を推し量ることなど不可能だ。同じ家族がある身だとしても、日付が変わらないという意味を心の奥底で共有することはできない。

「日付が変わらずとも、沿岸の人間はなんとか生きていかねばならんのです」

独り言のように告げると、堀合はレガシィに乗り込んだ。タクシー運転手の後ろ姿に頭を下げ、田名部もドアを開けた。

「役場に行きましょう。話は通してありますから」

堀合がシフトをDに入れ、アクセルを踏み込んだ。田名部は、若い警官の記憶が詰まったなにもない風景を一瞥《いちべつ》し、手元の手帳を開く。

〈山田：衣笠〉

殺された宮城県庁の早坂が遺《のこ》したメモのコピーを凝視する。JR陸中山田駅のあった場所からほどなくして、レガシィは小高い丘を目指した。役所の駐車場に停まると、NPO法人が主催する無料コンサートのポスター近くに、作業服を着た町役場の担当者が待ち受けていた。

「お忙しい中、恐縮です」

田名部は職員に導かれるまま、会議室に入った。

「一応、名簿は取り寄せておきましたが……」

職員の言葉が尻すぼみになる。成果は期待できない感じだ。

「ありがとうございます」

席に着くなり、田名部は付箋《ふせん》の貼《は》られたページを見やった。

〈船越地区　第二避難所入居者名簿〉

数十人分の名前がある。一覧表の中程に、薄いピンクの蛍光ペンが塗られていた。

〈衣笠　隆　（四三）　人材派遣会社勤務　町内川向《かわむかい》町在住〉

「衣笠という人物はこの町の人ですか？」

一覧表から目を上げ、田名部は町役場職員に訊いた。だが、相手は首を傾げる。

「この辺りではあまり聞かない名前でして……」

田名部はもう一度表に目をやる。

〈人材派遣会社勤務〉

「派遣会社から送り込まれた労働者かなにかでしょうか？」

「その公算はあります。ちょうど震災前に港の定期的な修繕工事と道路の補修が行われておりましたので」

「この川向町という住所は？」

「陸中山田駅のそばになります」

職員の声が萎《しお》れる。

「港湾工事関係者が頻繁に宿泊する宿は、社長や従業員もろとも……」

この小さな町でも過酷な現実が待ち受けていた。だが、早坂の遺志を確認するためにも、訊かねばならない。

「衣笠氏を覚えている人は？」

「同じ避難所に入っていた役場の同僚に尋ねてみました。煤《すす》けた作業服を着た無口な男だったという以外はとくになにも……あ、微《かす》かに関西訛《なまり》があった、そんなことを同僚は言っておりました」

三陸と関西訛。関西の人間がわざわざ遠く離れた三陸まで来るだろうか。頭の隅に、小さな黒い点が浮かぶ。

「彼はその後どこに？」

「分かりません。元々の町民でも一時避難だということで遠野や盛岡に向かった人の場合、その後の動向を全部把握できているわけではありませんので」

申し訳なさそうな口調で職員が告げる。この間、堀合は熱心にメモを取っている。

「町民以外の人が避難所に入っていたことは、頻繁にあったのですか?」

「詳細は分かりません。ただ、あの状況下で、町民とそれ以外の人間を区別することは不可能だったと思います。生き残っただけでも奇跡でしたから」

職員の言葉に田名部は頷いた。津波に加え大火災に見舞われた町で、避難所の入居に分け隔てを行えるはずはない。

「大変お手数ですが、衣笠氏に関する情報が入りましたら、些細《ささい》なことでも結構ですのでこちらに連絡を」

田名部は名刺を職員に手渡すと、駐車場に向けて歩き出した。

「これからどうされますか?」

「次を当たる。仮設住宅で聞いてみよう」

「ご案内します。ところで、今の話はどう思われましたか?」

「整理中だ」

頭に浮かんだ嫌な予感をまだ話す段階ではない。釜石、あるいはその次の土地で予感が確信に変わったとき、堀合には具体的な指示を出さねばならない。予感が思い過ごしであってほしい。だが、早坂の遺したメモは、犯罪の端緒につながっているような気がしてならない。リストにあった男の行方がつかめない、いや足跡さえ消えている状況は不自然すぎる。穏やかな山田湾を見渡しながら、田名部はレガシィの助手席に乗り込んだ。

4

石巻毎日新聞報道部を出た宮沢は、階下の駐車場に向かった。震災発生後に訪れたときは、駐車場の敷地全体に泥が溜まり、道路と敷地を隔てるフェンスも曲がっていた。だが、今はアスファルトが見え、フェンスも取り替えられている。

小さな新聞社も日常を取り戻していることを実感したあと、宮沢はJR石巻駅近くにある石巻市役所に向かった。秋本記者に教えてもらった広報課の担当者を訪ねると、快く対応してくれた。

宮沢は壁に貼られたNPO法人リブート・ハウスの無料お笑いショーのポスターの脇を通り、簡易応接セットに座る。挨拶《あいさつ》もそこそこに本題を切り出す。

「早坂さんが亡くなったなんて、未《いま》だに信じられません」

宮沢と同年代の広報担当者、薄いベージュの作業着姿の阿部務《あべつとむ》が洟《はな》をすすった。

「怨恨《えんこん》やその辺りで心当たりは？」

宮沢が水を向けた途端、阿部は強く頭を振る。

「当市役所も震災で水に浸かったほか、町村合併で一緒になった半島や沿岸部の役場の中には全壊したところもありますし、職員に犠牲者も出ました……早い段階から、早坂さんは臨時職員の派遣や他県からの人材補充に動いてくれました」

どこで評判を聞いても、宮沢が知る早坂の人物像を覆すだけの情報は出てこない。怨恨とは無縁な人物だ。

「彼は温かい人でした。一方で、生真面目《きまじめ》というか、曲がったことが嫌いな人でした。その辺りで、彼に恨みを抱くような人は？」

「彼が市役所の職員を叱咤《しった》激励したことはありましたが、それを逆恨みするような人間は絶対にいません」

両手の拳《こぶし》に力を込め、阿部が言い切った。

「僕自身、何回も早坂さんを取材していまして、未だに動機が分からないのです」

宮沢がそう口にすると、阿部が膝《ひざ》を打つ。

「これ、取材の役に立つかどうかは分かりませんが……」

「なんですか？」

「二カ月ほど前でしょうか。早坂さんが突然やって来ました。なんでも、市内の避難所の名簿が見たいからって」

「避難所？　もうとっくに閉鎖されていますよね？」

「そうです。特定の人物を探している、そんな風に言っていましたよ」

宮沢はメモ帳を取り出す。今までになかった情報だ。

「ちょっと待ってください」

ソファーから腰を上げた阿部は、自席に駆け出し、周囲の同僚と二、三言話すと、戸棚から分厚いファイルを取り出した。阿部は同僚と顔を見合わせながらファイルを繰る。宮沢が様子を見ていると、阿部が駆け戻ってきた。

「お待たせしました。こちらです」

表計算ソフトで作られた一覧表には、多数の名前と年齢、そしてその右側には住所と移転先の項目が載っている。目を凝らすと、一箇所に緑色のマーカーで印がついていた。

「この人物のことを早坂さんは熱心に調べていましたね」

〈鰐淵浩一《こういち》　五五歳〉

宮沢はメモ帳に名前を記す。住所の欄を見ると、市内の南浜町、そして片仮名のマンション名がある。宮沢の視線を辿った担当者が口を開いた。

「まともにやられた一帯です。この地域にあった比較的新しいマンションのたぐいは、大半が短期契約のウィークリー型でしたね」

宮沢が首を傾げると、担当者が言葉を継ぐ。

「想像ですが、この鰐淵氏は、工業港の浚渫《しゅんせつ》か周辺道路の定期工事で他所《よそ》から来た人ではないかと思いますよ。鰐淵という名前は、この辺りにはほとんどない名前ですし」

宮沢は納得した。石巻には巨大な漁港のほかに工業港がある。港湾関係の仕事は多岐に渡る。その中に、派遣や日雇いで従事する人間がいても不思議ではない。だが、なぜ早坂がこの人物を調べていたのか。

「この方は今どちらに？」

宮沢は名前の横、現住所の空欄を指し、訊く。

「残念ながら分かりません。彼と避難所で接触があった女性なら覚えがありますが」

「派遣かなにかの仕事で石巻にいたのであれば、別の土地に行った可能性があるわけですね」

阿部が頷く。同時に、首を傾げている。

「段々と思い出してきました。日頃笑みを絶やさない早坂さんが、この一覧を見つけたときはずっと黙りこくり、不機嫌でした」

「本当ですか？」

「間違いありません。あの人のしかめっ面なんて初めてでしたから」

腕を組み、宮沢は考える。市役所の担当者が言う通り、宮沢自身も早坂の渋面などみたことがない。阿部の許可を得て、鰐淵という男の他の記述をメモ帳に落とし込む。

「鰐淵氏と面識のあった人を紹介してもらえませんか？」

宮沢の問いかけに、阿部が一覧表をチェックし始める。二、三ページ繰ったところで、手が止まる。

「……この人が先ほど話した女性です。ちょっと待ってくださいね」

阿部は携帯電話を取り出すと、誰かと話し始めた。会話の所々で問題の男の名があがる。二分ほどの間が空いたあと、相手の声に耳を傾けていた阿部が宮沢の方向を向き、親指を立てた。電話を切った阿部が宮沢に顔を向けた。

「蛇田小の体育館で一緒だった女性です」

阿部は三陸道インター近くの小学校の名を告げた。

「助かります」

宮沢が言うと、阿部の表情が一瞬曇った。

「この女性も色々大変でしてね」

「そうでしたか」

背後関係を訊き出そうか迷ったが、宮沢は自重した。

「彼女は避難所の中で、色々な人に助けてもらったと言っていました。そのうちの一人に、鰐淵氏がいたようです。詳しくは会って訊いてください」

作業着のポケットからメモを取り出した阿部は、名前と連絡先の電話番号、住所を記した。

「万石浦近くの仮設住宅です。取材の主旨は伝えました」

宮沢は深々と頭を下げ、応接テーブルの上の手書きメモを見る。

〈武山美帆〉

「どういう女性ですか?」

「変な風に取らないでいただきたいのですが……」

今まで快活に答えていた阿部が急に声を潜める。

「もう営業を止《や》めてしまった店ですが、ナイトラウンジ、つまりクラブのホステスだった女性です。課長のボトルをよく拝借していましてね」

阿部が衝立《ついたて》の向こう側に視線を向け、悪戯《いたずら》っぽい笑みを浮かべる。

「元々は介護施設のパートを兼務していましてね、すごく真面目な人ですよ」

「分かりました。色々とお手数をおかけしました」

宮沢はメモをポケットに入れ、立ち上がった。

5

市役所ビルを出た宮沢は、プジョーのノーズを女川街道に向けた。

工事用の重機を載せた大型トレーラーやダンプカーが行き交う街道は、所々で道路が歪《ゆが》んだままになっている。工事中の看板を見るたび、早坂の言葉が頭の中で蘇《よみがえ》る。

〈人手と資材が慢性的に不足しているから、復興関連の工事の入札が成立しないケースが多発している〉

目の前の道路の陥没修復は小規模工事だが、公共工事に他ならない。港湾やそこにつながる幹線道路の復旧が優先されるため、住民たちの使う生活道路修復のスケジュールは後回しになりがちだと、早坂は教えてくれた。

〈入札の要件緩和を国に働きかけているんだが、こっちの実態を知ろうともしない連中が多くてね、なかなか調整がうまくいかない〉

県庁の対策本部で、早坂が苦笑いしていたことを鮮明に記憶している。

女川街道を進むと、やがて車窓の右側に万石浦が見え始める。

万石浦は、伊達《だて》のお殿様が〈干拓したら一万石の米が取れる〉と称したことからその名が付いた。牡鹿半島の付け根に位置する広大で穏やかな湾だ。

震災前から牡蠣の養殖が盛んだった。大津波の被害に遭った直後は、廃業を考えた養殖業者も少なくなかったが、いまも養殖筏が湾の至る所に見える。

かつて東北総局を離任する直前、宮沢はこの万石浦を通って牡鹿半島に向かった。風光明媚《ふうこうめいび》な場所が多数ある東北にあって、宮沢が特に気に入っていた景色が眼前に現れる。

〈満潮時冠水　走行注意〉

女川街道の至る所に、震災後に設置された立て看板がある。石巻周辺は、大地震によって地盤が数十センチから一メートル近くも沈下した。万石浦周辺はその被害が酷《ひど》いところでもある。

〈仮設住宅入口〉

大手ショッピングセンター脇を通り過ぎると、目的の仮設住宅団地の案内が見える。街道から山沿い方向へ続く道に向け、ハンドルを切った。東松島の団地と同じで、プレハブ造りの仮設住宅が見え始める。一つの棟に五、六世帯が入居し、棟と棟の間隔が狭いところも他の団地と同様だ。

宮沢は来客用と書かれた駐車スペースにプジョーを停めた。数十メートル先の空き地では、幼稚園児くらいの男の子が三人、サッカーボールで遊んでいる。

仮設住宅とはいえ、地元の住民たちはようやく日常を取り戻しつつある。子供たちが誰にも遠慮することなく歓声を上げる。ほんの二年前、避難所生活を余儀なくされた住民たちの間でも、子供が一番ストレスを溜め込んでいた。少しずつではあるが、生活は前を向き始めている。

仮設住宅の玄関を囲う波板に〈石巻魂　2011 3 11〉の文字と朝日と大海原をモチーフにしたステッカーが貼ってある。震災発生から二週間後、ようやく石巻に入った宮沢に対し、以前から世話になっていたバーの店主が手渡してくれたものと同じだった。

ハンドルにもたれ、子供たちの姿を追っていると、否応《いやおう》なく接した被災直後の風景が蘇った。

＊

「酷すぎるよ……」

二〇一一年三月末、一般車両の東北自動車道通行が可能となったころ、宮沢はようやく本社番台の編集業務から解放された。

プジョーで石巻市の住宅街の外れに辿り着いたときだった。ガラス戸が破壊されたコンビニの駐車場に、泥にまみれ、真っ黒に焼け焦げた三台の乗用車が放置されている。全て奇妙な形に歪んでいた。

安住が送ってくれた写真で市街地の様子は知っていたが、実際に自分の目で傷跡を見た瞬間、呻《うめ》きに近い声が漏れる。写真と現実の間には、大きな隔たりがあった。同時に、ハンドルを握る両手が一気に粟立つ。

〈覚悟決めてこいよ〉

震災直後、電話口でそう告げた安住の声が頭蓋《ずがい》の中で響く。

老練な戦場カメラマンだった安住ほどの人間でも、故郷を襲った災禍に打ちのめされ、宮沢に警告を発した。地元住民たちは、否応なく過酷な現実を直視せざるを得ない。戦場より酷い。

郷里の石巻に戻った国分町のめぐみママと連絡を取り合い、親戚宅に身を寄せる一家にレトルト食品や衣料品、焼酎《しょうちゅう》や煙草など嗜好《しこう》品を届けた。その後、市内各所の避難所で炊き出しボランティアを務めていためぐみと合流した。その後、めぐみは案内役を買って出てくれた。古い商店街の惨状を直視し、呆然《ぼうぜん》とする宮沢に対し、めぐみが口を開く。

「私が戻ったときは、まだ車の中に何人もの人がいました」

潰れ、歪んだ車両の残骸《ざんがい》はコンビニの駐車場だけでなく、民家の軒先や路肩に放置されたままだ。

宮沢は市街地中心部にプジョーを向けた。

石巻駅にほど近いマンガロードに入り、地銀の駐車場にプジョーを置いた。ニコンのデジタル一眼を片手に、めぐみと連れ立って市内を歩き出す。

商業ビルの三階に大型のクルーザーが突き刺さっている。呉服店の駐車場には漁船が船底を空に向けて放置されていた。市街地の中心まで津波が押し寄せた傷跡がそこかしこにある。取り憑《つ》かれたように宮沢はシャッターを切った。ファインダーを通さないと、現実を直視できないような感覚に襲われる。

「宮沢さん、マスクしなきゃだめですよ」

ダウンジャケットのポケットからマスクを取り出しためぐみが、宮沢に手渡した。

「臭《にお》いと粉塵《ふんじん》が大変ですから」

セル眼鏡越しに見えるめぐみの両目が充血している。大津波の影響で、街は港から溢れたヘドロに覆い尽くされた。めぐみによれば、ヘドロが乾燥し、海風に煽《あお》られ、粉塵となって街中を飛び交うのだという。

マンガロードから様々な飲食店が軒を連ねる中央通りへ進む。長屋のような造りの飲食店街は、軒並み一階部分が破壊されていた。周囲からはヘドロと潮、重油の入り交じった臭いが漂う。めぐみの言う通り、マスクなしでは呼吸が苦しくなる。

「宮沢さんじゃないか！」

呆然と周囲を見渡していると、窓枠とドアが完全に破壊された店舗の中から名を呼ばれた。声の方向をみると、全身泥だらけの眼鏡をかけた男が手を挙げた。顔の半分は真っ黒に煤けたマスクに覆われている。声に聞き覚えはある。

「俺だよ、俺」

男がマスクを外す。口元が露《あらわ》になったことで、記憶の糸がつながった。石巻に立ち寄った際、なんども顔を出した小料理屋の若主人だった。

「生きてたよ。いや、生かされたんだ」

挨拶もそこそこに、若主人が告げる。

宮沢は店の奥に目をやる。天井近くまでヘドロが押し寄せた跡が見えた。綺麗に磨き上げられていた白木のカウンターはヘドロと重油でどす黒く変色し、冷蔵庫や食器棚が店の奥の壁に打ち付けられていた。

「大変でしたね……」

宮沢はなんとか声を絞り出す。地元で獲《と》れた新鮮な魚介類を繊細な包丁捌《さば》きで提供する店だった。入り込んだヘドロを取り除くだけで四、五日はかかりそうだ。店の外装、備品の買い直し等々の手間を考えれば、営業までには半年近い時間がかかるのではないか。いや、店を再開したとしても、街に人が集まってくるかも定かではない。全身泥まみれになって掃除する若主人の心情を思うと、かける言葉が見つからない。

「写真撮ってくれよ。大和新聞通じて全国、いや、世界中に報《しら》せてくれよ」

若主人が店の奥の方向に手を広げる。宮沢は慌ててレンズキャップを外す。

「俺たちはまだマシなんだ」

シャッターを切り続けていると、独り言のように若主人が言う。

「店はこんなになったけど、家族全員が無事だった。未だに親兄弟を探している人のことを思うと、弱音なんか吐けねぇよ」

若主人が発した言葉に、隣でじっと見守っていためぐみがなんども頷いた。かつてなんども訪れた街、愛着のある飲食店街……。宮沢は港町特有の気っぷの良いこの街と人々が好きだ。だが、史上稀《まれ》に見る災禍の中では、自分は当事者ではなく、傍観者にすぎない。若主人の言葉が重く両肩にのしかかる。

「他も見ていきなよ。俺たちは、こんな中でもなんとか生きてるって発信してくれよ」

若主人はそう言い残すと、再びマスクを着け、デッキブラシでヘドロを掻《か》き出した。

「もう少し歩きましょう」

取り憑かれたように、めぐみが足を速める。

破壊され尽くした飲食店街を抜け、寺院のある裏通りに向かう。大型の自衛隊車両が小径《こみち》の前に停車し、迷彩服の隊員たちが黙々と木材や鉄材を荷台に載せている。その横には、色調の違う迷彩服の男たちがいる。

「トモダチ作戦の一環で、アメリカの海兵隊の人たちも入ってくれているんです」

めぐみの言葉で我に返った。宮沢はファインダーを覗《のぞ》き込み、無心でシャッターを切る。

「……」

「めぐみさん、なにか言った？」

傍らのめぐみが日米両国の男たちに頭を下げている。

「次は海の方へ行きましょうか」

そう告げためぐみが、歩いてきた商店街に戻る。宮沢は慌てて後を追った。

6

宮沢のプジョーは石巻市の中心部から高台の日和山の脇を抜け、海沿いの住宅地、南浜・門脇地区に入った。

「なぜ海が見えるんだ？」

プジョーを路肩に停めた。車の脇を自衛隊や機動隊の車両が激しく行き交う。

宮沢は呆然と海の方向に目をやった。ここは今までなんども通った道だ。だが、周囲の風景が一変している。爆撃機の攻撃に晒《さら》された戦争映画のオープンセットにいるような錯覚にとらわれる。だが、目の前に広がる風景は、美術スタッフが造り上げたつくり物ではなく、現実の光景なのだ。

焼け野原のような光景に見入ると、ようやく先ほど感じた違和感の根源に行き着く。ここは広大な新興住宅街だった。一戸建てだけでなく、低層のマンションも立ち並んでいた。日本製紙の工場脇から南浜地区を貫く道路の周囲から、今まで海は見えなかった。だが、いまは車窓の右側に大きなアーチを描く日和大橋が見渡せる。広大な住宅街が一挙に押し流された跡に他ならない。

「宮沢さん、あれ」

助手席のめぐみが左側を指す。道路の左側には大量の木材や鉄パイプのほか、潰れた車両やビニールシート、端切れなどが堆《うずたか》く積まれている。自衛隊が道路を啓開し、幹線道路を二車線分、なんとか確保したのだ。めぐみの手は、瓦礫の奥、小高い丘の際に建つ建物を指している。

「私が通った門脇小学校です」

小学校の壁は黒く煤けている。屋上の柵に〈すこやかに育て心と体〉のスローガンが貼り付けられていなければ、一見して学校とは思えない。

「あの日、南浜一帯の住宅が一斉に流され、学校にぶつかりました。その際、家庭のガスボンベや車のガソリンから大火災が発生したそうです」

かつての学び舎《や》を前に、淡々とめぐみが告げる。安住が送ってきた写真にあった学校だ。宮沢は車を降り、デジタル一眼のレンズを向けた。その途端、商店街で感じたものとは違う感覚に襲われる。

「宮沢さん、マスク忘れてますよ」

助手席から降りためぐみがマスクを着けながら言う。

顎《あご》に引っ掛けていたマスクを慌てて上げる。薄手の生地を通して、焼け焦げた臭いと重油、ヘドロ、潮の香りが鼻腔《びこう》を強く刺激した。もう一つ言い様のない臭気が漂う。今までに嗅《か》いだことのない臭いだ。強いて言えば、大量のぎんなんを腐らせたような刺激臭だ。無意識のうちに眉根《まゆね》が寄る。宮沢の異変を感じたのか、めぐみが口を開いた。

「同級生に県警の機動隊員がいます。彼に聞いたら、これは人の腐敗臭だそうです」

デジタル一眼を持つ両手から肩にかけて、みるみるうちに鳥肌がたった。

広大な住宅街が巨大な津波に襲われた。この場所は、多くの生命が一瞬にして奪われた場所なのだ。

カメラを抱えたまま、宮沢はゆっくりと啓開された道路脇を歩く。堆く積まれた様々な木片や鉄材に交じり、ぬいぐるみや食器の破片も見える。ごくごく普通の日常が、強引に、一瞬にして抉られたことが分かる。ファインダーを覗く。だが、両手が小刻みに震え、シャッターを切ることができない。

停車してから四、五分ほど歩き続けると、かつてコンビニだった建物の前に自衛隊の四駆車両が停車している場所にたどり着いた。脇には、分厚いマスクを装着した自衛隊員が踞《うずくま》っている。彼らの手元にはいくつものアルバムがある。抉り取られた住宅街から、住民たちの思い出の品を探し出し、一つひとつ丁寧に泥を落としている。

「ありがとう……」

せわしなく作業を続ける隊員を呆然と見ていると、傍らのめぐみの呟《つぶや》きが響く。視線を海側に向ける。長い棒を持った自衛隊員たちがかつて住宅街だった場所をゆっくりと歩いている。

「今日も一斉捜索をやっているんです」

周囲を見渡すと、横一列に並び、行方不明者を探す隊員たちが見える。

「商店街に渋いバーがあったのを覚えていますか？」

突然、めぐみが話題を変えた。

「ええ。さっきの居酒屋でご飯を食べたあとは、決まってバーテンダーお薦めのジン・ベースのカクテルをいただいていましたから」

「あの辺りです」

一〇〇メートルほど先の地点をめぐみが指す。隊員たちが五人ほど集まっていた。屋根が潰れ、完全に破壊された一戸建ての住宅だ。

「バーの店長は母校の先輩で、児童会長でした。でも、まだ見つかっていないんです」

めぐみがぽつりと発した言葉が、宮沢の耳を突き刺した。傍らのめぐみに目をやる。隊員たちの姿を追い、もう一度告げる。

「ありがとうございます……」

懸命に捜索する隊員たちに向け、めぐみはなんども繰り返し、感謝の言葉を発し続けた。

7

仮設住宅の駐車場で我に返った宮沢は、降車して目的の部屋を目指した。個人宅には無機質な番号が振られていた。

市役所の阿部のメモを頼りに、ゆっくり歩を進める。サッカーに興じていた子供たちが、物珍しそうに宮沢を見つめる。笑顔を返すと、子供たちは歓声を上げ、再びボールを追い始めた。

駐車場から三列目の棟、通路入口から二軒目が目的の部屋だ。NPO法人、リブート・ハウスのポスターを通り過ぎ、通路に足を踏み入れる。

波板で囲われた玄関スペースの先に、小さな物干し台があり、子供用の靴下と肌着が干してある。近づくと、物干しの奥に小さなポストがあり、手書きの文字で〈武山〉とある。

宮沢が扉をノックしようと手を挙げたとき、引き戸が内側から開いた。

「市役所の阿部さんから……」

宮沢がそう告げた直後、中から現れた女が口の前で人差し指を立てる。

「子供が寝ていますので……」

宮沢がなんども頭を下げると、武山美帆は笑みを浮かべ、宮沢を仮設住宅に招き入れる。

化粧気はないが、くるくると良く動く大きな瞳が印象的な女性だ。都市部の同世代の母親のようなメイクを施せば、相当な美人だ。

狭い三和土《たたき》でスニーカーを脱ぐ。同時に、履物を見る。アニメのキャラクターがプリントされた長靴と揃《そろ》いの子供用スニーカーが目に入る。その横には、薄ピンクのナイキのスニーカーと地味な色のパンプスがある。

「どうぞ、お入りください」

小さなキッチン横を通り抜け、四畳半のリビングに足を向ける。レースのカーテンが窓にかかり、液晶テレビの前には数冊の絵本が置かれていた。

部屋の中央に折りたたみテーブルがあり、武山がティーパックをカップに入れ、湯を注ぎ始めた。

「どうぞおかまいなく」

小声で告げた宮沢は、部屋の隅の小さなベッドに目をやる。猫や子グマのぬいぐるみが置かれている。ベッドの中心では女の子が寝息を立てていた。ベッドの隣には、裁縫箱が見える。

「保育園で遊びすぎて、疲れちゃったみたいです」

「お嬢さん、おいくつですか？」

「一歳六カ月になりました。元気がありすぎて困っちゃいます」

可愛《かわい》いさかりですね、そう言いかけて宮沢は口を噤《つぐ》む。逆算すれば、震災後に生まれた子供だ。眼前の武山にしても、忌々しい記憶を癒し切れない人物かもしれない。何気ない世間話が感情を害する恐れもある。宮沢は早速、取材の本題に切り込んだ。

「市役所の阿部さんからお聞きかと思いますが、蛇田小の避難所で鰐淵さんと会われたそうですね？」

「そうです。東京から派遣の仕事で来ていたそうです。工業港近くの土木工事に携わっているときに、被災したと言っていました」

武山ははきはきと話す。宮沢はメモ帳に要点を記した。

「どんな人でしたか？」

「普通のおじさんでした。それに、とても優しい人。私が妊婦だって分かったみたいで色々と気を遣ってくれました」

非常時には人間の本性が表れるとなんどか被災者から聞いたことがある。特に、命の危険をぬぐい去れなかった避難所では、個人のエゴが剝《む》き出しになったと聞かされた。

「鰐淵さんは、本当に良くしてくれたんですよ……」

当時身籠っていた武山は、一人で高台の小さな避難所に駆け込んだという。避難所はあっという間に満員となり、市役所が用意したバスで市の内陸部に位置する規模の大きな蛇田小の避難所に転居した。この際、バスで一緒になったのが鰐淵だったと武山が明かした。

「大規模な避難所だったので、物資はたくさんありましたけど、色々ありました」

武山が視線を床に向け、告げた。家族一緒に避難した人や、さらに親戚と再会する向きが増え始めると、避難所の中には小さなコミュニティーが生まれたという。ボランティアが差し入れる段ボールで仕切りが設けられ、家族や親戚が一塊になるうち、単身者である武山や、独居老人が孤立するようなムードが生まれた。

「一人で避難所に来た鰐淵さんは、ステージの上に追いやられてしまった私や周囲の爺《じい》ちゃんや婆《ばあ》ちゃんに段ボールの衝立を作ってくれたり、ボランティアや巡回の看護師さんたちに声をかけてくれたり、配給された毛布や敷きマットを余分にもらってくれたりしたんです」

武山の言葉が途切れたときを見計らい、宮沢は口を開く。

「彼の写真とかお持ちですか？」

「携帯のカメラで撮ったものでしたら」

武山はテーブルの上の携帯電話を取り上げ、ファイルを開ける。

「ほら、この人が鰐淵さん。普段は嫌がっていたのに、この日は機嫌が良かったから。たった一枚ですけど」

小さな画面の中には、はにかんだような笑みを浮かべる中年の男が映る。ボアの襟付き作業服を着ている。

「名刺に書いてあるアドレスに転送しますね」

気を利かせた武山が素早くメールを打ち込む。

「鰐淵さんとはどのくらいご一緒でした？」

「たしか、二週間程度一緒でした」

「彼についてなにか他に覚えていることは？」

「あんまり自分のことを話す人ではなかったので……あの歳《とし》で派遣、しかも土木関係のお仕事だったから……色々と過去があったのかも。でも、私と子供にとっては恩人です」

宮沢は武山の話をメモ帳に記し続ける。

「彼の行き先はご存知ありませんか？」

「分かりません。私が検診のために日赤病院に行ったとき、姿を消してしまったんです」

「書き置きや伝言の類《たぐ》いは？」

「ありませんでした」

なぜ武山に別れを告げずに姿を消したのか。次の仕事や定住先が決まったのか。これ以上、新しい情報は得られそうにない。そう思った宮沢は話題を変えた。

「ところで、県庁の早坂さんをご存知ですか？」

「あんなことになるなんて……」

宮沢が告げた途端、武山の瞳が一段と充血する。やはり、早坂はできる限り、一人ひとりの被災者と向き合っていた。

「この仮設住宅にしても、彼が色々と市役所との窓口になってくれたんです」

「窓口ですか？」

避難所と仮設住宅の運営に関しては市役所の管轄だ。県庁の震災復興企画部の特命課長といえども、易々《やすやす》と口を挟める事柄ではない。それにも増して、早坂は多忙を極めていた。宮沢が考えを巡らせていると、武山が口を開く。

「震災後二日目でした。蛇田小の避難所に来た早坂さんは、私の事情を避難所の代表から聞いて、以降ずっと心配してくださいました」

武山が洟をすすり始める。事情とはなにか。宮沢が唇を嚙《か》むと、意を察した武山が言葉を継いだ。

「私、震災の二日前に結婚式を挙げたんです。でもあの日、主人とその家族全員、そして私の母親が流されてしまったんです」

メモ帳とペンを握ったまま、全身が硬直していく。

「みんな、南浜で働いていたから……」

宮沢の頭の中に、もう一度、震災直後に訪れた光景が蘇った。同時に、埃《ほこり》っぽい空気と、異様な臭気の記憶もフラッシュバックする。南浜地区には、住宅のほかにもいくつか水産加工会社や関連企業がある。武山の家族もそこにいたのだ。

「私は日和山近くのパートの職場にいたから助かったのです」

震災直後から取材を始め、想像を軽々と超える凄《すさ》まじい話になんども接してきた。宮沢と同じように沿岸を歩き回った河北日報のベテラン編集委員の言葉が頭の中にこだまする。

〈震災取材は、被害者の心に突き刺さったナイフを抜き取る作業です。どの程度の傷かは分かりません。話を訊くという作業は、抉られた心の傷を垣間見《かいまみ》る作業です。聞き手も相手から抜き取ったナイフで傷つくことになります。覚悟が必要です〉

今、目の前にいる武山も鋭利な刃物で傷ついた一人なのだ。記者として訊け。頭の隅にいるもう一人の自分が叱咤する。だが、やはり言葉が出ない。

「市役所に掛け合って、入居の優先順位を上げてくださったのが早坂さんでした」

握り飯を豪快に食べながら、屈託のない笑顔を浮かべる早坂の顔が、武山の背後に見えた気がした。

「早坂さんらしい」

宮沢はようやく言葉を絞り出す。すると、洟をすすった武山が笑う。

「こんなこともあったんですよ……」

テーブルの上のティッシュで目元を拭い、武山が告げる。

「避難所から仮設に移るとき、早坂さんにお礼を言ったんです。死んだ主人や家族の分も精一杯生きていきますって」

「……」

「でも、叱《しか》られました。それも本気で」

苦笑いする武山を見ながら、宮沢は首を傾げる。

「『俺でさえ今回の震災は心底応《こた》えている。妊婦が家族全員の一生を背負い込んだら死んでしまう。自分と子供のことだけ考えて生きていけ』……そう言ってくださったんですよ。だから、今もこうしてなんとか暮らしています」

宮沢は慌ててメモ帳に目を落とす。亡くなってからもなお、早坂は宮沢の想像を超える言葉を遺した。

「早坂さんらしいでしょ？」

自らに言い聞かせるように武山が言う。その通りだと思う。宮沢はこっそり右手で目元を拭った。

「早坂さんが鰐淵さんのことを調べていたようなんです。心当たりありませんか？」

大きく深呼吸したあと、宮沢は訊いた。だが、武山は頭を振るのみだ。早坂は多数の避難者の中で、なぜ鰐淵という労働者に固執したのか。その理由は、この仮設住宅にも落ちていない。

「早坂さん、こんなことも言ってましたよ。『ゆっくり生活再建すればいい。焦ることはない』って」

「どういう意味でしょうか？」

「私にもよく分からないんです。でも、あの笑顔でそう言ってくれたんです」

宮沢はメモ帳に早坂の言葉を刻んだ。被災者に取材すると、預貯金の取り崩しや雇用の先行きで不安だと聞かされる。それなのに、なぜゆっくり、そして焦るなと早坂は言ったのか。

「私は幸せです。子供も無事に生まれたし、主人とその家族、実の母親も見つかったんですから」

突然、武山が呟いた。同じような場面にはなんども接した。過酷すぎる境遇に置かれてもなお、東北人は他人を気遣う。

「この仮設団地にしても、まだ家族を探している人がたくさんいるんです」

震災から二年が経過しても、未だに心やすらがない人たちがいると武山の言葉で思い知らされる。

「ほかに、早坂さんについて感じたことはありませんでしたか？」

宮沢が訊くと、武山は腕を組んだ。だが、すぐにテーブルに置いた携帯電話を取り上げた。

「些細なことかもしれませんが、彼は時折、携帯電話を見つめていました。なんて言うのか、すごく寂しそうな顔だったり、考え込んでいるような感じでした」

「メールかなにかでしょうか？　それとも写真のファイル？」

「分かりません。ただ、あまり私たちに見せない表情だったので、よく覚えています」

宮沢はメモ帳に証言を書き込む。

早坂の携帯は県警の捜査本部が押収し、既に分析しているはずだ。事件につながるようなデータがあれば、既に門間が知っている公算がある。あとで当ててみる価値はある、そうメモに書き加えた。意を決したように武山が口を開いた。

「子供が寝付いている間に、一つだけ聞いてもいいですか？」

「僕に分かることでしたら」

武山は、テーブルの下から地元紙の河北日報を取り出し、宮沢に向ける。日付を見ると、二〇一二年春先の紙面だった。

「全国各地で震災瓦礫の受け入れ拒否の運動が起こったって本当ですか？」

テーブルの上には、警官隊ともみ合う西日本の活動家の写真が載っていた。東北沿岸からの震災瓦礫の焼却に断固反対する市民グループの一つだ。

「残念ながら、事実です。でも、ごく一部だったと聞いています」

宮沢の言葉に、武山が溜息を吐く。

「南浜にも魚町にも……東北の沿岸にはまだ瓦礫があります。私たちって、穢《けが》れているのでしょうか？」

宮沢は強く頭を振る。瓦礫と一口に言っても、子供の成長を刻んだ傷がついた柱だったり、家具やノート、衣類だったものの総称だ。決して穢れたものなどではない。

「放射能だ、アスベストの健康被害が心配だって騒いだ人たちは、私たちのことを穢れだと思っているのでしょうか?」

東北沿岸各地では、瓦礫の集積場のすぐ横で子供たちが遊んでいる。多くの人たちに正確でありなおかつ現地の住民の心情を理解させる努力が大和新聞はじめ、多くのメディアに足りなかったのは事実だ。宮沢は力なく頭を振り続ける。

「努力します。ずっと発信を続けます」

声を絞り出し、答える。

「ごめんなさい。宮沢さんを責めているわけじゃないんです」

顔を上げると、武山の表情は元通り、笑みをたたえている。

「あ、そうだ。早坂さんのことで言い忘れていたことがありました」

武山が腰を上げ、ベビーベッド脇の裁縫箱を取り上げ、テーブルに置く。

「早坂さんと裁縫箱?」

「そうですよ。私たちの生活の糧を遺してくださったんです」

武山が裁縫箱の蓋《ふた》を開くと、宮沢の目の前に鮮やかな色の布切れが現れた。

「これ、ウエットスーツの端切れなんですよ」

オレンジ色と鮮やかなスカイブルー、それにイエローやグリーンもある。なぜ仮設住宅とウエットスーツなのか。

「石巻には日本で一番大きなウエットスーツメーカーがあるんです」

端切れをテーブルに置いた武山が、裁縫箱の中から丸いポーチを取り出し、宮沢に手渡した。

「端切れを再利用したコインケースを作っているんですよ」

ブルーとオレンジの丸い端切れがミシンで縫い合わされている。ブルーの面の真ん中にはファスナーがあり、猫のキャラクターがプリントされている。宮沢は裏側を凝視する。猫の肉球を象《かたど》ったプリントが愛らしい。

「知り合いのバーのオーナーさんがお友達のデザイナーさんに柄を描いてもらったんです。ウエットのメーカーと話し合って、端切れを調達し、私のような浜の母ちゃんたちが手仕事で作り始めました」

もう一度、ケースに目を凝らす。小さく〈Made in Ishinomaki〉の文字が見える。

「震災直後は、漁網を使ったキーホルダーやミサンガを作っていましたけど……時間が経つと売れなくなって。皆でアイディアを出し合って、石巻の新名物を作る心意気で始めたんです」

武山が裁縫箱からさらにケースを取り出した。コインケースを包むビニールのシートには、一五〇〇円の値札が貼ってある。宮沢の視線を辿った武山が言葉を継いだ。

「少し高いかもしれませんが、この収益が丸々私たちの収入につながる仕組みを作ってもらいました。都会の人からしたら微々たる金額でしょうけど、毎月四、五万円の収入になるのはありがたいです」

「ちょっと待ってください」

宮沢は携えていたショルダーバッグからデジタル一眼レフを取り出す。次いでテーブルに色とりどりのケースを並べ、写真を撮った。

「差し支えなければ、追加取材をさせてください」

宮沢が言うと、武山は快くプロジェクトの中心人物となっているバーの店主を紹介してくれた。

「自分の足で立ち上がる、これが私たちの狙いであり、思いなんです」

武山が発した言葉を聞いた瞬間、震災コラム「ここに生きる」の見出しが決まった。

「でもね……」

突然、武山が声を落とす。

「どうしました？」

「先ほどの話の続きですけど、早坂さんが、このプロジェクトを全国につないでくれるって言っていたんですよ」

「具体的にはどのような手段で？」

「どこの地域かは聞かされていませんでしたが、百貨店で常設の販売コーナーを設けてくださる話があるとか」

早坂は官の世界だけでなく、民間にも顔が利いた。石巻で生まれた新たなプロジェクトを早速売り込んでいたのだ。

「早坂さんが果たせなかった分を、微力ながら僕がお手伝いさせてもらいます」

宮沢が告げると、武山が大きな目を動かし、頷いた。

8

堀合巡査部長が駆る県警のレガシィで、田名部は国道四五号線を南下した。山田湾を過ぎると左手に半島が見える。周囲の水面は穏やかなままだ。

「次は船越湾です」

田名部の視線をたどった堀合が告げる。緩やかな右カーブをレガシィは進む。

「仮設住宅は山の中腹にあります」

堀合が右折のウインカーを点《つ》けた。道路標識には「陸中海岸青少年の家」とある。坂道を上ると、白い鉄筋コンクリートの施設が見えた。施設近くの広くない丘には、プレハブの仮設住宅が並ぶ。駐車場に車を停めたあと、田名部は堀合の案内で自治会長が詰めているという集会所に向かった。

「ここでもコンサートやってくれるんだ。ありがたいですね」

集会所前の掲示板には、ＮＰＯ法人が主催する演歌歌手の無料コンサートのポスターが貼ってある。田名部は掲示板に近づき、ポスターを凝視した。右下に小さくＮＰＯ主宰者の顔写真が貼ってある。

「この俳優、宮城県庁で見たよ」

「宮城でも活動しているんですか？　本当に熱心な団体ですね」

堀合はそう告げると、集会所の扉を開け、自治会長に会いたい旨を告げ、建物の中に入って行った。

田名部も後に続く。二〇畳ほどのスペースの奥に、白髪の老人が座っていた。田名部の姿を見つけると、老人は慌てて立ち上がり、恐縮したようになんども頭を下げた。田名部も頭を下げ、衣笠という人物について訊いた。だが、自治会長の反応は芳《かんば》しくない。

「なにせ当時は混乱していましたから」

老人は申し訳なさそうに告げ、再度頭を下げた。田名部は名刺を渡し、些細な情報でも必要だと念を押した。

「本職はもう少し、他の人の話を集めてみます」

堀合はそう言い、自治会長の老人とともに別の部屋に向かった。田名部は溜息を押し殺しつつ、集会所を出た。

集会所の外に出た田名部は、改めて海に目を転じた。

真っ青で穏やかな船越湾が見渡せる。青少年向けのレク施設内に作られた仮設住宅が視界に入らなければ、風光明媚でのどかな観光地だ。青い水面にはほとんど波がない。大津波があったことなど、この美しすぎる風景からは想像もできない。

「こんにちは」

堀合を待つ間、周囲の風景を漫然と眺めていると、いつのまにか老女が田名部の傍らにいた。人懐こい笑顔をたたえている。

「お邪魔しています」

「どこから来なさった?」

「東京です」

背の低い老女に合わせるように、田名部は腰を折って話し始める。

「もうこのところあまりボランティアさんも寄らなくなってな……」

不意に、亡くなった八戸の曾祖母《そうそぼ》を思い出す。過疎化が進んだこの町を震災が襲った。仮設住宅で孤独死する老人が増加傾向を辿っていると岩手や宮城の県警本部で聞かされた。この老女に家族はいるのか。様々な考えが頭の中を巡る。

「なにかお仕事なの?」

「ええ、まあそうです」

「こんな田舎に? どんな用事だい?」

「人を探していましてね。船越の避難所にいた衣笠さんという男性です。心当たりありませんか？」

　老女が顔をしかめ、腕を組む。

「避難所は混乱していたからなぁ……それにこの辺りじゃ聞かない名前だね」

　山田町の役場で、衣笠にはかすかに関西の訛があると聞いた。三陸とは縁の薄い人物の公算が大きい。

「なぜそんな人を？」

「宮城県庁の人が亡くなってね。その人がどうも衣笠さんという人を探していたようなんです」

　田名部の言葉に、老女が反応する。

「ここにも宮城県庁の人が頻繁に来てくれるんだよ。早坂さんって方でね。そりゃ親切な人だ」

　老女の表情が生き生きと輝く。田名部は顔をしかめ、声のトーンを落とす。同時に、背広から警察手帳を取り出し、提示する。老女は不思議そうな顔で手帳の顔写真と田名部を見比べる。

「早坂さんは三日前に亡くなりました。彼の死について、調べている途中です」

　老女の表情が一変した。

「死んだ？　警察の人が来たってことは事件なのかい？」

「早坂さんは殺害されました」

「神も仏もないねぇ……」

　老婆の瞳がたちまち充血し、涙が頰《ほお》をつたう。

「早坂さんは山田でどんな活動を？」

「宮城県庁の偉い人だって聞いたから、遠慮してたんだけどね……」

　洟をすすりながら老女は話し始めた。町の職員に交じり、避難所で被災者のニーズを汲《く》み上げていたこと、支援物資の手配の指示なども行っていたという。

話を聞きながら、田名部はメモ帳を一瞥した。早坂は宮城県の震災復興企画部の特命課長として、宮城や福島、岩手の沿岸を頻繁に行き来していた。実際に現地を歩くことで、市町村職員の欠員や補充の必要性を感じ取り、これを中央につなぐ役割を果たした。

「早坂さんは自分の休みを使って来てくれたこともあったんだよ。ここは車を持っていない年寄りが多いから、御用聞きみたいに買い出しに行ってくれたり……本当に良くしてもらった」

老女が訴えかけるような目で田名部を見る。

「ちょっと待ってて」

いきなり老女が踵《きびす》を返し、仮設住宅の自室に戻っていくと、入れ違いで他の住民の聞き込みから戻った堀合が戻った。

「三人ほど聞きましたが、衣笠という男について記憶はないそうです……皆、心当たりのある人に連絡してくれると言っていますが、あまり期待はできないですね」

田名部が溜息をついたとき、老女が一冊の文庫本を携えて戻ってきた。

「これ、早坂さんが釜石まで行って買ってきてくれたんだよ」

目の前に差し出された文庫本には、盛岡の古い市街地をプリントした地場書店のカバーがかかっている。表紙をめくる。田名部も読んだことのある作品だった。岩手県出身のベテラン作家が古代の東北の英雄、アテルイの活躍を記した名作だ。

「この本はどういう経緯で？」

「あの日、家財道具と一緒に流されたって早坂さんに言ったら、釜石の書店でわざわざ買ってきてくれたの。『今、絶対に読むべき本だ』って言ってね。ありがたい話だよ」

老女の言葉を聞き、田名部は胸が詰まる。手中にある作品は、古代の英雄アテルイが、東北に侵攻してくる大和朝廷軍と対峙する冒険劇だ。かつて東北に長期出張した際、地元紙の連載を読み、田名部自身も単行本を買った。

〈今、絶対に読むべき本だ〉

早坂の言葉は的を射ていると思う。文庫本を凝視していると、栞《しおり》が挟んであるのに気付いた。老女に断り、栞のページをたぐる。蛍光ペンでなぞった一節が目に飛び込んできた。

『都の者らの蝦夷に対する嘲《あざけ》りが消えぬ限り、戦さは五百年も千年も繰り返されましょうな。今は戦さを無意味と感じる子らも、やがて大人となって都人の侮蔑《ぶべつ》を我が身で感ずれば、抗う心が必ず芽生えるはず』『ただの意地ではござらぬ。かなわぬと知りながらも最後の最後まで抗った者たちがあったということを蝦夷の子らの胸に刻み付けたいだけ』

ストーリーの後半の記述だ。老女もかつての蝦夷《えみし》の子孫であり、田名部の体にも同じ血が流れている。

改めて一節を読むと、無意識のうちに涙が零れ落ちそうになる。慌てて天を仰ぎ見、そして視線を湾の方向に向けた。

早坂は老女を勇気づけようとした。細やかな、そして優し過ぎるほどの心遣いに、田名部は洟をすすった。文庫本を老女に返すと、田名部は堀合をレガシィに導いた。力一杯ドアを閉める。

「釜石の書店で聞き込み続行だ」

自分でも驚くほど強い口調だった。田名部は先ほど老女が持っていた文庫本のカバーに書かれていた盛岡の地場書店の名を告げた。堀合は手元のスマートフォンで釜石店の電話番号を検索すると、早速連絡を入れる。

腕を組み、田名部は考える。釜石の書店で大きな手掛かりがあるかは分からない。だが、早坂が遺した避難所の名簿メモにはまた別の名が釜石分として残っていた。行ってみる価値は絶対にある。

「そうですか……分かりました。では明日、開店後にうかがいます」

通話を終えた堀合が頭を振る。

「店長は今日、盛岡で会議に出ているそうで、明日の朝でないと会えないそうです」

「それなら釜石に一泊する。その間、避難所リストを当たってみよう」

堀合は頷くと、レガシィを発進させた。

山田町の小高い丘から、もう一度穏やかな湾に目をやる。この美しい景色を眺め、早坂は住民の要望を聞き、災害支援対策に活《い》かしていた。御用聞きのような役目まで買って出ていた。先ほどの老女のために自分はなにができるのか。捜査車両の揺れに身を任せ、考える。答えは一つしか浮かばない。遠ざかる湾を見つめながら、田名部は自分に言い聞かせた。

9

万石浦を出た宮沢が石巻市街中心部に戻ると、既に夕刻になっていた。中央通りに向かった宮沢は、馴染《なじ》みの鮮魚店に急いだ。

〈プロショップ　まるた〉

市営駐車場にほど近い交差点横には、震災前からずっと見慣れた看板がある。この店には市内の寿司店や小料理屋の大半が仕入れに足を運ぶ。漁港の買受人が営むのが「まるた」だ。

まるたの周囲には津波被害を経て放置されている店舗が少なくないが、この店は震災後二カ月半でいち早く営業を再開した。

広い間口のガラス戸を開けると、店の中は近隣の主婦や仕入れにきた飲食店のスタッフで混み合っている。三メートル近い天井近くの壁に、くっきりと水の跡が残る。

宮沢は入口左側の仮設店舗に顔を向け、中華そばをオーダーした。まるたの敷地内には、震災で店が流された中華料理店のほか、寿司、日本料理の店が臨時出店している。いち早く商売を再開したいという仲間の意志を酌み、まるたの社長が家賃を取らずに場所を提供した。このエピソードは、店の再開後すぐに記事にしたほか、〈ここで生きる〉の企画にも載せた。

「宮沢さん、取材なの？」

鮮魚売場の奥から聞き慣れた快活な声がかかる。

「そうなんです。調べる事柄が多すぎて」

店の奥にある特大俎板《まないた》の前で、小柄な社長夫人が笑みを浮かべる。震災前から見慣れた光景だ。夫人の笑顔を見ると、幼い頃近所にあった鮮魚店を思い出す。

宮沢は店の中央部に設置された簡易テーブルにショルダーバッグを置き、パイプ椅子《いす》に座り込んだ。宮沢の周囲では、買い物途中の主婦たちがお茶を飲みながら世間話をしていた。主婦たちはきつい訛とともに早口で話し続け、朗らかに笑う。

〈みんなが集まる場所を真っ先に作る〉

二〇一一年五月、店の再開直後に取材した際、社長はそう告げた。震災で家を失った人、あるいは遠くの仮設住宅から買い物に来る人たちの憩いの場になれば良い。日頃無口な社長が存外に強い口調で言ったのが印象的だった。

〈役所の補助金を待っていたら、いつまでたっても商売を再開できない。自分で動かなきゃだめなんだ〉

沿岸各地で同じような思いを抱きつつ、生活再建の一歩を踏み出せずにいる人たちのために。そう思って宮沢は記事を書いた。

「お兄さん、記者さんなのかい？」

斜め向かいの席でお茶を飲んでいた主婦が宮沢に笑みを向けていた。頷くと、主婦が言葉を継いだ。

「やっと家の整理ができたんだよ」

「家はどちらに？」

「門脇でね。一階が全部やられて、二年も放置されていたの。ようやく取り壊しの日程が決まったわ。復興なんてまだまだ」

さばさばした口調だが、宮沢は胸を針で刺されたような痛みを感じた。取材で様々な話を聞いてきたが、一つとして同じ話はなかった。共通しているのは、どれも宮沢の想像を越えた内容だということだ。

「門脇の家では、義理の両親が亡くなった。色々と整理もついたんで、私は旦那《だんな》と仙台に引っ越すの」

「……そうですか。お元気で」

主婦が淡々と語った話は、宮沢が考えていた想定をはるかに凌駕《りょうが》する厳しい現実だった。宮沢が席を立った主婦を目で見送ると、別の人影が近づいた。

「はい、中華そばお待ちどおさま」

仮設店舗に入居する老舗《しにせ》中華料理店「楼閣」の女将《おかみ》が、宮沢の前に丼《どんぶり》を差し出す。

澄んだスープの上に、チャーシューが三枚、そして地元産のワカメが載っている。レンゲでスープをすくい、口に運ぶ。あっさりとした喉越《のどご》しながら、鶏《とり》の出汁《だし》がインパクトのあるパンチを与えている。震災前から慣れ親しんだ味を再確認したのち、宮沢は一気に麺をたぐった。

「良かったら食べていって」

小柄な社長夫人がプラスチックの皿に烏賊《いか》の刺身を盛り、宮沢の丼の隣に置いた。

「おかみさん、これいくら？」

「いいのよ。そのかわり石巻の記事を沢山載せてね」

俎板に戻る小さな背中に、宮沢は頭を下げた。社長夫人はじめ、この店に集う主婦たちも震災後の過酷な日々を生きてきた。ようやく日常を取り戻し始め、互いの生活再建の具合や他の人たちの消息をこの店の中で確認しあう。

宮沢がスープを飲み干し、イカ刺しを平らげたとき、ショルダーバッグの中から着メロが響いた。液晶画面を覗くと、前の職場である東京本社・遊軍部屋の番号が点滅していた。

〈宮沢、今話せるか？〉

電話口に遊軍長の嗄れた声が響く。

「大丈夫ですよ。なにかありました？」

〈捜二の動きが怪しい〉

遊軍長は、警視庁の中でもとりわけ情報の取りにくい部署名を上げる。

「どの係《ナンバー》ですか？」

〈第三《サン》知能犯捜査係《チ》だ〉

詐欺や横領、贈収賄など知能犯を専門に追う捜査二課には、第一から第五まで係が存在する。捜二が「ナンバー知能」たる所以《ゆえん》だ。企業絡みの犯罪を追うエキスパート集団の名を聞いた途端、宮沢の頭の中に人一倍背の高い男の顔が浮かぶ。映像の中の男は大きく目を剝き、眉間《みけん》に皺《しわ》が寄っている。

〈宮沢は筆頭管理官と知り合いだよな〉

「……そうですけど」

頭の中に現れた男の眉間の皺が深くなる。

〈三知の西澤警部補とその部下のチームがガサガサ動いているんだが、なにを追っているか今ひとつ動きがつかめない。管理官に当てられるか？〉

遊軍長はかつて警視庁記者クラブのキャップを務めた根っからの事件記者だ。殺人犯や誘拐事件を担当する捜査一課には強いが、口の堅い二課の取材は苦手だと言っていた。

かつて経済部に在籍し、金融機関絡みの横領事件を社会部と共同取材した経験を持つ宮沢は、遊軍班の中では経済事件を担当していた。

「西澤警部補は一旦水面下に潜るとなかなか出てきませんよ」

〈だから気になっているんだ。警視庁クラブの二課担に訊いたら、もう二カ月近く本部に姿を見せないらしい〉

宮沢の脳裏に、胸板の厚いスポーツマン体型の捜査員が浮かぶ。被疑者の銀行口座を徹底的に調べ上げる銀行班や、容疑者の身辺や行き先を監視する行動確認班を務めた西澤は、最近独り立ちして複数の事件を立件したと捜二OBから聞いていた。

「なにか手掛かりは？」

〈薄ら尻尾《しっぽ》はつかんでいる。どうやら大震災絡みの詐欺か横領らしい〉

調べてみると答え、宮沢は電話を切った。

今まで頭の中にいた捜二幹部と捜査員の顔のかわりに、亡くなった早坂の顔が浮かぶ。早坂は人一倍被災者のことを考えていた一方で、厳正な役人だった。不正を許すはずがない。武山が世話になった鰐淵という男も詐欺か横領に絡んでいるのではないか。

市役所の阿部によれば、鰐淵の事柄を調べているとき、早坂は渋面だった。詐欺や横領に絡んだ事柄を調べているうちに、不正発覚を恐れる何者かに狙われたのではないか。

スマートフォンを睨んだあと、宮沢は若い記者から仕入れた門間の携帯番号をダイヤルした。門間はすぐに出た。挨拶もそこそこに宮沢はいきなり切り出した。

「警視庁の田名部さんは、早坂さんのなにを調べているんですか?」

〈……なんのことだ?〉

一瞬だが、電話口で門間が口籠る。

「彼が警察庁の震災担当を兼務していることは知っています。でも、それ以外になにを?」

〈俺は県警の一警部補だ。東京のキャリアのことはよく知らん〉

門間の声がわずかに上ずっている気がした。

「彼は今どこに?」

電話口で間が空く。すると、声を極端に落として門間が告げる。

〈……俺から聞いたとは絶対に言うな。多分、岩手の沿岸だ〉

「もしや、避難所のリストを洗っている?」

〈今話したのは、黒田さんの礼だ。それ以上は知らん〉

門間が一方的に通話を断ち切った。長年の取材経験に照らせば、反応は図星だ。避難所の名簿、特定の人物について早坂はなにを調べていたのか。捜二はどこまで事件の全容をつかんでいるのか。テーブル席で、宮沢は腕を組んだ。

10

「どこの記者ですか?」

通話を終えた直後、仙台中央署刑事課の巡査部長が怪訝《けげん》な顔で門間を見つめる。

「大和新聞の宮沢だ。普段はボンヤリしているのに、変なところで鋭いって話は聞いていたんだが……」

「なにかネタを当てられたんですか?」

「なんでもない」

吐き捨てるように言うと、門間は刑事課を出て駐車場に向かった。待機させていた本部捜査一課の巡査長に県庁へ向かうよう指示する。

門間は助手席で腕を組んだ。

岩手に向かった警視庁の田名部管理官に、早坂のノートのコピーを託した。備忘録の中には田名部の名前とともに、沿岸各地の地名と人名が記してあった。田名部は岩手県警の捜査員とともに四五号線を南下していると報せてくれた。

だが、一介の記者である宮沢がなぜリストに行き着いたのか。捜査本部の中でも、早坂のノートを気にかけているのは自分だけだ。田名部にしても、故人の遺志を確認するという意味合いで調べている。新聞記者に情報が抜ける隙《すき》はないはずだ。

「門間さん、着きましたよ」

若手の声で門間は我に返る。捜査車両を降りると、事前にアポイントを取っていた早坂の同期のもとに向かった。

総務部の応接室に通された。目の前には、恰幅《かっぷく》の良い背広の男が座る。渡された名刺には、総務部人事課長との肩書きがある。

「早速ですが、早坂さんのことを教えてください」

「真鍋とのことをお話しすればよろしいですか？」

「ええ、まあ」

県警一課長が前のめりな記者対応をして以降、マスコミ各社は同僚に嫌疑がかかっている旨を一斉に報じた。

「あらかた震災復興企画部のメンバーが刑事さんたちに話したと思うのですが……」

「お手数ですが、もう一度お願いします」

「本来なら、真鍋はとっくに東京の総務省に帰っていたはずでした」

震災が起きたことで、急きょ人事が凍結され、真鍋は仙台に残ることになったと捜査本部の会議で聞かされた。

「県としては、国とのパイプが円滑に機能することを一番期待して震災対策本部に配属したわけですが……」

課長の言葉が聞き取れないほど小さくなる。

「早坂さんと対立し、あまりうまく行かなかった？」

門間が水を向けると、課長が目でそうだと告げる。

「どのようなことで意見対立が？」

「表向き、現場に出向いて被災者のニーズを吸い上げることが第一義だという早坂に対し、真鍋は県庁のデスクに座り、中継点になることを強く主張していました」

この点も既に捜査本部では共通認識になっている事柄だ。門間はさらに切り込む。

「では、なにが一番のネックだったのでしょうか？」

「利権です」

応接室に二人しかいないにも拘らず、課長が声のトーンを一段と落とす。

「ご存知のように、仙台は被災した地域の中心、いわば交通や物流の要《かなめ》です」

課長の言葉に門間は頷く。宮城県の沿岸地域は大津波で甚大な被害を受けた。同時に、福島と岩手に挟まれ、人口も一番多い。両県への支援物資や人の派遣では、文字通り宮城県庁が要の役割を果たした。

「当然の事ながら、物流やカネが集まればそこに利権が発生します。真鍋は出入りする民間業者からちやほやされ、段々つけあがっていった、そう早坂から聞いております」

「……もしや袖《そで》の下まで？」

門間が首を傾げながら見上げると、課長が慌てて頭を振る。

「警察のお世話になるようなことはありません。ただ、民間の運送会社やバス会社から、なんどか国分町で接待を受けていたので注意したと早坂が言っていました」

背広からメモ帳を取り出し、門間は課長の言葉を記す。生真面目だった早坂の性格に照らせば、若いキャリアの取った行動は軽率であり、災害復興の真っ最中で許し難いものだったはずだ。

「真鍋は中央のキャリアです。しかし、県庁、いや対策本部でも中央の肩書きをちらつかせ、鼻持ちならないと感じていた向きは少なくありません」

課長の言葉を聞いた途端、門間の頭にも数人のキャリア警官の顔が浮かぶ。いずれ東京に帰れば出世は間違いない。同じ組織の中だけでなく、出入りの業者にしても地方時代に恩を売っておけば、後々の仕事が有利に運ぶ。県庁や県警と中央の歪《いびつ》な関係は同一だ。まして真鍋は若いキャリアだ。自分の名刺と肩書きのみに反応し、擦り寄ってくる輩《やから》を〝利権〟という目でみていたのかもしれない。

「真鍋氏に家族は？」

「独身です。ですから接待の方もなにかと派手になりがちだったようです」

震災から二年が経過した。仙台の中心部は、もうあの日の傷跡をうかがい知ることはできない。だが、一度沿岸に足を向ければ、時間が止まった場所が多数残っている。被災者の間を飛び回っている早坂が、デスクで指示を飛ばすだけ、しかも業者の接待に応じている真鍋を快く思うはずがない。

「真鍋はたしかに鼻持ちならぬ男です。しかし、だからと言って……」

課長が言い淀《よど》む。同時に探るような目付きで門間を見上げている。

「殺すほど早坂さんを憎んでいたとは考えられない？」

課長がなんども頷く。

この点も門間が気にかかっている点だ。キャリアは合理的な思考を取る。小うるさい地元役人は、少なくともあと数年のうちに赤の他人となる。真鍋にとって、本省でも同じような煩わしい人間関係はあったはずだ。殺してまで排除する必要があったのか。

また、自身の捜査経験に照らしても、真鍋犯行説には傾けない。取調室横の監視窓から見た真鍋は、仙台市内に戻ってからの行動について、なにかを隠そうとしていたふしがある。しかし、殺害に関しては、嘘《うそ》を言った様子はない。

「お役にたつかどうか分かりませんが」

課長が背広から書類を取り出し、応接テーブルに置く。

「県庁に入ってからの早坂の経歴です」

差し出された書類に目をやる。農林水産部を皮切りに、環境生活部、総務部に異動したあと、早坂は震災対策本部付きとなり、その後、震災復興企画部が立ち上げられてからは、その特命課長に就任した。

経歴書に別添の資料がある。門間はページを繰る。

〈災害対策本部心得一〇か条〉

門間が題字から目を上げると、人事課長が頷く。

「早坂があちこち調べて作り上げたものです」

もう一度書類に目を落とす。

〈①大規模災害は必ず起きると思って準備せよ　②情報は入らないと思って空振り覚悟で対処せよ。見逃しは許されない　③常に被災者の目線で考えよ　④十分な調整と実行の確認を忘れずに　⑤不測事態には目的を達成するために行動せよ　⑥柔軟に組織を変えて対応できるようにせよ　⑦有事はトップダウンで対応を決定し、実行せよ　⑧予算と法律的な呪縛から解放させよ　⑨普段やっていないことは災害時には絶対できない。実践的な訓練が不可欠である　⑩災害対策本部の活動記録は必ず残しておけ〉

早坂は機動的に沿岸を飛び回った。その理由が分かったような気がする。真鍋のようなキャリアには理解できない行動規範に従い、早坂は動いた。

〈③常に被災者の目線で考えよ→被災者は何を必要としているか、そのために何ができるか。必要性からの発想をしなくては、被災者は救えない。「法律や規則で、それはできません」ではなく、法律や規則は、被災者を救うためにあると心得よ。「被災者を救うためだったら、法律や規則を変えてやる」というぐらいの気概を持て〉

東松島の住民たちが心底早坂を慕っていたのは、明確な理由があったのだ。早坂は、自らが作った心得に沿い、ぶれずに走り切った。

門間は別添資料を閉じ、経歴欄に目線を戻す。

「これは？」

門間は備考欄を指す。

「今から一八年前の出向履歴です」

「……なるほど、この経験が最後のポストにつながったわけですね？」

「早坂は知事に志願して対策本部に入りましたからね」

課長が門間の指先を凝視し、告げた。早坂が取り憑かれたように沿岸の被災三県を飛び回っていた理由が自らの指の先にあった。

11

宮沢が石巻毎日新聞報道部に駆け込むと、資料整理中だった秋本記者がコーヒーを淹《い》れてくれた。

「どうしたんですか。慌てちゃって？」

ブラックコーヒーを一口喉に流し込み、宮沢は訊く。

「石巻や周辺の町村で震災に絡んだ詐欺や横領事件はありませんでした？」

「汚職はありましたけど……ちょっと待ってください」

秋本は宮沢にソファーを勧めると、自席に戻る。デスクの上にあったスクラップブックを手に、秋本が応接に戻る。

「市が発注した建物の解体工事で、業者が担当課長に袖の下を送ってパクられた事件はありました」

秋本が石巻毎日と河北日報の事件記事を宮沢の目の前に置く。

大規模災害が起きた直後だけに、至る所で復興需要が生まれる。眼前の記事には、地元業者と市の担当者による負の連鎖が記されていた。

早坂が追った鰐淵という人物が、この汚職に関わっていたのか。宮沢は記事に目を凝らす。しかし、どこにも鰐淵という名前は出ていない。秋本が口を開く。

「他にもそれらしい噂《うわさ》を聞いたことがありますよ」

秋本の言葉に、宮沢は体を乗り出す。

「確認《ウラ》取ったわけじゃないんで、そのあたりは差し引いてくださいね」

「どんなことですか？」

宮沢が訊くと、秋本が応接脇の衝立を指す。太い人差し指の先には、石巻毎日がカバーする周辺市町村の地図がある。

「海の近くにあった町や村の役場は、建物ごとやられたところが少なくありません」

腰を浮かした秋本が、牡鹿半島の周辺を指す。

「住民票はもちろん、戸籍や住基データも根こそぎ流された自治体は大変な思いをして住民の情報を再構築せざるを得ませんでした。だが、それを逆手に取った連中がいるというのです」

秋本は連中という部分に力を込めた。戸籍や住基データが流出した。そこにどんな犯罪が付け入る隙《すき》が生じるのか。宮沢は首を傾げる。

「石巻の周辺は漁港や工業港が大小含めてたくさんあります」

港という言葉を聞いた瞬間、宮沢は膝を打った。

「そうか、つながりましたよ」

今までメモ帳に刻みつけてきた取材データの一つひとつが、港という言葉に吸い込まれていく。

「こういう構図ではありませんか？」

取材データをイメージの中で組み合わせながら、宮沢は訊く。

「全壊した地域に全く無関係の人物が役所に出向いて避難所に入る。元々港湾関係の仕事に従事していた、そのときに被災したと偽って罹災《りさい》証明をもらえば……」

「その通りです。まったく世も末ですが、義捐金《ぎえんきん》支給を悪用した詐欺行為があったとの証言はたしかにありました」

「罹災証明をもらえば、一世帯当たり五〇万円でしたか？」

「住居の半壊や全壊、それに家族に犠牲者が出たかどうかなどケースバイケースですが、一〇〇万円近い義捐金を受け取れる場合もありました」

宮沢は腕を組む。先ほど話を聞かせてくれた武山の言葉が頭をよぎる。

〈東京から派遣の仕事で来ていたそうです。工業港近くの土木工事に携わっているときに、被災したと言っていました〉

震災後に、東京で石巻の地図をチェックすれば、被害が大きかった地域を把握できる。いや、インターネットで調べれば、たちどころに場所が分かる。テレビ報道などで甚大な被害があった地域を選べば、詐欺行為は十分可能になったはずだ。震災前に入居していたことになっているウィークリーマンションが全壊すれば五〇万円程度の義捐金が自治体を通じて支払われる。人の出入りが多いウィークリーマンションならば、偽装はやりやすくなる。その上、非常時で疑いの目を向けられる公算も小さい。鰐淵は、震災前ではなく、震災直後に石巻に来たのではないか。

派遣の仕事、土木工事。鰐淵は定職に就かず、日雇い的な労働者だったのかもしれない。いや、借金苦に陥り、ヤミ金融から金を借りていたのではないか。暴力団と密接な関係を持つヤミ金業者は無数にある。様々なシナリオが頭の中で交錯する。

「マル暴系のウラ人材派遣ということですか？」

宮沢が訊くと、秋本が頷く。

「その公算が大ですよね。そんな悪知恵を思いつくのは奴らくらいでしょう。大方、借金減らしてやるから、避難所に入って義捐金もらってこい、そんな構図だと思います」

秋本が顔をしかめ、言葉を継ぐ。

「ただし、確認の取りようがありません。避難所は閉鎖されましたし、詐欺に手を染めた連中の足跡を辿ることも困難です」

溜息交じりに秋本が言う。たしかに卑劣な完全犯罪だ。全国、いや世界中から寄せられた善意の寄附金を詐取する。しかも、二万人近くが犠牲となった震災に寄生するとは悪意の極みだ。

「僕も記事にするかは自信が持てません。ただ、亡くなった早坂さんが調べていたという人物がいましてね」

宮沢は市役所の阿部から聞いた〝鰐淵〟という人物の事柄を告げる。また武山から得た情報も、秋本に伝えた。

「仮に早坂さんがその人物のことを疑っていたとしたら……マル暴にでも狙われた可能性がありますね」

秋本が物騒な言葉を口にする。避難所の名簿から鰐淵という男の名を探していた早坂。そして早坂の死の直後、県庁の災害対策本部に顔を見せた田名部。

石巻で義捐金詐欺が発生したとすれば、大掛かりな仕掛けが必要となる。広域暴力団が宮城だけでなく、福島や岩手に人材を送り込んでいたとしたらどうか。

田名部が所属する捜査二課は詐欺を追う。また、一般企業を隠れ蓑《みの》にする暴力団と対峙するケースもあるため、組織犯罪対策四課との連携も密だと遊軍キャップから聞かされた。

早坂は田名部への告発を予定していたのではないか。だが、反社会勢力がこれに先手を打ったとしたら。彼らが義捐金詐欺に手を染めていたことが明らかになれば、社会的な批判が高まるだけでなく、警察も威信をかけて立件する。

暴力団対策法の施行とともにヤクザの勢力が衰えている中で、危険なシノギの存在は組織全体の存亡をかけたリスクに発展する。生真面目な早坂が告発する前に、消すという動機にはなり得る。

「またなにかあったら教えてください。僕もネタを出します」

宮沢はそう言って立ち上がった。一刻も早く田名部に情報を当ててみたい衝動にかられる。

宮沢は足早に駐車場へ向かった。途中、スマフォのメモリから田名部の番号を探し、通話ボタンを押した。だが、田名部は出ない。多忙なのか、それとも宮沢を避けているのかは分からない。だが、早坂の事件については、田名部も当事者の一人かもしれない。

宮城県警の門間によれば、田名部は岩手の沿岸にいる。暗に教えてくれたということは、田名部は早坂に関係する事象を調べているということになる。

義捐金詐欺という犯罪に行き着いたのか。カネを詐取した人物を特定し、身柄を追っているのか、それともマル暴を追及しているのか。

宮沢はプジョーの運転席に滑り込むと、カーナビで岩手沿岸の地図をクローズアップした。

第四章　再会

1

石巻毎日新聞を発《た》った宮沢は、市内の東端に位置する雄勝町に向かった。市街地のビジネルホテルや旅館は復興に関《かか》わる労働者で慢性的に満室だ。知己を頼り、市街から約三〇キロ離れた硯《すずり》とホヤの名産地を目指した。

プジョーは北上川沿いの土手に上がった。街灯の薄明かりの下では、広大な葦原《よしわら》が広がる。河川敷を見渡すと、二年前の光景がくっきりと瞼《まぶた》の裏に現れた。

＊

震災発生から二週間後、石巻市街の惨状を取材した翌日、宮沢は単身雄勝町を目指した。東北大に通うアルバイト書店員の両親が住む同町水浜地区は、八割以上の世帯が流出したが、奇跡的に犠牲者の数は少なかった。書店員の両親や親戚《しんせき》縁者も高台に避難し、全員無事だったと震災発生から三日後に知らされた。

当初、女川を通る海沿いルートを考えたが、地盤沈下と冠水が酷《ひど》いと知り、内陸の迂回《うかい》ルートを選んだ。市内北部から北上川の堤防を辿《たど》る経路だ。

北上川の河川敷には見渡すかぎり葦の原野が広がる。平時ならばのどかな風景が広がるが、今は全く状況が違う。河口から一〇キロの内部にまで大津波が到達し、原野には何艘《そう》もの小型漁船が乗り上げている。堤防が無残に抉《えぐ》られている地点があちこちにある。

自衛隊が鉄板を敷設しているものの、河川敷沿いの道路には川面まで一メートル程度の所を通行せざるを得ない箇所さえある。小雨の中で鉄板が滑り、ハンドルが取られる。そのたびに肩が強張《こわば》る。宮沢はプジョーの速度を落とし、慎重に川沿いの県道を進んだ。

鉄板の敷設された箇所を過ぎると、土手の至るところに青いビニールシートがかけられ、四隅に石が置かれていた。河口まであと七キロ以上はある。強固な堤防までも破壊する圧倒的な津波の力に戦慄《せんりつ》する。

慎重にアクセルを踏んでいると、またビニールシートが連続して土手に置かれている。だが、とくに抉られた様子はない。宮沢が首を傾《かし》げたとき、前方に宮城県庁のライトバンと大阪府警のパトカーが見え始めた。他府県から応援に入った警察車両だ。フロントガラス越しに県庁のバンと府警のパトカーが近づく。作業服を着た県庁職員がバンの後部ドアを開け、ビニールシートを取り出す。プジョーの速度を落とすと、宮沢は職員の動きを追う。

職員が青いシートを広げ、地面に置いた瞬間、自分でも驚くほど大きな声が出た。県職員と府警の巡査が揃《そろ》って両手を合わせている。ブルーシートの意味するところが瞬時に分かった。県庁職員と大阪府警の警察官は、遺体捜索を行っていたのだ。

土手沿いの県道に出てから、二〇以上のブルーシートを目にした。宮沢は無意識のうちに、左手で口を覆った。今まで見てきたシートの下には収容を待つ遺体があったのだ。

〈覚悟決めてこいよ〉

突然、石巻支局長安住の声が頭蓋《ずがい》で響く。これほど死が身近にある取材は初めてだ。ハンドルを握る右手が微《かす》かに震えた。

土手の避難帯を見つけると、宮沢はプジョーを停《と》めた。ドアを押し開け、土手に立つ。走ってきた方向に体を向け、手を合わせる。頬《ほお》を涙がつたい落ちるのが分かる。両手で顔面を拭《ぬぐ》ったあと、宮沢はプジョーのハンドルを握り直した。川面は穏やかで、ここを大津波が逆流したとは思えない。

三、四キロ走るとフロントガラス越しに、薄緑色の橋梁《きょうりょう》が見えた。宮沢は目を凝らした。橋脚のみが残り、あとは流されている。思わず息を飲む。スピードを落とし、カーナビを一瞥《いちべつ》すると、進行方向を示す矢印の上側に「文」の文字がある。液晶画面に触れ、画面を拡大させた。

「大川小学校」の文字が表示された。再び路肩に車を停め、立ち入り禁止の看板前まで宮沢は駆けた。宮沢と同世代の夫婦が看板の前で立ち尽くしていた。横顔を覗《のぞ》き込むと、二人は呆然《ぼうぜん》と校舎を見下ろすのみだった。瞬時に事情を察し、肩が強張った。

大和新聞だけでなく、日本中のメディアが悲劇を伝えたばかりだ。児童や教員が七〇人以上も命を落とした現場が、眼前にある。宮沢はもう一度、手を合わせることしかできなかった。

2

大川小学校を発ったあと、宮沢のプジョーは勾配《こうばい》のきつい峠道《とうげみち》を登った。道路の至るところが陥没し、ひどく歪《ゆが》んでいる。峠の頂上付近に長いトンネルがあるが、照明は点《つ》いていない。プジョーのライトをハイビームにして進む。

トンネルを抜けると、雄勝町訪問を歓迎する看板が目に入った。硯の名産地らしく、記念館への案内看板も見える。

峠道が下りになった途端、宮沢は息を飲んだ。

リアス式海岸が大半を占める三陸の中でも、雄勝はとりわけ湾が深く入り組んでいる。運転席側の窓から、切り立った崖《がけ》が見える。その奥にまで小さな漁船や車両が押し流され、放置されていた。

カーナビ画面に目をやった。現在地を示す矢印と湾を表す水色の部分までは二キロ以上の距離がある。深い入り江特有の津波被害だと直感する。

津波は第一波、二波、三波となんども襲ってくる。だが、雄勝のように入り江が深く、かつ山肌が迫っている地域では、一波が引ききらぬうちに二波、三波が襲ってきたのだ。このため、水かさが一気に増し、美しい入り江の町を飲み込んだ。

宮沢はゆっくりとプジョーを走らせた。

片側一車線が抉られた橋の中央部から窓の外を見ると、存外に高い場所にあることが分かる。橋の欄干には漁網やブイが引っかかっている。二〇メートル近くまで津波の高さがあったことは間違いない。

橋を渡り、ハンドルを左に切る。徐々に雄勝町中心部に近づく。車の周囲の景色に、宮沢はもう一度息を飲んだ。石巻市南浜に震災後初めて足を踏み入れたとき、戦争映画のセットにいるような錯覚にとらわれた。

今、目の前に広がる光景は、竜巻に襲われたパニック映画のワンシーンのようだ。映画や絵画ならば、明らかにデッサンが狂っている。

壁材が引きはがされ、鉄骨が飴細工《あめざいく》のように折れ曲がった建物が無数にある。学校か病院とおぼしき建造物の三階、大きな窓硝子《まどガラス》には小舟が突き刺さっている。その背後に見える公民館の屋上には、大型の観光バスが乗り上げている。人間の考えが及ばない、巨大な力が働いた証拠だ。石巻中心部の被害とは全く様相が異なる。

路肩には、針金のような物体がいくつも地中から生えている。規則正しく、一定間隔で生えている金属の根っ子のような物体はなにか。

宮沢はプジョーを停め、醜く折れた鉄を凝視した。答えはすぐに分かった。地中から生えていたのは、かつての電柱だった。柱の中心にあった細い鉄骨が折れ曲がり、コンクリートが身ぐるみ剝《は》がされた痕《あと》だ。

仮にこの場所に人間が取り残されていたらどうなったか。反射的に宮沢は頭を振る。言いようのない寒気が足元から脳天へと突き上がる。

「そこでなにやっとんの？」

突然、背後から棘《とげ》のある声が響く。振り返ると、プジョーの後ろに大阪府警のパトカーが停まり、制服姿の巡査が歩み寄る。

「取材です。大和新聞の記者です」

宮沢が首にかけた社員証を提示すると、府警の警官が安堵《あんど》の息を漏らす。

「こりゃ失礼。記事にしてほしくないんやけど、被災地で窃盗繰り返す不届きな人間がぎょうさんおるんや」

「ご苦労様です」

パトカーに戻る警官に対し、無意識のうちに労《ねぎら》いの言葉が出る。

目の前には、今まで見たこともない異様な光景が広がる。雄勝町でも多数の犠牲者が出た。だが、地獄のような場所でさえ、悪事を働く人間がいる。

*

瓦礫《がれき》が綺麗《きれい》に撤去され、折れ曲がった鉄骨や道路に転がっていた漁船も片付けられた雄勝町の中心部を通り、宮沢は水浜地区に向かった。

水浜地区も中心部と同様、瓦礫類は綺麗に撤去されていた。異様な光景だった二年前を思い出しながら、宮沢は宿を目指した。

午後八時すぎに雄勝町水浜地区の高台、仮設住宅にほど近い善正《ぜんしよう》旅館に到着すると、旧知の書店員の父親である西城善弘《よしひろ》がすぐに駆け付けてくれた。

「宮沢さん、久しぶりだな。あれから二年経《た》っても取材しているなんて、大したもんだ」

長年、地元中学校で校長を務めていた西城は、快活な声で告げる。

「先生、ご無沙汰《ぶさた》しています。宿を取ってもらって助かりました」

「女将《おかみ》、ビール持ってきて」

漁師の息子だという西城は、大きな声で注文した。

「明日も取材するのかい？」

「朝早くに発ち、岩手の沿岸を北上します」

宮沢は早坂の事柄に触れ、避難所詐欺の公算があるのではという自らの予想を伝える。たちまち西城が顔をしかめた。

「ウチみたいな小さな避難所では、全員の顔が分かるからあり得ない話だわな」

女将が持ってきたビールを勢いよく注《つ》いでいる西城に対し、宮沢は訊《き》いた。

「仮設のあと、お住まいはどうされるんですか？」

「定住を希望する住民全員が入居できる復興住宅を作ってくれって折衝しているけど、なかなかうまいことといがねぇ」

ビールを苦そうに飲み干し、西城が告げる。

水浜地区は約一二〇世帯の大半が津波によって住居を奪われた。眼前の西城もその一人だ。昔からの言い伝えで、大地震のあとは高台に避難した。

「先生、大分目付きが穏やかになりましたね」

「よく言われるよ。避難所の代表やっていたときは、生き残るのに必死だったからな」

手酌でビールを注ぎながら、西城が言う。

「自衛隊や市役所との折衝やマスコミ対応と本当に大変でしたものね」

「自分でもよくやれたと思うよ。文字通り、命がけだったからな」

真っ暗で窓の外の景色は見えなくなっている。だが、西城は目を細め、穏やかな湾に目を向けた。

漁師の息子として海とともに生活してきた元教員の目には、どんな景色が映り込んでいるのか。根こそぎ集落を壊滅させた海を憎んでいるのか。それとも、生活の一部と言っても過言ではない海を慈しんでいるのか。宮沢には到底理解できない心情だ。

漆黒の海を見つめる西城の背後で、扉が開いた。女将が漬け物と握り飯を部屋のテーブルに置いてくれる。翌日の握り飯をオーダーすると女将が頷《うなず》いた。

空になった西城のグラスにビールを注ぎ、宮沢は訊いた。

「二年経って、集落の瓦礫は片付きましたね」

宮沢のグラスにビールを注ぎながら、西城は言った。

「そうかい……まぁ、そうかもな」

今まで明快な口調で話していた西城が口籠《くちご》る。なにか気に障るようなことを言ってしまったか。

宮沢が見つめると、西城がゆっくりと口を開いた。

「……仮設住宅に入ってからは、あんまり浜に行っていないもんでな」

宮沢は首を傾げる。避難所の運営を一手に引き受け、住民代表を務めていた西城は、明らかに脱力し、最初に会ったときとは様子が違う。

「浜に行くと、否《いや》が応《おう》でも思い出してな……」

グラスのビールを一気に飲み干した西城が告げた。宮沢は頭《こうべ》を垂れる。久々に訪れた雄勝町水浜は、再興にはまだほど遠い状況だが、瓦礫が片付けられ、ホタテ漁のテント小屋も建った。なにげなく集落の再興を尋ねたが、それは西城の心情を踏み荒らすような言葉だったのだ。

「すみません。立ちいったことを……」

宮沢が俯《うつむ》くと、西城が言う。

「……先週な、葬式に出たんだ。あれがちょっときつかったな」

西城が手酌でグラスを満たした。

「集落の方がお亡くなりに？」

西城が頭を振る。避難所に集っていた老人や老女の顔が浮かぶ。

「いや、子供の葬式だった」

絞り出すような声で西城が告げる。

「俺は元教員だ」

「……」

「先月、教え子の子供のな……幼い子供の体の一部が見つかったんだ」

もう一度、西城は手酌でグラスを満たす。

「大川小学校に通っていた子でな。DNA鑑定を経て、教え子の子供だって確認された」

二年前、震災後初めて雄勝を訪れる直前の光景が宮沢の脳裏に浮かんだ。

力ずくでもぎ取られた橋梁のたもとで、大川小学校を見下ろす地点に宮沢と同世代の夫婦が立ちすくんでいた。呆然とした横顔は生涯忘れられない。

「六〇年以上も生きているといろんな葬式に出る。幼なじみだったり、親戚の爺《じい》さんだったりな。まさか教え子の子供にあんなことがあるなんてな、考えてもみなかった」

元ベテラン教員はそう言ったきり口を噤《つぐ》んだ。宮沢は手酌でグラスを満たした。

担当するコラム「ここで生きる」は絶対に続けなければならない。宮沢は静かに決意し、ビールを一気に飲み干した。

3

午前六時に雄勝の宿を発った宮沢は、三陸道を北上した。途中、女将が作ってくれた握り飯を頬張り、車窓の風景に目をやる。

三陸道は元々全線がつながっていない。切れ切れの高速を降りたあと、国道四五号線を走る途中、なんども異様な標識を目にして、息を飲んだ。

「落橋注意」……。

震災から二年という月日が経過しても、幹線国道の所々では旧来の橋が落ちたままで、その隣に迂回路が設けられ、仮設橋梁が架けられてある。アスファルトを踏む音ではなく、金属片を踏んだときの乾いた音が車中に響く。

仮設の橋からは、橋脚だけの鉄橋が見えた。JR気仙沼線だ。橋脚に折れ曲がった線路がぶら下がっている箇所も少なくない。

歯が抜けた櫛《くし》のような景色の向こう側には、緑がかった穏やかな海が見える。晴天の光の中で、水面が光る。海岸線の廃墟《はいきょ》と海の美しさが残酷なコントラストを成していた。

宮城県の最北端に当たる気仙沼から、宮沢はひたすら国道を北上した。気仙沼市街地と国道が交差する場所では、工事関係の車両が増加し、渋滞が発生する。様々な県のナンバーを付けたトラックやワンボックスカーを見やりながら、宮沢はさらに北を目指した。

小高い丘を越えると、やがて平坦《へいたん》な場所に辿《たど》り着く。古い型のカーナビが、スーパーやパチンコ店など様々な商業施設の名前を表示するが、フロントガラス越しにはただ平らな土地が広がっているのみだ。道路の左側に真新しい標識が「陸前高田」と記している。

なんど見てもこの光景には慣れない。

国道四五号線の右側には、本来ならば広大な松林があった。かつて仙台の総局に勤務していた頃、休暇を利用してなんどもこの道を走った。

地元紙記者に街の名物である「けんか七夕」を取材するよう勧められていたがタイミングが合わず、震災前に山車《だし》同士がぶつかり合う勇壮な祭を見ることはできなかった。

宮沢はハンドルを左に切る。内陸の一関方面に向かう県道だ。震災直後の取材では、市内のあちこちに巨大な瓦礫の集積場が設けられていた。現在は、山の高さが随分と低くなり、かつ分別が施されている。

瓦礫置き場では、腰を屈《かが》めた婦人作業員たちが、木片や金属片などを一つひとつ手作業で分別している姿が見えた。

〈瓦礫置き場を見ると、実家の柱や座卓があるかもしれないって、つい見ちゃうときがありましてね〉

一年ほど前に東松島市での震災瓦礫の取材中、石巻毎日新聞の秋本記者に会った。その際、実家を流された秋本が朧《おぼろ》げな目線で告げた。

〈浜に行くと、あの日の事を否が応でも思い出してな〉

宮沢の中で昨晩聞いた西城の言葉が蘇《よみがえ》る。真っ平らになってしまった陸前高田の街にも、秋本や西城と同じ感情を抱く住民が多数暮らしているのだ。

プジョーが緩やかな登り坂に達したとき、宮沢の頭の中で二年前の映像がフラッシュバックした。震災後、初めてこの街を訪れたときは、道路の右側に大量の廃車が集積されていた。今は仮設商店街が作られ、廃車で埋め尽くされていた場所には住民たちが日常の足として使う乗用車や軽トラックが駐車されている。

宮沢はプジョーを路肩に寄せ、窓を開いた。楽しげに会話する婦人たちや、子連れの主婦の姿を見たあと、そっと瞼を閉じた。二年前の暑い夏の日の光景が瞼に広がった。

*

真っ平らな陸前高田で、廃車置き場は一段と高い山の状態となっていた。ざっと見渡しただけでも、一〇〇台、二〇〇台のレベルでないことが分かる。

一台ごとの車両にどのような人が乗っていたか知る由もない。またこの廃車の山がどれだけのペースで減っているのかも分からない。だが、異様な光景であることは間違いない。

宮沢はデジタル一眼を携えて置き場に足を向けた。何台もトラックやダンプカーが通り過ぎる轟音《ごうおん》の中で、低い唸《うな》り声が聞こえ始めた。

声の方向にさらに歩を進める。廃車が積み重なっている一角に古いミニバンが停車している。ナンバーは「練馬」だ。その傍らに、音の発信源があった。

「南無阿弥陀仏《なむあみだぶつ》……」

袈裟《けさ》を着た中年の僧侶《そうりよ》が目を閉じ、一心に念仏を唱えていた。宮沢は一礼して合掌し、僧侶の後ろ姿と堆《うずたか》く積まれた廃車をファインダーに収めた。

なぜ廃車置き場で僧侶が念仏を唱えるのか。被災地に住む住民は皮膚感覚でその背景を理解することができる。だが、沿岸の残酷な現実を知らぬ読者の大半は、一瞬考え込むはずだ。宮沢はなんどもシャッターを切った。

眼前の光景を切り取り、紙面に反映させる。状況を説明するキャプションは短くて良い。多くの悲しみを宿した廃車の群れを目にすることで、無関心の読者が気付いてくれればよいと思った。

〈慰霊は続く〉

宮沢の頭の中に短い見出しが走った。宮沢は取り憑《つ》かれたように僧侶と廃車をファインダーに収め続けた。

＊

ゆっくりと瞼を開く。廃車置き場を写した「ここで生きる」の写真と記事は、反響が大きかった。

あの日、宮沢が一心不乱に写真を撮った背景には明確な理由があった。大和新聞本社の社員食堂で働く金野の存在が知らず知らずのうちに宮沢を後押ししたのは間違いない。

震災直後、東京の本社で報道写真を観《み》ていた金野は、その後、仙台に舞い戻った宮沢に対し、何度も連絡をくれた。

〈ご心配おかけしました。市内中心部にあった実家の豆腐屋は跡形もなく流されましたが、家族は全員無事でした〉

〈陸自の兄もようやく他の部隊と交代し、盛岡の駐屯地で束の間の休息を取っています〉……。

その後、故郷に帰省した際も金野は頻繁にメールを送ってきた。親戚が営む高台の民宿に一族が顔を揃えたこと、親や親戚全員が仮設住宅に入居した話など、被災した市民の生活再建の一端が分かる内容だった。その一方で、宮沢が予想もしなかった報《しら》せも届いた。

二年前、金野は編集局前の廊下で幼なじみと連絡が取れないと訴えていた。宮沢に届いたメールには、その幼なじみの姿が映っていた。

〈実は、幼なじみは愛する子供二人とともに旅立ちました。私が帰省したときは、もうお葬式は済んでいたので、彼女たちの死をなかなか受け入れられませんでした。でも、この絵に接したとき、初めて良かったと思いました〉

宮沢のスマフォの画面には、淡い色調で描かれた水彩画が映っていた。波に流された家族の遺体を復元した納棺師が制作した画集だった。金野はその最後のページをメールで送ってきた。

〈子供と一緒に穏やかな顔にしてもらって、喜代美《きよみ》は幸せだったと思います〉……。

金野の幼なじみは、軽自動車の中から子供二人とともに見つかったとのメッセージも添えられていた。

穏やかな、そして幸せだったという言葉がこれほど残酷な響きを持っているとは、まったく予想しなかった。

二年前の廃車置き場の残像が今も頭の中を駆け巡り、宮沢の全身の皮膚を粟立《あわだ》たせる。一つひとつの命が、かつての廃車置き場の周囲にあったのだ。

宮沢は、今は陸前高田の人々が行き交う駐車場に向け、手を合わせた。

かつての廃車置き場を後にした宮沢は、再び国道四五号線を北上する。陸前高田の北の端は丘陵地となっている。丘を越えれば大船渡市となる。大船渡も陸前高田と同じく甚大な津波の被害に遭った。

宮沢は奇跡的に被害を免れた高台の地域を走った。大船渡には以前からのお気に入りの食堂がある。高台には店が残っていた。古いオメガに目をやると、既に午前十一時半近くになっていた。

四五号線沿いの千来食堂には暖簾《のれん》が出ていた。一〇坪ほどの狭い食堂に入る。テーブル席と小上がりで二〇人も入れば一杯となる店には、既に一〇名程度の先客がいた。

調理場に声をかけ、名物の〝サンマうめーめん〟を注文した。先客たちの会話に耳を凝らしていると、あんかけスープがかかったラーメン丼《どんぶり》が目の前に置かれた。

宮沢は麺をたぐり、一気にすすった。食堂の主人が丸一日かけて煮込んだサンマの甘露煮と醬《しょう》油《ゆ》味のスープが絶妙のバランスを醸す。魚の臭みを消すために入れられた梅干しもほど良いアクセントになっていた。

サンマうめーめんを一気に平らげたとき、ショルダーバッグの中でスマフォが鳴った。通話ボタンを押すと、懐かしい声が響く。

〈宮沢さん、この前の南相馬のラーメンの記事、良かったよ〉

「読んでくれましたか」

電話を入れてきたのは、盛岡駅ビルに入居する地場書店の店長、田淵《たぶち》だった。かつて盛岡支局に臨時赴任した際、頻繁に訪れた店のスタッフだ。大震災発生以降は災禍の記憶風化を防ごうと、店に関連書籍のコーナーを常設し続けている。震災書籍棚を盛岡支局の若手記者とともに半年前に取材した。

〈宮沢さん、今どこ?〉

「大船渡です」

宮沢は勘定を済ませると、店を出た。

〈宮城県庁の早坂さんの取材?〉

「どうして田淵さんが知っているんですか?」

〈やっぱりか……昨日の晩、本店に県警の堀合刑事から電話があったからさ〉

「岩手県警が？　どういうことです？」

〈なんでもウチの釜石店の店長と連絡を取りたいからって……それに、宮城県庁の殺人事件の関連だっていうから。会議を終えた金田《かねだ》がたまたまウチの支店にいたから話を知ったんだ〉

電話口で名前を聞いた途端、目の大きな男の顔が宮沢の頭に浮かんだ。盛岡支局時代、なんどか田淵とともに酒席を共にした元野球部員の書店員だ。震災前に釜石店に転じていたことを思い出した。

「田淵さんは、早坂さんのことご存知でしたか？」

〈知っているもなにも、岩手県の災害対策本部の危機管理監と一緒に店のトークショーに出てもらったもの。まさかあんなことになるなんて……〉

電話口で田淵が声を詰まらせる。

「わざわざ教えてくださって、ありがとうございます」

宮沢が答えると、田淵が言葉を継ぐ。

〈それから、ウチの本店三階のラーメン店は知っているよね？〉

「キムチ納豆ラーメンの柳屋さんがどうしました？」

〈本店のスタッフが堀合刑事と一緒だった背の高い人を見たそうだ〉

田淵は、県警の堀合という刑事が常連客だと告げる。

〈堀合さんがすごく気を遣っていたっていうから、きっと偉い人なのかなって思ってさ〉

「ちょっと待ってくださいよ……」

岩手県警の堀合との面識はない。だが、地元警察の刑事が気を遣い、かつ背が高くて早坂のことを調べている。思い当たる人物はあの男しかいない。

「田淵さん、大変参考になりました。また映画館通りで居酒屋に」

宮沢は電話を切り、プジョーに乗り込んだ。カーナビで釜石の商店を検索すると、地場書店の名前が点滅する。迷わず「ルート案内」のボタンを押すと、宮沢はアクセルを踏み込んだ。

4

釜石市の旧市街地、地元民が〝マチ〟と呼ぶ海沿いの地区にあるビジネスホテルで朝食を摂《と》ったあと、田名部は堀合とともにレガシィに乗り込んだ。

前夜の仮設住宅での捜査は空振りとなった。聞き込みに向かう書店のアポ時間にはまだ間がある。田名部が被害の酷かった住宅街を見たいと申し出ると、堀合は快く応じてくれた。

「この辺りも随分と綺麗になりました」

マチから四五号線に向かう道中で、堀合はなんども声を上げる。若い捜査員の横顔が、山田町から毎日通う高校生のニキビ面とダブる。

マチから一〇分ほど走ると、レガシィは四五号線から川沿いの脇道に逸《そ》れた。標識を見ると、鵜住居《うのすまい》川とある。

「釜石全体では九〇〇〇人超が死亡・行方不明になりました。そのうち半分は、この鵜住居の住民たちでした」

湾に面した広大な平地を見つめていると、堀合が呟《つぶや》くように告げる。フロントガラス越しに、住居の跡が無数に残っている。無残に抉られたコンクリートの土台は、無理矢理歯を抜かれた骸《がい》骨《こつ》のようだ。

この場所に人がいた。

川沿いの道を進むと、廃墟になった学校が見える。かつて子供たちが走り回っていた場所には、古タイヤが堆く積まれ、その周囲を重機がせわしなく動く。

「地震のあとは高台へという教訓が生きていまして、子供たちは無事でした」

田名部の視線をたどった堀合が説明する。既にあの日から二年以上が経過したが、沿岸各地には生々しい傷跡が残っている。いや、放置されていると言っても過言ではない。複雑な形のリアス式海岸を走ると、その地形ごとに被害の様が違う。鵜住居は海から近い平らな地形が悲劇を生んだのだと改めて思い知らされる。

堀合がレガシィを路肩に寄せる。

「すみません、電話が入りました」

田名部は助手席から降り、周囲を見渡す。強引に更地とされたかつての住宅街には土ぼこりが舞う。

田名部は自問する。この傷跡を修復させるために、自分はなにができるのか。早坂も同じ思いにかられていたに違いない。

「田名部警視、店長は予定通り昼頃に時間を取ってくれるそうです」

堀合の声で我に返る。レガシィに乗り込むと、田名部は無意識のうちに両手を合わせた。

「ウチなんか天井が崩れただけです。マチの商店からみたら被害のうちに入らんですわ」

両目がくるくると動く中年の店長はそう告げた。田名部が名札を見ると、〈店長・金田鉄男《てつお》〉とある。田名部の視線を辿《たど》った金田が笑う。

「釜石は鉄の町ですからね、私は文字通り鉄の男です」

おどけた口調に堀合が笑う。

内陸側のJR釜石駅から五分ほど進んだ所に小さなショッピングセンターがあり、一階に盛岡地盤の書店が入居している。山田町の仮設住宅の老女が持っていた文庫本には、この店のカバーがかかっていた。

「早速ですが、宮城県庁の早坂さんについて調べておりまして」

田名部が告げると、今まで快活に笑っていた金田の顔が曇る。

「堀合さんから聞きました。ひどい話だ」

金田が唇を噛《か》む。

「山田町の住民から聞きましてね、彼はよくこのお店に来ていたとか」

「山田だけじゃなく、大槌でも仮設の御用聞きみたいなことをしておられましたよ。全く頭の下がる思いでした」

田名部が頷くと、金田が言葉を継ぐ。

「この辺りは車がないと生活できないのに、車そのものを流された年寄りが多くてね。バスが通ってなかったころは、大槌からこの店まで歩いてきた人もいたくらいです」

「大槌から？」

「いつもは軽自動車で来るお年寄りですがね、避難所に入って落ち着いたからって、生活用品の買い出しのついでに寄ってくださったんですよ。丁度時代小説文庫の発売後だったしね……早坂さんは、そういう年寄りや住民のことを知り尽くしていました」

頷きながら、田名部はメモ帳を取り出した。肝心な事柄を訊かねばならない。

「山田町の避難所にいた衣笠という人物について、なにかご存知ですか？」

金田が眉根《まゆね》を寄せる。

「早坂さんが生前調べていた人です」

「そいつが早坂さんを？」

金田の顔が紅潮する。田名部は慌てて頭を振る。

「そういうことではありません。ただ、なんらかの関わりがある人物ではないか、そう考えて調べています」

「分からないなぁ。早坂さんは仕事絡みの話なんてしなかったもの。ひたすら御用聞きに徹していたからね」

「他に、早坂さんに関して気付いたことなどありませんでしたか？　細かいことでも結構です」

「そうですね……あっ、そうだ。彼はよくこんなことを言っていました。〈焦ることはない。ゆっくりやればいい〉って。復興だ生活再建だって我々は焦っていましたからね」

金田がそう告げた直後だった。

「店長、お願いします」

レジの前で、パートの女性従業員が告げる。

「ちょっと仕事しますので」

金田はカウンターに駆け戻り、パートと並んで別のレジを打ち始める。

「手掛かりなしですね」

堀合が肩を落とす。

「雲をつかむような話だからな。それにしても、どういう意味だろう」

田名部はメモ帳に書き付けた早坂の言葉を読み返す。頻繁に沿岸被災地に入り、一人ひとりの目線に立っていた早坂は、一日も早い復興を願って動き回っていたのではないか。だが、金田が教えてくれた言葉は、その行動と矛盾する。

田名部が首を傾げると、隣から突然すすり泣きの声が漏れ聞こえた。目を向けると、中年の女性が分厚い写真集をめくっている。女性客の前の棚に目をやる。地元紙・岩手新報が発行した震災に関する特別写真集だ。

「警視、ちょっと」

堀合が田名部の袖《そで》を引く。書店で涙を流すとはどういうことなのか。まだ事情が飲み込めない。

「この光景、沿岸では当たり前なんです。皆、様々な思いを抱いて写真集をめくるんです。亡くなった家族や家、あるいは友達のこと……三陸沿岸、福島の浜通りまで二万人近くの人間が亡くなったのです。彼女のような思いを抱く人はその何十倍もいるんです」

堀合が小声で告げる。なんど足を運んでも、被災した人々の心情を理解する、いや共有することなど当事者でない身には絶対に不可能だと改めて思い知る。

「せめて寄り添ってください」

田名部が黙り込んでいると、堀合が女性に目をやったまま告げる。肩を震わす女性客の背中を見つめながら、田名部は唇を嚙み締めた。

5

釜石の小さなショッピングセンターに着くと、宮沢は店舗表示の看板をチェックした。食品売り場の隣の店舗に向かうと、雑誌棚の向こう側に見覚えのある後ろ姿が見えた。隣にいる肩幅の張った背広の男が堀合に違いない。二人の捜査員は、釜石店の店長・金田から熱心に話を聞いている。

宮沢は身を屈め、書店の文芸書コーナーから新書棚に回り、捜査員の死角になるように近づいた。

「早坂さんが言った〝焦ることはない〟という言葉、口癖だったのでしょうか？」

大きな目を剝《む》いた田名部が、金田を見下ろしながら訊いている。

「口癖っていうより、なにか諭すっていうか……でも、温かみのある言葉でしたよ」

宮沢は金田の言葉に頷いた。やはり、田名部は早坂の死に関する事象を調べている。石巻署の捜査本部では、同僚の真鍋が第一の容疑者として浮上している。真鍋は現在、仙台中央署で連日任意の事情聴取を受けているはずだ。

田名部は真鍋犯行説に疑問を抱いている。そうでなければ、わざわざ釜石まで出向き、調べを進める意味はない。

三人の会話を聴く限り、田名部が早坂に関して調べているのは間違いない。今しがた聞いた〝焦ることはない〟というキーワードは、石巻・万石浦の仮設住宅で宮沢自身が武山美帆から聞いた言葉だ。

「あと、他に気付いたことはありませんか？」

「こんなのは参考になるかな。早坂さんは、時折携帯の画面をじっと覗き込むときがありました。考え込んでいるのか、それともなにかを決意しているのか……思い詰めた感じもありました」

金田の言葉が宮沢の胸に引っかかる。このフレーズも今まで早坂の足取りを辿る中で聞いた。

首を傾げる田名部に対し、金田が告げたときだった。田名部の傍らにいた若手捜査員が顔の向きを変え、宮沢の方向を見た。

宮沢が不自然な形で身を屈めているため、若手捜査員が眉根を寄せて睨《にら》んでいる。

「警視、ちょっと失礼」

金田と田名部の会話を遮った若手捜査員が宮沢に歩み寄った。田名部は依然として金田の顔を凝視しているが、宮沢は観念した。若手に向けて宮沢も歩み出す。同時に、金田より頭一つ分大きな男の背中に声をかける。

「田名部さん、お久しぶりです」

「なんでおまえがここにいるんだ？」

振り向きざま、田名部が吐き捨てるように告げる。

「取材に決まっているじゃないですか」

宮沢が肩をすくめてみせると、田名部が溜息《ためいき》を漏らす。

「あれ、宮沢さんじゃないか。田名部さんと知り合いかい？」

金田店長が狐《きつね》につままれたような顔で言う。同じように、若い捜査員も怪訝《けげん》な表情で田名部と宮沢の顔を見比べる。

「もちろん。長年お世話になったネタ元の一人ですよ」

「おまえなんか知らん」

仏頂面の田名部が告げる。ようやく点と点が線となってつながったのだ。引き下がるわけにはいかない。

「金田店長、お忙しいところお時間いただいてありがとうございました。なにか気がついたことがあれば、ご連絡ください」

田名部は方向を変え、金田に名刺を手渡す。

「行くぞ」

田名部は若手捜査員を従え、足早に書店を出ていった。宮沢は金田に訊《たず》ねた。

「早坂さんの一件でしたよね？」

「そうだけど」

「あとで電話します。ひとまず、これで失礼」

宮沢は慌てて頭を下げ、田名部の後を追う。

「ちょっと待ってくださいよ」

田名部の背中に叫ぶと、キャリア警官が振り返る。

「しつこいぞ」

「そりゃ商売ですから。少しだけ話しませんか」

「警視、誰ですか？」

田名部の前にいた若手捜査員が宮沢の真横に立つ。

「大和新聞の宮沢だ。長年の腐れ縁だから気にしなくていい」

溜息をつきながら田名部が言うと、若手捜査員は渋々引き下がる。宮沢は田名部の傍らに回り、さらに尋ねた。

「なぜ田名部さんが早坂さんの一件を？」

「……」

田名部はいつものように黙りこくる。

「宮城県警の見立てに対し、警察庁のキャリアが異を唱えている、そんな見出しが立つんでしょうか？」

宮沢はわざと田名部を煽《あお》る。田名部はもう一度、深く息を吐き出し、言った。

「堀合、腹が減ったな」

「あれなんかどうです？」

堀合と呼ばれた若手が駐車場の一角に貼《は》られたポスターを指す。宮沢が堀合の指の先をたどると、仮設商店街の案内があり、その中に中華そばの写真がある。地図を見ると、釜石駅近くの商業施設横で、呑兵衛《のんべえ》横丁が仮設商店街として復活したと案内が出ていた。ラーメン屋は、この中にある。

「釜石の名物ラーメンです。店はやられましたが、今も主人が昔の味を提供しています」

「宮沢、おまえさんもどうだ？　メシの時間はプライベートだ」

「先ほど大船渡で別のラーメン食べたばかりですが、麺は別腹です」

宮沢は田名部と堀合を追い越し、プジョーに飛び乗った。

6

「極細なのにコシがある。さっぱりしたスープなのに魚介のコクが濃い……すごいですね、釜石ラーメン」

スープを飲み干した宮沢が告げると、一足先に完食した堀合が得意気に口を開く。

「釜石は製鉄所の街です。高度成長期には工員たちが大挙して店に押しかけたそうです。大量の客を短時間で捌《さば》けるよう、茹で時間が短い極細が開発されました」

「ラーメンは地元の歴史を体現している、間違いない」

宮沢が言うと、田名部が口を開く。

「誰かの影響で、俺も麵が好きになっちまった。たしかに釜石のラーメンはウマいな」

丼を置くと、田名部が店を出て駐車場の空きスペースに歩き出した。宮沢は後を追う。

「宮沢の見立ては？」

田名部は自分を試している。自らが知らないデータを提示したときは、必ずヒントをくれる。

宮沢は思い切って口を開いた。

「亡くなった早坂さんは避難所を舞台にした詐欺事件を告発しようとしていたのではありませんか？」

宮沢は一気に告げ、背の高い田名部の顔を見上げた。いつもこうしてネタを当ててきた。田名部が嘘《うそ》を口にするときは、必ずこめかみの血管が動く。だが、今田名部の顔に変調はない。

「それで？」

「早坂さんは石巻で鰐淵という人物のことを調べていました。石巻市最大の避難所となった蛇田小学校に入り、忽然《こつぜん》と姿を消した人物です。鰐淵という人物を知っていた女性にも会ってきました。鰐淵は短期の派遣労働者だったようです」

宮沢がそう告げると、田名部の傍らにいた堀合の顔色が変わる。堀合は背広からメモ帳を取り出し、人指し指でページをたどっている。指の動きを停めた堀合が田名部を見上げ、頷く。二人の反応を見る限り、当たりだ。

宮沢はスマフォから写真のファイルを開いた。前日、武山から提供してもらった鰐淵の写真を田名部に見せる。

「この人物こそ、早坂さんが行方を探していた鰐淵さんです」

堀合が画面を覗き込み、そして田名部を見上げた。田名部も目を剝き、宮沢の手元を睨む。

「そんな怖い顔しなくとも、すぐにメールでご提供しますよ」

画面をタップしたあと、宮沢は素早く田名部のメールアドレスを探し、写真を転送した。送信を確認すると、宮沢はもう一度田名部の顔に視線を向けた。

「田名部さんは、岩手沿岸の避難所リストを当たっていた。そうですね？」

「まあな」

田名部が短く言い切ると、堀合が口を開く。

「では、山田町で調べたあと田名部警視が〝整理中〟だと言われたのは、避難所詐欺についての考えだった？」

宮沢が堀合と田名部を見ると、即座にうなずいた。と、キャリア警官がうなずく。

「岩手の沿岸では、関西訛《なまり》の男が避難所に入り、姿を消した。石巻と同じように、避難所に入って罹災証明を取得し、各種の義捐金《ぎえんきん》を詐取した疑いが濃厚だ」

宮沢の目を直視しながら、田名部が言い切る。堀合が懸命に田名部の言葉をメモする。

「それで、石巻の分は詐欺だという証拠が出てきたのか？」

「いえ、避難所はとっくに閉鎖され、鰐淵という人物の行方もつかめません」

「岩手と同じだな。山田、それに釜石で調べたが宮沢と同じような結果しか出てこなかった」

感情を排した声音で田名部が告げる。

「我々が調べているだけではなく、他にも多数の詐欺事件があったのでは？」

「そうかもしれん」

「組織的に人間を投入することができるのは、マル暴ではないでしょうか？」

宮沢が訊くと、田名部が眉根を寄せる。だが、肝心のこめかみの血管に異変はない。

「そこまでは知らん」

「捜二は経済ヤクザの案件も触りますよね？　早坂さんは避難所詐欺を告発しようとしたが、マル暴に口止めされたのではないですか？」

「飛躍しすぎだ。俺は、故人に指名されたから動いている」

「指名？　どういうことです？」

宮沢が首を傾げた途端、田名部が背広からメモ帳を取り出す。ゆっくりとページを繰った田名部は、一枚の紙を宮沢の眼前に差し出した。

「被害者《マルガイ》の自宅にあった」

宮沢の目の前に、手書きメモのコピーがある。岩手沿岸の地名の横には人の名前が並んでいる。その下には田名部の名前があった。宮沢にも見覚えのある筆跡、早坂の遺《のこ》した文字だ。宮城県警の門間警部補が田名部に連絡したのだろう。

「それで、このリストの人たちは既に消えていたわけですね？」

宮沢の問いかけに、田名部が無言で頷いた。

「宮城県警の捜査本部は真鍋という県庁の同僚に的を絞っています。今回の田名部さんの捜査で、帳場をひっくり返すのですか？」

「バカ言うな。俺は故人の遺志がなんだったのか確認しているだけだ」

「仮に早坂さんが避難所詐欺を告発する予定で、そのために殺されたのだとしたら？」

「ネタが固まれば宮城を動かす。だが、現段階でそれだけの材料はない」

「早坂さんがどんな人だったかご存知ですか？　僕は真鍋という同僚がやったとは思えない。マル暴なのか、それとも他の第三者だったかは分かりませんが、生真面目《きまじめ》な早坂さんを邪魔だと思った誰かが真犯人だと思っています」

「言いたいことはそれだけか？」

「他にもあります。口癖です」

「〝焦ることはない。ゆっくりやればいい〟ってやつだな……俺も地取りで何回か聞いた。だが、答えはない」

「……そうですか」

宮沢は腕を組む。やはり田名部は同じ事柄を調べていた。導き出した仮説も、そして知り得たデータも同じだ。だが真鍋が犯人ではないという決定打につながるものはない。もう一度田名部を見る。かつての取材時のように情報を隠しているそぶりはない。

「毎度言っているが、早まった記事は書くな」

つっけんどんに言ったあと、田名部は堀合を伴って岩手ナンバーのレガシィに乗り込んだ。

「そんなこと言って、キャリアなのにちゃんと自分の足で調べているじゃないですか」

駐車場を後にするテールランプを見ながら、宮沢は呟いた。

7

東松島から三陸道を経て、門間は仙台に戻った。夕暮れが近づいた市街地は混み合い始めていた。

東松島の仮設住宅で黒田と会い、さらに確証が強まった。証言のほかに、もう一点だけ気になる点がある。門間は、真鍋が連日事情聴取を受けている仙台中央署を通り越し、宮城県庁に向かった。

県庁に着くと、以前事情を訊いた人事課長の立ち会いのもと、真鍋のデスクに向かった。

「令状なしなのに、申し訳ありません」

「穏便にお願いします」

人事課長は声を潜めて告げる。門間はデスク上のノートパソコンのほか、書類たてをチェックする。コンパクト版の六法全書のほか、業務に関係する法令集や県庁の職員名簿があるだけで、気にかかるものはない。

「引き出しもチェックさせてもらいます」

「どうぞ」

門間は机の右側の引き出しを開ける。大学のサークルの連絡簿や東京の中高一貫名門校の卒業生名簿がある。それぞれの冊子のページをチェックするが、メモ書きの類《たぐ》いも挟まっていない。下の段を開ける。仙台市内の住宅地図のほか、県内全域の市町村が発行した広報誌の見本がファイルされている。

「まだ時間かかりますか?」

周囲の目を気にしているのか、人事課長が腕時計をなんどもチェックする。

「あと少しだけ」

門間は、さらに下の段を開く。すると、仙台のタウン誌と大手観光会社が発行した仙台のグルメ案内のムックがみえた。タウン誌をめくったあと、ムックを手に取る。ページを繰ると、〈国分町〉の箇所に付箋《ふせん》が貼ってあるのに気付いた。

国分町は東北最大の歓楽街だ。飲食店のほかにクラブやキャバクラ、その他風俗店がひしめき合う。以前人事課長に聞いたところでは、真鍋は対策本部に出入りする業者からなんどか国分町で接待を受けていたという。

もう一枚、門間はページをめくる。すると、なにも書いていない茶封筒が小さなクリップでページに貼られていた。門間が封筒を開けると、カードが出てきた。

〈国分町会員制クラブ　エンジェル・アイ〉

薄紫の台紙に携帯電話の番号が刷られているだけのシンプルなカードだ。左隅に手書きで数字が書かれている。多分、会員番号の類いだ。

「これ、撮らせてもらいます」

門間は携帯電話のカメラを使い、薄紫のカードを撮影する。会員制と銘打つクラブは国分町には多数存在する。一見客を遠ざけるのが目的だ。だが、クラブなら固定電話の番号を刷るはずだ。門間はカードの携帯番号をダイヤルした。

〈……クラブ・エンジェルアイです。営業時間は午後七時からとなっております。ご予約希望のお客様は……〉

女性オペレーターの事務的な留守番メッセージを聞き、電話を切る。改めて、県警本部の生活安全課にダイヤルする。カードにある電話番号と店の名前を電話口に出た保安課風俗取締係の後輩巡査部長に告げた。電話口で、書類を繰る音が聞こえ、三、四分間待たされた。

〈お待たせしました。無許可営業の派遣型風俗ですね〉

「サービス内容は？」

〈ホテルや自宅へのヘルス嬢派遣がメインのようですが、本番アリとのタレコミで現在、所轄署の担当が内偵中です〉

「分かった。事務所の住所は分かるか？」

〈少々お待ちください……〉

後輩巡査部長が国分町の隣、大町にある賃貸マンションの名前と部屋番号を告げる。

「分かった。ちょっとだけ触る。担当には俺から仁義切っておく」

一方的に告げると門間は電話を切った。様子を見守っていた人事課長の顔が曇る。

「なにか分かりましたか？」

「真鍋氏本人にとっては不本意かもしれませんが、嫌疑が晴れるかもしれません」

「はっ？」

人事課長が眉根を寄せるが、門間はそのまま県庁を後にした。


広瀬川近くの西公園に面した賃貸マンション前で、門間は所轄署の担当者に連絡を入れた。殺人事件捜査が優先すると半ばゴリ押ししたあと、マンションのロビーに歩を進める。

ロビーの天井から吊《つ》り下げられた防犯カメラを睨み、門間は問題のクラブが入居する五〇七号室のインターフォンを押した。応答はないが、スピーカー越しに微かに相手が受話器を取り上げる音が響く。カメラを通して警戒しているのは間違いない。所轄署の風俗取締担当が内偵を進めているだけあって、用心深い。門間は俯き気味に声を出す。

「会員番号八七五番の真鍋だけど」

門間が告げたあと、三〇秒ほど間が空く。

〈……真鍋さま、営業は午後七時から、予約開始は五時からです〉

擦《かす》れた男の声が響く。構わず門間は言葉を継ぐ。

「この前事務所に来た時、大事なライター忘れちゃったみたいなんだ。ちょっとだけ確認させてもらえないかな」

〈……ライターならいくつか保管しています。どうぞ〉

インターフォンの通話が途切れた途端、オートロックのガラス戸が開いた。

真鍋が会員となっているクラブがどのような営業形態をとっているかは知らないが、過去に所轄署時代のガサ入れの経験から一旦事務所に登録、あるいは立ち寄ってから事に及ぶタイプだと想像し、とっさに「忘れ物」という言葉を使った。あっさり第一関門は通過した。

門間はエレベーターに乗り込み、目的の階で降りた。エレベーターホールを左に折れると、広瀬川沿いの西公園が見渡せる廊下だ。ホールから四つ目の部屋で、もう一度ベルを押す。

「真鍋さまですね、ちょっと待ってください」

ドアの内側から、あくびを嚙み殺すような声が響いた。ドアのロックが外れ、キーチェーンが解除されたことを確認し、門間は力一杯ドアを引いた。同時に、携帯していた警察手帳を提示する。後ろ頭を掻《か》いていた中年男の表情が凍り付く。門間は間髪入れずに告げた。

「県警本部捜査一課の門間だ」

「汚ねぇぞ、ガサかよ」

目一杯の力でドアを閉めようとするジャージ姿の男を制し、門間は体をドアの内側に滑り込ませた。

「殺人事件捜査の一環だ。協力しろ」

「ウチは殺しなんかにゃ関わっていねぇぞ」

怯《おび》えた目付きで中年男が言う。廊下の壁に男を追い込むと、門間は低い声で告げる。

「人が殺された。邪魔するなら公務執行妨害で現行犯逮捕もあり得る」

「分かったよ」

壁に後ろ頭を着けながら、男が擦《かす》れ声で答える。

「なにを手伝えばいいんだ?」

「監視カメラの映像を出せ」

「ちょっと、それは令状取ってもらわないと……客の個人情報だ。今のご時世、客のプライバシーは簡単には明かせないよ」

顎《あご》を引き、中年男が抗弁する。門間は背広から携帯電話を取り出し、発信履歴の番号を小さな画面に呼び出す。

「所轄署の担当者に連絡しようか? 俺は本部の人間だ。力関係は圧倒的に所轄の担当の上にある。問答無用ってやつだ」

「汚ねぇ……」

男が舌打ちした途端、門間は一段と間合いを詰める。

「一課の刑事《デカ》が、なぜいきなり事務所《ヤサ》割り出せたか、頭使って考えろ。協力すんのか、どうなんだ?」

門間が凄《すご》んでみせると、男が視線を宙に泳がす。一五秒ほど考え込むと、男はジャージの袖を引き上げ、探るように告げる。

「ウチは狙《ねら》われてんのか？」

「だから頭使えって言ってんだよ」

もう一度、男が考え込む。寝起きの頭で、必死に事態を天秤《てんびん》にかけているのが手に取るように分かる。追い込みをかけるように、門間は訊く。

「ここ一週間の来客、ビデオを見せろ。どうせ録画してんだろ？」

「分かりましたよ」

男が言った直後、門間は男の肩を押し出しながら、廊下の奥に進んだ。今まで胸にかかっていた靄《もや》が、一気に晴れるような感覚が門間の全身を満たしていった。

第五章　理由

1

釜石から盛岡に戻ったあと、田名部は警察庁の東北管区会議に出席するため、仙台の宮城県警本部に向かった。東北沿岸地域の復興状況と他府県の応援体制の見直しがテーマの会議だった。

二時間ほど若手キャリアが用意した叩《たた》き台を事務的になぞっただけで、会議はお開きになった。

現場に行け。怒鳴りたい気持ちを抑え、会議室を後にする。田名部が廊下で門間の携帯を鳴らした途端、電話口で興奮気味の声が響いた。

〈あと少しで仙台中央署に向かいます。田名部警視もぜひ〉

通話は一方的に断ち切られた。首を傾《かし》げながらも、宮城県警本部捜査二課の若手をつかまえ、仙台中央署まで送ってもらう。

仙台中央署の会議室には、県警捜査一課長のほか、本部の主任警部、石巻署の主任警部ら約一五名の捜査員が集結していた。会議室に入った田名部は一番後ろの席に着いた。部屋の全体を見回すも、門間の姿はない。

「真鍋はまだ落ちんのか？」

苛立《いらだ》った口調で一課長が主任警部と警部補に告げる。田名部は追及を受ける二人の捜査員の背中に目をやった。気の毒なほど肩が落ちている。

「本部のベテランが付きっきりでなにやってんだ」

一課長の声が上ずる。どこの帳場でも同じような罵声《ばせい》を聞いてきた。早坂の死は東北のブロック紙のほか、全国紙も連日報じている。真鍋という重要参考人の存在が当初から浮かんでいただけに、一課長ほか捜査幹部は完全に前のめりになったが、肝心の真鍋が口を割らない。

「牛丼屋ではなく、野郎はどこに行っていたんだ？」

再び一課長が捜査員に詰め寄る。

「市内の防犯カメラの解析を進めています。今しばし、お待ちください」

肩を落とす主任警部の隣で、警部補が小声で報告した。口を割らないだけでなく、まだ真鍋のアリバイの詳細さえつかんでいない。帳場全体が滑ってしまった典型例と言える。

「連日、夜討ち朝駆けの取材攻勢に晒《さら》されてんのは俺だ。真鍋を完落ちさせるか、あやふやなアリバイを突き崩すか、オマエらなんとかしろ」

言いたいことだけ言うと、一課長はようやく口を閉じた。

「それでは、地取り班、鑑取り班の報告を順次頼む」

主任警部がそう告げたとき、会議室の扉が勢い良く開いた。息を切らせた背広の男が飛び込んでくる。

「課長、ちょっと待ってください」

興奮した様子の門間だった。

「警部、ちょっと」

田名部ら会議室のメンバーの前で、門間が今まで矢面に立たされていた主任警部に駆け寄り、耳打ちする。途端に主任警部の肩が強張《こわば》る。

「課長、一旦《いったん》散会を」

強い口調で主任警部が告げると、顎《あご》を突き出した課長が口を開く。

「ネタか?」

「そうです。保秘のためにも限定メンバーのみで対応策を」

主任警部の言葉を受けた課長は、大声で散会を告げた。田名部がドアの方向に歩き出すと、門間と目が合った。

「田名部警視もぜひ残ってください」

門間が強い口調で言う。課長、主任警部と警部補も同意した。

「分かりました」

大半の捜査員が去った会議室で、田名部は幕僚席、課長の隣に改めて座り直す。顔を紅潮させた門間が切り出した。

「真鍋のアリバイですが、ウラが取れました」

門間が強い口調で報告する。すかさず課長が聞き返す。

「どういうことだ?」

「真鍋は犯人ではありません。強固なアリバイがありました」

田名部は門間の横顔を凝視する。門間はじっと課長を見返した。上下関係の厳しい警察組織の中では、よほどのネタがなければできない行為だ。

門間は背広のポケットから小型のメモリーカードを取り出した。主任警部の隣にいた警部補が慌ててノートパソコンを幕僚席に運び込む。

「早坂氏の殺害時刻、真鍋は大町を経て国分町におりました」

そう言った直後、門間がメモリーカードをノートパソコンのスロットに挿し込んだ。

「本当か?」

門間は慣れた手付きでパソコンを操作し、動画再生ソフトを起動させる。大型の液晶モニターに薄暗いマンションのエントランスが映る。画面下には、録画された日時が表示された。

「おぉ……」

画面を睨《にら》む主任警部と警部補が同時に唸《うな》った。仏頂面の課長も食い入るように画面に見入る。

画面の中には公園の街灯が薄《うっす》らと映る。次の瞬間、青白い顔が画面に大映しになった。

「真鍋だ……」

主任警部が再び唸る。画面では、真鍋が周囲を見回す様がクローズアップされている。

「どういうことだ?」

強い口調で課長が訊《き》いた。田名部も同じ思いだった。捜査幹部の誰もが思った瞬間、門間が口を開く。

「会員制の高級デリヘルです。恐らく、真鍋は業者かなにかに連れてこられたのでしょう」

「風俗だな」

「そうです。所轄の風俗担当も内偵していたいわく付きのクラブです。国分町の復興景気を当て込んだ東京の業者が運営しています」

いわく付き、という部分に門間が力を込める。田名部はなるほどと思う。公務員と民間の癒着で一番ありがちなのが酒席を伴う接待であり、これがもう一段進むと下半身を攻撃するやり口に変わる。真鍋も同類だった。

「日付と時間に間違いないか?」

「大丈夫です」

動画再生ソフトを停《と》めると、門間は背広から紙を取り出す。

「店が管理している客のリストのほか、真鍋の当日の行動履歴も押さえました」

門間は表計算ソフトで描《か》かれた一覧表の一点を指す。

『真鍋様』と書かれた枠には、真鍋が使ったホテルと指名した風俗嬢の名前が記されている。

「今、後輩を当該のホテルに向かわせています。また別の要員をマンション付近の防犯カメラ映像の収集に当たらせました」

自信たっぷりの口調で門間が報告する。次いで門間は田名部に目を向けてくる。

「なぜ真鍋は黙っていた? 殺しの容疑者になっているんだぞ。万引きを誤認されたのとはわけが違う」

仏頂面のまま、課長が告げる。田名部も同感だった。ここ数日間、真鍋は任意ながらもほぼ身柄を拘束されていた。たとえ風俗であろうと、アリバイがあることは真鍋自身が知っていた。殺人容疑で自身のキャリアが崩壊寸前になってもなぜ黙っていたのか。

「その点についてもウラを取ってあります」

門間はメモ帳を取り出す。

「真鍋の大学の同期を当たりました。嫌疑を晴らすためだと説得したところ、答えが返ってきました」

門間は、目線をメモに固定させたまま告げる。

「なんだ?」

「ゼミの同期で一番仲の良かった人間に当てました。真鍋は県知事の姪《めい》っ子と婚約中でした」

門間の言葉を聞いた途端、一課長が低い声で唸り、主任警部は舌打ちする。田名部が目配せすると、門間が言葉を継いだ。

「知事の姪っ子は、地元の地銀秘書課勤務の美人です。風俗に通っていたことがバレると、婚約解消のリスクがある。そんな稚拙な理由が奴を黙らせていたのかもしれません」

門間の言葉に一課長が応じる。

「しかし、人殺しの嫌疑がかけられていたんだぞ」

「その辺りも調べました。真鍋は、過去も同じようなことが原因で財務省高官の娘と別れた経緯があるそうです。そういった噂《うわさ》は、キャリアの世界ではじわりと染みるそうです。あとは本人の供述を待つしかありませんが、いずれ他の容疑者が出てくる、あるいは、どこかのタイミングで白状しようと考えていたのではないでしょうか」

門間の言葉に、課長が頭を振る。

「どちらにせよ、早く取調室から解放して、丁重にお帰しするんだ。あとは俺から本部長経由で知事にはそれとなく伝えておく。県警の勘違いでしたと素直に告げるわけにはいかんが、真鍋の顔も立てつつ、なんとかする」

苦虫を噛《か》み潰《つぶ》したような顔で課長が告げた。県警の予算権者である知事を怒らせるわけにはいかない。課長の渋面には様々な政治的な配慮が含まれていた。

「さて、やりなおしか」

天井を見やった課長が告げる。田名部が口を開きかけると、門間が目で合図を送ってくる。

「気になる事柄はあります。本職から説明を」

門間は椅子《いす》を引き、ゆっくりと腰を下ろした。田名部が目で合図すると、課長や主任警部が怪訝《けげん》な表情を浮かべた。

「実は、早坂氏はある問題を追っていた可能性があります」

門間が田名部を見る。頷くと、田名部は言葉を継ぐ。

「早坂氏は大掛かりな避難所詐欺を追っていたのかもしれません。私宛《あ》てのメモが遺《のこ》されておりました。発見者は門間警部補です」

田名部が低い声で告げると、県警の捜査幹部たちの眉根《まゆね》が寄った。

「一旦東京に戻り、部下が調べたデータを分析します。それまでは今まで通り鋭意捜査を進めてください」

田名部は立ち上がり、門間を見た。県警本部の中で、どちらかと言えば地味な存在だった警部補が力強く頷いていた。

2

釜石を発《た》ち、宮沢が仙台の総局に戻ったのは午後九時近くになってからだった。遊軍席で店屋物のメニュー表を広げると、編集局の対角線上にある社会部デスクから素《す》っ頓狂《とんきょう》な声が響いた。

「本当か？」

目を向けると、夜回りから戻った若手記者がデスク脇で突っ立っている。若手は力なく頷く。

「なぜ電話で一報入れねぇんだよ。朝刊の差し替えだ。いいから、早く本記書き始めろ」

舌打ちをしながら、デスクが指示を飛ばす。同時に、デスクは宮沢を手招きする。

「殺しの一件で進展ですか？」

宮沢が駆け寄ると、デスクが力強く頷く。

「今、コイツが県警本部の主任警部に当ててきた」

そう告げた段階で、デスクが一段と声を潜める。

「真鍋が釈放された。アリバイが確認されたそうだ」

小さく息を吐き出し、宮沢は頷く。

「なんだ、驚かないのか？」

「……ちょっと調べたいことがありますので」

デスクの問いかけには答えず、宮沢は自席に戻った。薄らと胸の中に浮かんでいた予想は当たった。いや、取材を経て、真鍋が犯人ではないという感覚は、ほとんど確信に変わりつつあった。自席に着くなり、宮沢はスマフォで田名部のメモリを繰る。通話ボタンを押してみるが、返答はない。宮沢は東京本社遊軍部屋の代表番号にかける。呼び出し音が一回鳴り終わらないうちに、遊軍長が受話器を取り上げた。

「沿岸被災地での詐欺について、まだ摘発されていないネタはありませんか？」

〈噂ベースでは結構あるぞ。例えば、〝肉牛商法〟だ〉

遊軍長は、多数の一般出資者を募ったうえで、肉牛のオーナーとなるマルチ商法の名を挙げたうえで、生々しい話を切り出した。

〈肉牛商法だが、どうやら出資者への配当が行き詰まっているらしい。新規出資者のカネを既存投資家の配当に回すような状態らしくてな……そこで、被災地支援の特別オーナー制度だと偽り、高利率の新オーナー制度を騙《かた》っているようだ〉

被災地への支援を騙る。遊軍長がつかんでいる事柄からは、腐臭が漂ってくるようだった。だが、今、宮沢が追いかけている事案とは性質が違う。

電話口で避難所を舞台にした義捐金《ぎえんきん》詐欺の概要を告げ、大規模かつ広範囲に渡る事件が浮上する可能性を説明した。

〈……そういうことを考えそうな連中なら心当たりがある。マル暴だよ。すぐメールを送るよ〉

礼を言って受話器を置きかけると、遊軍長が慌てて口を挟んだ。

〈そうそう、前に訊いてくれって言った件だけど〉

「なんのことですか?」

〈三知の動きがおかしいって言ったじゃないか〉

三知と聞いた途端、宮沢の頭の中に仏頂面の田名部が現れる。遊軍長からは田名部にそれらしく動きを探ってほしいと求められていたが、早坂の事件を追うことに集中し、すっかり忘れていた。

〈三知の西澤警部補は、どうやら専従で大きな不正を追っているらしい。都の監査委員会方面から聞いたんだ〉

遊軍長は電話口で声を潜めた。捜二の第三知能犯係の西澤は、都内の複数の市役所や区役所の不正を追っているという。

「市役所や区役所とくれば、汚職《サンズイ》ですか？　出入りの建築業者、あるいは備品納入業者とかが定番ですけど」

〈違うんだ。いいか、驚くなよ。西澤警部補はＮＰＯ法人を狙《ねら》っているらしい〉

「どういうことですか」

ＮＰＯはノン・プロフィット・オーガニゼーションの略称だ。文字通り、利益を求めず、不登校の就学児童支援や貧困対策を専門にするなど、多種多様な非営利組織法人が存在する。

宮沢のイメージの中では、様々なボランティア活動を組織立って行うため、利益を求めずに動き回る人たちがＮＰＯに属している。震災直後に被災地で会った何人ものＮＰＯスタッフの顔が浮かぶ。

利益を追求するのが一般企業だ。この中には、他の会社を蹴落《けお》としてまで役所の仕事を受注しようと画策する不届き者がいる。行き過ぎると、役人に袖《そで》の下を送ってまで仕事を得る。これが汚職だ。だが、ＮＰＯと汚職という二つの言葉が重ならない。遊軍長が電話口で笑う。

〈まぁ、世間一般のイメージはそんなもんだろう。だがな、世の中には色んな奴がいる〉

遊軍長が諭すように告げる。宮沢がメモ帳を取り出すと、遊軍長が大まかな不正の構図を話し始めた。宮沢は唾《つば》を飲み込みながら、懸命にメモを取り続けた。

3

始発の東北新幹線で東京に戻った田名部は、隼町の官舎で着替えを済ませ、妻への労《ねぎら》いの言葉もそこそこに警視庁本部に足を向けた。

四階の捜査二課大部屋の扉を開けた途端、いつものように早朝出勤していた筆頭警部の真藤が三知のシマで立ち上がった。

「長期間の出張、お疲れ様でした」

「それより、例のネタは？」

田名部が告げると、真藤は周囲の他班を見回した。他の班は常に手柄を取り合うライバルだ。大部屋に顔を出している捜査員が少ないとはいえ、真藤はいつものように慎重を期す。パイプ椅子を引き寄せた年長の部下が、田名部の机に資料を広げた。

「ご指示があった通り、被災地で詐欺を働きそうな連中をリストアップしました」

田名部は机上の資料を凝視した。複数の企業の名前が記してある。その横にはカッコ書きで広域暴力団系列の二次、三次団体の名称が載る。

〈組織的に人間を投入することができるのは、マル暴ではないでしょうか？〉

釜石で再会した宮沢の言葉が頭の中に浮かぶ。

田名部は無言でページを繰る。前の項目で指摘された企業とマル暴の欄の横には、瓦礫《がれき》処理や人材派遣、除染業務など新手のシノギの名前がある。

顔を上げ、真藤を見る。歴戦の知能犯担当は目で次をめくれと言う。指示通り、次のページに進む。

〈厳重保秘：西澤案件〉

資料の先頭に部下の名が印字されている。田名部は資料の下に目をやる。

〈厳重保秘：銀行捜査結果〉

メガバンクである「いなほ銀行」のロゴの隣に、片仮名の法人名が三つ並ぶ。

〈「NPO法人　地域再生グループ」、「NPO法人　郷土再興プロジェクト」、「NPO法人……」〉

「NPOってことは、西澤がずっと追っていたあの案件なのか？」

「そうです」

真藤が力強く頷いた。

一年前、西澤は都下のある市役所の生活保護担当課長を追った。真藤から報告を受けた際、田名部は首を傾げた。市役所のみならず、区役所や都庁で出入り業者から袖の下を受けるのは設備や備品購入などに強い権限を持つ部署と相場が決まっている。生活保護は利権とは一番縁遠いセクションだと思っていた。だが、真藤の説明は違った。

二〇〇八年のリーマン・ショック以降、派遣切りが横行した。このあとも非正規雇用労働者が増加し、不安定な収入環境に苦しむ若者やリストラされた中年層が急増した。社会全体の所得減少が顕著になると、貧困層の中にはやむを得ず役所に生活保護を申請する向きが増え始めた。

これ以降、貧困対策を専門に活動するボランティアやNPOが増え始めたのだと真藤が説明した。

西澤はNPOのうち、一部の不届き者が考え出した汚職の構図を炙《あぶ》り出した。ホームレスや低所得の若年労働者を支援すると謳《うた》い、借り上げのアパートに入居させ共同生活を営ませる。この間、NPOのスタッフが生活保護の申請を丁寧にサポートする。ここまでは真っ当な慈善事業だ。だが、西澤をはじめとする三知の中堅捜査員たちは裏の顔を見つけた。

西澤は、新宿歌舞伎《かぶき》町で豪遊する市役所の担当課長を内偵するうち、その遊興費の原資を提供していたNPOを突き止めた。だが、運悪く警視庁の他部署で発生したスキャンダルの被疑者と西澤の情報提供者が同一だったため、立件はひとまず見送った。その後も西澤は関連する事案をこつこつと調べ上げていたのだ。

「それで、この三つの団体が被災地で詐欺を？」

田名部は机上の資料の中で、名称の部分を指す。

〈「NPO法人　地域再生グループ」、「NPO法人　郷土再興プロジェクト」、「NPO法人　リブート・ハウス」〉

「地域再生グループと郷土再興プロジェクトは、マル暴の息がかかった企業舎弟スタッフが震災直後に立ち上げた組織です」

「やはりマル暴か。具体的には？」

「マネロンの疑いが濃厚です」

真藤は裏社会特有の事柄を告げた。聞いた途端、田名部はある程度不正の構図を摑んだ。

「マル暴が表に出せない金をNPO経由で洗ったということだな？」

「そうです」

真藤が資料のページを繰る。次の項目には、プレゼン用のソフトで描かれた見取り図が載っている。真藤が説明を続ける。

「仕組みは案外簡単です。被災地にボランティアを派遣するからと、国際的な人権支援団体などに資金援助の申請を行うのです」

矢印を辿《たど》りながら、真藤が言葉を継ぐ。

「簡単に言えば、被災地向けのバスは二台しか調達していないのに、書面上では三〇台分の申請を行います。その差額が丸々儲《もう》けになる仕組みです。バスを食品や毛布などに置き換えると、不正の裾野《すその》は爆発的に広がります」

田名部の頭の中に、カップ麺が詰め込まれた段ボールや避難所に運び込まれる毛布、寝具のニュース映像が蘇《よみがえ》る。大半が善意の物資だと思っていた。非常時を逆手にとる輩《やから》はどんなタイミングも見逃さないということだ。だが、胸の中で一つの疑問が湧《わ》く。

「そんな杜撰《ずさん》な手口を支援団体は見抜けなかったのか？」

「大震災の発生直後は担当者がてんやわんやでした。それにも増して、マル暴系ＮＰＯはバス会社や他の納入業者を抱き込み、いや、脅してでも伝票を偽造しました」

真藤が次のページを指し示す。バス会社の伝票と実際に運行した車両の照合書類だった。真藤が言う通り、過剰に上乗せした運行分代金が支援金として支給され、そのままＮＰＯの懐に転がり込む仕組みだ。バスの伝票のほかにも、食品卸問屋の伝票なども大量に添付されている。

「こりゃ、明確な詐欺行為だな」

「立件に向けて更なる証拠固めを行います」

真藤が立件という言葉に力を込め、更にページをめくる。

「複数のマル暴が避難所詐欺を働いていました。しかし、ここが一番臭いという結論に至りました。組織立って大規模に犯罪を行っていた性質《タチ》の悪さが極っています」

真藤の太い指の先に問題の法人名がある。

〈ＮＰＯ法人　リブート・ハウス〉

「どこかで聞いたような名前だな」

田名部が腕組みすると、真藤が口を開く。

「俳優の三村尚樹が代表を務めています」

「そうか……」

田名部は手を打った。

田名部が宮城県庁に立ち寄った際、早坂と旧知の仲だという三村が白い菊を供えていた。同じタイミングで宮沢もつぶさに取材していた。

宮沢は三陸海岸を北上しつつ、田名部の捜査に追いついた。いずれ、リブート・ハウスというNPOの不正にも行き着くのではないか。

「万が一、避難所を悪用した詐欺がバレたらどうなる？」

田名部が訊くと、真藤が肩をすくめてみせる。

「NPOの信頼は地に墜ちますね。三村という代表も俳優というキャリアが吹き飛ぶでしょう。この男、性格俳優という一面のほかに、ボランティア活動に熱心で清廉潔白というイメージですから」

真藤の窪《くぼ》んだ瞳《ひとみ》が鈍い光を発する。

早坂が自分を指名するようにメモを遺したのは、三村の不正を暴け、ということなのではないか。換言すれば、早坂殺害については三村、あるいはその周辺の人間が真犯人だという理屈にもつながる。

「仮定の話だが、早坂氏が遺した避難所の人名とリブート・ハウスが絡んでいたら？」

「義捐金詐欺の全容を聴くしかありません」

真藤が醒《さ》めた目で田名部を見つめる。

「管理官からお伝えいただいた名簿の男たちは、鋭意捜索中です。石巻で姿をくらませた鰐淵という男については、捜査共助課の見当たり捜査班に協力をあおいでおります」

真藤は、雑踏の中から指名手配犯や重要参考人を見つけ出すプロ集団の名を上げた。

「絶対に見つけ出して供述を取ってくれ。この一件は宮城と共同で立件する」

「分かりました。早急に見つけ出します」

「俺はこのネタを持って仙台に戻る。なにかあったら報《しら》せてくれ」

強い口調で言い放つと、田名部は座ったばかりの自席を後にした。

4

仙台に戻った翌朝、宮沢は大町のマンションを出て県庁に向かった。前夜、東京の遊軍長から、一部のNPO法人が持つ裏の顔を聞かされ、仰天した。ハンドルを握る手が、怒りで強張っているのが分かる。

〈マル暴御用達《ごようたし》のNPOがいくつもあるぞ……そもそも、国が緩い基準作ったから、抜け道だらけだ〉

電話口で聞く話は、耳を疑うものばかりだった。

経理処理が一般の事業法人よりも格段に緩いため、支出入金の管理が杜撰な法人がいくつもあると遊軍長は説明した。そもそもNPO法人は営利事業が目的ではない。善意を届けるという組織の特性が逆手に取られているのだ。

また、役人の退職後の受け皿として、国があえて設立の基準を緩めたフシさえあるとも聞かされた。所管する民間企業への天下りが批判に晒《さら》されているため、ボランティアや支援というイメージが強いNPOが恰好《かっこう》の受け皿になっている側面もあるという。

〈ＮＰＯが事業を展開するに当たり、様々な役所に提出する書類がある。役人ＯＢを受け入れれば、審査が受けやすく、許認可が早まるって噂もある。それに、ＯＢが口利きみたいなことをしている法人もあるしな〉

〈……経理処理が大雑把なことを逆手にとっている連中がいる。ご想像の通り、マル暴だよ。マネロンの受け皿としちゃ最高のハコだからな〉

宮沢が知るＮＰＯの大半は、三陸の沿岸各地で懸命に被災者を支え、寄り添っていた。スタッフのほとんどは手弁当で沿岸に駆けつける。カップ麺や菓子パンで腹を満たし、持参した寝袋で休息する。中には不眠を押して瓦礫処理や被災者の職業支援などに携わっていた向きも少なくない。

遊軍長の話はにわかには信じ難い内容だったが、メールに添付されていた資料には、実際に問題視されているいくつかの法人の名があった。

〈まだ取材の途中だが、この二つはマル暴の息がかかっている。間違いない〉

資料には「ＮＰＯ法人　地域再生グループ」、「ＮＰＯ法人　郷土再興プロジェクト」との名称があり、それぞれの名前の横には遊軍長が貼《は》り付けた広域暴力団の代紋のイラストがかかっていた。

プジョーを駐車場に停めると、宮沢は早坂の職場に向かった。

目的の大部屋に着くと、ちょうど課長補佐の我妻陽子が出勤したところだった。

「あら、宮沢さん。普段は寝坊助《ねぼすけ》なのに今日は随分早いのね」

セルの眼鏡越しに、我妻が悪戯《いたずら》っぽい笑みを浮かべる。我妻は素早く宮沢の脇に寄り、声を潜めた。

「真鍋さんがシロだって本当なの？」

我妻が尖《とが》った顎で空席になったままの真鍋の席を指す。

昨晩の総局若手記者の夜回り取材により、真鍋が実質的に釈放され、県警本部長専用車で自宅マンションに戻ったと聞かされた。紙面でも、全紙が県警の見込み違いを指弾した。取材に訪れた宮沢は、逆取材を受ける側になった。

「アリバイは間違いないようだね」

「それじゃ、彼はどこにいたの？」

前夜、若手とデスクのやりとりを聞く限りでは、決定的な話は県警側から漏れてこなかった。アリバイの精査を怠ったのは県警だ。自らの失点を易々《やすやす》と記者に明かすとは思えない。

「分からないよ。でも、相当に確度の高いネタが出たんだろうね」

「宮沢さんは、早くから県警が走り過ぎって言っていたものね」

「買い被《かぶ》りすぎだよ。県警で冷静に裏を取った人がいたってことじゃないのかな」

宮沢が答えると、我妻が不満げな顔で見返してくる。

「そうやっていつもごまかすんだから。ところで、今日はなんの取材？」

我妻の言葉で宮沢は我に返った。

「震災復興企画部の中でＮＰＯに詳しい人って誰かな？」

宮沢が小声で切り出すと、我妻が拍子抜けしたように肩をすくめる。

「目の前にいるじゃない。私よ。震災直後から県下の市町村のニーズを汲《く》み取って、あちこち振り分けの助言をしていたの」

小柄な我妻が両手を腰にあて、小役人が威張るようなポーズを作ってみせる。宮沢は小声で昨夜仕入れたばかりの法人名を告げた。すると、みるみる我妻の表情が曇った。

「なにか記事にするわけ?」

我妻が眉根を寄せる。

「ちょっとだけ話を聞かせてもらってもいいかな」

「私の一存では……」

周囲を見回しながら、我妻が口籠《くちごも》る。

「なにか問題でも?」

「色々と上がね」

我妻は天井に人差し指を向ける。県庁幹部のフロアだ。昨夜聞いたところでは、様々な中央官庁、県庁のOBがいくつものNPOに天下っているという。我妻は現役の県庁職員だ。色々とやっかいな人間関係があるのは容易に想像がつく。

「オフレコでも構わないから」

「私から漏れたってバレない?」

「もちろん」

宮沢が告げると、我妻が安堵《あんど》の息を吐く。

「じゃあ、そこの応接で待ってて」

我妻は大部屋隅にある簡易応接セットを指す。宮沢は指示通りソファーに向かい、腰を下ろした。
二、三分すると、分厚い青いファイルを抱えた我妻が現れた。
「もう、いきなりディープな法人の名前出さないでよ」

「やっぱりそうなんだ」

「……暴力団の特集でも書くの？」

我妻が眉根を寄せ、訊く。宮沢は慌てて頭を振る。

「東京本社の先輩の取材をフォローしているんだ」

「それじゃ、宮城県庁《ウチ》が主語の記事は出ないってこと？」

「おそらくね」

宮沢が答えると、我妻が再び安堵の息を吐いた。

「地域再生グループ、郷土再興プロジェクトの二つだけど、きな臭い話をいくつも聞いたわ」

「具体的には？」

「……水増し請求よ。『被災地支援を行います。ついては御団体・御社からご寄附をいただき、直接被災者のもとに届けます』って手口。多めに経費請求して、実際に被災地へ振り向けられたのは雀《すずめ》の涙。詐欺と言い換えてもいいかもね」

なんども周囲を見回しながら、我妻は声を潜める。

ボランティアの学生やサラリーマンを被災地に運ぶための善意のバスが詐欺行為の温床となっている。また、支援物資を送るためのトラックも同じ要領でカネを抜かれていたと我妻が明かす。

「一年半前くらいかな。困っている市町村はないかって問い合わせをＮＰＯ側から受けたのよ。嫌な噂聞いていたんで、紹介はしなかったけど」

宮沢は話の要点をメモに記す。昨夜聞いた通り、経理の監査が緩いことを逆手に取ったやり口だ。

「ちょうど、岩手の沿岸で問題が起こっているでしょ？　だからウチの監査もピリピリしているの」

震災で壊滅的な被害を受けた岩手沿岸の小さな町で、NPOを巡るスキャンダルが表面化したのは半年くらい前だった。

県外から町に来たNPOが、職を失った被災者向けに就業支援事業を興した。町から予算を預かったものの、実際に支出されたカネの大半が使途不明となった。カネの行き先に複数のマル暴がいるとの観測が根強く、大和のほか複数の全国紙が追っている。

「表向き、この二つの法人はクリーンよ。国土交通省の元局長や、経産省の元課長がそれぞれ天下ってるしね。でも、早坂さんは正体を見抜いていたわよ」

早坂という名に、宮沢は敏感に反応する。

「具体的に、早坂さんはなんて言っていたの？」

「背後にマル暴の影がちらつくって。この手の話は昔の出向先の人が詳しいから、レクしてもらったとか言ってたわ」

「ちょっと待って。早坂さん、宮城県庁以外にいたことがあったの？」

宮沢が聞き返すと、我妻がポカンと口を開けた。

「生前、彼から聞いていてなかったの？」

宮沢が頷くと、我妻が肩をすくめる。

「一八年前よ」

我妻が言った途端、宮沢は膝《ひざ》を叩いた。

「もしや……」

宮沢が地名を口にしようとすると、ファイルを開いた我妻が早坂の履歴一覧の一点を指す。

「そういうことなの。だから彼はあれだけ熱心だったわけ」

宮沢の胸の中にかかっていた靄《もや》が晴れた。

震災発生後、宮沢は仙台勤務に戻った。真っ先に会いに行ったのが早坂だった。声を嗄《か》らしながら陣頭指揮を執っていた早坂の胸の中には、一八年前の経験があったのだ。なぜそこまで働く。いつも早坂に接すると宮沢は訊きそうになった。我妻の説明で、早坂を衝《つ》き動かした動機の謎《なぞ》が氷解した。

「早坂さんはそういう経路で情報を取ったということか」

眼前の我妻がなんども頷く。震災という災禍を食い物にするような前例を早坂が知っていた公算は大きい。故郷の県庁の最前線にいるからこそ、不正の芽は絶対に見逃さない。早坂は強く心に刻んでいたはずだ。

「それでさ、早坂さんは他に怪しげな組織に関心を持っていなかった？」

「あるわよ」

こともなげに我妻が告げる。

「宮沢さんも知ってるじゃない」

「本当？」

「あの日宮沢さんもいたじゃない。早坂さんが亡くなった翌日、ここに来たときのことよ」

「あぁ、たしかに……」

宮沢は懸命に記憶を辿る。今と同じように、我妻に取材しているときだった。ドヤドヤと多くのメディアが対策本部に現れた。

「まさか、リブート・ハウスのこと？」

「そうよ」

「ちょっと待ってよ。だって、あの日、代表の三村さんは号泣しながら献花していたよ」

「それは彼にとっての事情なんじゃない。あの人はシェークスピアの一人芝居を二時間半もやれる人よ。それに、鬼界ヶ島に流された俊寛《しゆんかん》を演じたときなんて、わざと足をねんざして役作りしたのよ。人前で泣くなんて、それこそ朝飯前だって」

突き放すような口調で我妻が告げる。

「事情を説明しようとしたのに、宮沢さんったら、彼に突進して行ったじゃない」

腰に両手を当て、我妻が小首を傾げてみせる。

たしかに、あのタイミングで我妻はなにかを言おうとしていた。我妻の真意が分かった瞬間、宮沢は顔をしかめる。

「早坂さんはなにか言っていたの？　水増しとか、そういう一面があるってことなの？　まさか背後にマル暴がいる？」

「そこまで具体的な話はしていなかったわ。でもね、なんどか独り言を聞いたことがあるわ」

「どんなこと？」

「『奴ら、デカくなりすぎた』って」

「どういう意味？」

「早坂さんの真意は分からない。でも、たしかにリブート・ハウスは急速に組織を拡大させたからね」

「でも、大きくなったというだけで、なぜ早坂さんが？」

「それを調べるのが宮沢さんのお仕事じゃない」

我妻が強い眼差《まなざ》しで宮沢を見ている。宮沢は腕を組む。頭の中でいくつもの取材データが飛び交う。早坂は避難所にいた男たちの行方を調べていた。また、その男たちの行方を田名部も追っている。

「……まさか」

避難所を舞台にした義捐金詐欺にリブート・ハウスが手を染めていた。悪事の構図に気付いた早坂がリブート・ハウスに接触した際、事実を暴露されることを恐れる何者かに殺されたのではないか。

「ありがとう。また落語のチケットでお礼するから」

宮沢はなんども我妻に頭を下げ、ソファーから立ち上がった。

県庁を飛び出した宮沢は、総局の遊軍席に駆け込んだ。デスクに積み上げた様々な取材資料の中から、リブート・ハウスのファイルを引っ張り出す。

先日、宮城県庁で会ったときと同じく、地味なグレーのフリースを着た三村の写真が載っている。三村はコメント欄でNPO法人設立の主旨を簡潔に主張している。

リーマン・ショック後に世界的な不況が深刻化し、日本では派遣切りが横行した。貧困支援対策の先頭ランナーだった三村は、住居を失《な》くした労働者向けに年越しのための臨時支援施設を創り、一躍時の人となった。俳優という顔以外にも、三村は仲間の役者とともにコントのユニットを組み活躍した時期があった。おどけたピエロ役だった三村が、真面目な表情で支援を訴える姿はピエロ役とのギャップで多くの人々の共感を得た。

ページをめくると、公園でホームレスを保護する三村の姿が写っている。ベンチで踞《うずくま》る老人の肩をやさしく抱く三村の姿を見た瞬間、宮沢の脳裏に沿岸各地の風景が蘇る。

仮設住宅の集会場や被災を免れた市民会館の壁には、三村が主宰するリブート・ハウスのポスターが貼られ、歌謡ショーや演芸会の案内があった。

三村が主宰するＮＰＯ法人は、貧困対策と低所得者支援が本業だ。だが、三村は大震災の発生当初から沿岸各地に足を運び、被災者に寄り添った。この過程で、宮城県庁で陣頭指揮を執っていた早坂と知り合った。だからこそ、早坂の死を悼み、多くのメディアの前で嗚咽《おえつ》を漏らした。

一連の行動が演技だったとしたらどうか。自らの意識の中に芽生えた疑念で、宮沢は我に返る。三村は現役の俳優だ。しかも、クセのある役どころを演じることに定評がある。性格俳優と言い換えることも可能だ。

〈あの人はシェークスピアの一人芝居を二時間半もやれる人よ〉

先ほどの我妻の言葉が頭蓋《ずがい》の奥で反響する。文字を追うだけでも難解なシェークスピアの戯曲を、表情を変え、感情の起伏をつけながら演じることができる俳優は日本では少ない。難しい言葉の意味を咀嚼《そしやく》し、自分の肉としているのが三村という役者の根幹を成している。

自由自在に使い分けできる顔と明晰な頭脳を持つ男は、裏の意図を持った団体とともに沿岸被災地をくまなく回っていたのではないか。

宮沢は無意識のうちに腕を組み、もう一度ＮＰＯ法人の資料を凝視する。

石巻の大規模避難所にいた鰐淵が、元ホームレスだったらどうか。リブート・ハウスが鰐淵を保護し、法人が管理する支援施設で生活の面倒をみていた間、二年前の東日本大震災が起こったとしたら。

石巻をはじめ、東北各地の沿岸にある市役所や町役場は壊滅的な被害を受けた。戸籍や住基データが庁舎とシステムもろとも流された。

鰐淵のような男が震災発生直後に被災地に派遣され、被災者だと偽って避難所に入れば、一定期間を経て義捐金が支給される。津波で以前使っていた通帳やキャッシュ・カード、身分証明書の類《たぐ》いがすべて流されたと申し出て、新たな銀行口座を鰐淵が作ったとしたら。支給された金を、悪意を持った集団が吸い上げることは比較的容易なはずだ。

〈……水増し請求よ〉

県庁の我妻の言葉がなんども耳殻を刺激する。あくまでも仮説に過ぎない。だが、田名部の言葉とともにいくつものシナリオが頭に浮かぶ。

〈岩手の沿岸では、関西訛《なまり》の男が避難所に入り、姿を消した。石巻と同じように、避難所に入って罹災《りさい》証明を取得し、各種の義捐金を詐取した疑いが濃厚だ〉

早坂はかつての出向先や元同僚から、災禍を逆手に取るような輩に関する情報をたぐり寄せ、リブート・ハウスの不正を追及しようとしていた。

いや、追及ではない。宮沢自身、釜石で田名部の名が記された早坂のメモを目にした。早坂は、警視庁捜査二課管理官の田名部に一連の不正を告発しようとしていたのだ。

宮沢は取材メモを机に広げる。田名部から見せてもらった早坂のメモを記憶の中からたぐり寄せる。石巻、釜石、山田、大槌……沿岸各地の見取り図を描き、遺されていた人名を書き入れる。

次いで、宮沢はアップルのノートパソコンを開き、インターネットでリブート・ハウスのサイトを開く。『被災地支援イベント』の項目を見つけてクリックする。

お笑いライブ、歌謡ショーの日程と開催地の情報が見つかる。一つひとつ確認すると、宮沢は自ら描いた見取り図に印を入れる。

見取り図に星形の印を入れていくと、福島県北部の相馬市から岩手県北部の野田村まで手書きのマークが連なる。

石巻や釜石など主要都市以外にも、小さな町や村がある。太平洋に面していた自治体で無傷だったところはない。早くから支援に乗り出したリブート・ハウスが、全く別の意図を抱いて動いていたとしたら、田名部や宮沢が調べた事案だけではすまないはずだ。

早坂は、県の枠を飛び越えて被災地を駆け回った。避難所や仮設住宅の住民と触れ合い、地元自治体の関係者との連携を密にする過程で、リブート・ハウスの不正に気付いたのだ。沿岸各地の至る所にリブート・ハウス主宰のイベントのポスターが貼られていた。早坂は、三村の存在を知り、その中身を調べるうちに絶対に許せない不正の根源を探り出したのだ。

宮沢はショルダーバッグにパソコンやメモ帳を放《ほう》り込むと、慌てて席を立った。

5

総局を発った宮沢は、猛スピードで仙台中央署駐車場に飛び込み、プジョーを停めた。駆け足で一階のロビーに足を踏み入れる。

庶務受付席脇にあるソファーに腰を下ろし、スマフォを取り出す。馴染《なじ》みの名前を画面に呼び出した。耳元で呼び出し音が一〇回以上響くが、相手が電話口に出る気配はない。

宮沢は二階に通じる階段を見やった。

一つ上のフロアには、宮城県警が秘《ひそ》かに設置した仮の捜査本部がある。県庁職員の真鍋を目立たぬように参考人聴取するため、石巻署の捜査本部から切り離す形で設置したと総局の社会部デスクが明かしてくれた。

釜石で手の内を明かした田名部は、更に捜査を進めたに違いない。東京に戻ったのか、はたまた宮城か岩手に戻っているのか。だが、少なくともこの場所に留《とど》まっていれば、門間の動きを捕捉することは可能と睨んだ。

今度は門間の携帯番号を呼び出した。だが応答はない。捜査に進展があったのか。田名部が出ないのはある程度予想されたことだ。だが、律儀な門間が出ない点が気にかかる。

他社が感づき、捜査本部全体の情報漏洩《ろうえい》を警戒しているのか。スマフォを握る手に、薄らと汗が滲《にじ》む。宮沢は不安を抑え、東京の遊軍長の番号をスマフォから探した。

〈なにかネタ摑んだのか？〉

「確証はありませんが、例の殺しの一件、大まかな構図が分かりました」

〈本当か？　それで犯人は誰なんだ？〉

「まだお伝えする段階にはありません」

〈なぜ教えない？　俺が漏らすと思うか？〉

「これから直《じか》に当たって、感触を確かめたいのです。その後、こちらから連絡します」

〈仙台の社会部デスクには報告したのか？〉

「まだですよ。彼は常に前のめりになりますから。県警本部が知らないネタの可能性も大です。慎重を期します」

宮沢は冷静な口調で告げた。すると、電話口で遊軍長の嗄れた声が響く。

〈例の三知の西澤警部補なんだが……〉

「西澤さんがどうしました？—

〈所轄署に潜り込んでいるところを見つけて警視庁クラブの若手を張り付かせていたんだが、今朝、まかれた〉

「こちらの一件とつながりがあるかもしれません」

宮沢は、心の中で浮かんだ言葉をそのまま告げる。

先に遊軍長から聞いたのは、一部の不届き者が運営するNPO法人のネタで、西澤警部補が追っている案件もこの中に含まれている。リブート・ハウスは完全にクロ、宮沢はそう見立てた。だからこそ、直接ネタをぶつけるために仙台中央署まで駆け付けた。そのピースの中に、警視庁の西澤が組み込まれるとしたらどうか。田名部の行動とすり合わせてみれば、整合性はある。

「もう少し取材して、必ず連絡します」

宮沢がそう言って電話を切ると、交通課脇の階段を胸板の厚い背広男が駆け登っていった。後ろ姿を目で追う。すると、階段を登り切った角の廊下から二人の男が姿を見せた。

宮沢は腰を上げ、すばやく階段を駆ける。宮沢よりも先に登った男の背中が眼前に迫ったとき、頭上から不機嫌な声が降ってくる。

「宮沢、このフロアはメディア関係者の出入りは禁止だ」

「田名部さん、一つだけ確認させてください」

宮沢が小声で告げると、田名部の横にいた門間が眉根を寄せる。振り返った背広男も宮沢を睨む。

「管理官、どうして彼が……」

「西澤、こいつは変に腰が軽くて困るんだ」

田名部が仏頂面で告げた直後、西澤が宮沢の横にぴったりと着く。

「わかりました。一階まで下がりますよ」

宮沢が渋々階段を降りると、三人の捜査員が周囲を取り囲むように立ちふさがる。宮沢は三人を順番に見回したあと、口を開いた。

「田名部さんが早々と裏帳場にいらっしゃっているということは、警視庁捜査二課が本格参戦するということですね？」

「なんのことだ？」

田名部がきつい目線で宮沢を見下ろしてくる。宮沢は田名部のこめかみを睨んだ。一瞬だが、左目の上に血管が浮き出た。

「避難所を舞台にした義捐金詐欺、そしてそれを告発しようとした早坂さんが殺された一件はリンクしている、そういうことですよね」

宮沢が小声で告げると、門間が田名部を見上げ、首を傾げる。

「門間さん、どうなんですか？」

「憶測で当てられても、答えようがない」

門間が素っ気ない口調で答える。宮沢はもう一度、田名部の顔を見上げる。

「田名部さんが仙台中央署にいること自体、例の事件に関《かか》わっている証拠ですよ」

「どこに行こうが、俺の勝手だ」

「警察庁の東北管区会議はとっくに終わったはずです」

「昼時だから、門間警部補を昼メシに誘いにきただけだ」

宮沢はもう一度、田名部のこめかみを凝視する。血管が浮き出したままになっている上に、ひくひくと動いている。嘘《うそ》を言っている。

「裏で悪事を働いていたＮＰＯを警視庁捜査二課として立件する、違いますか？」

宮沢が訊くと、田名部が首を傾げる。

「思い込みに答えるほどバカじゃない。さあ、メシに行こう」

宮沢を無視する形で田名部は門間を促す。踏み出した二人の後を、西澤警部補が追う。

「義捐金詐欺に絡んだ殺人事件です。警視庁捜査二課と宮城県警の共同捜査本部が立ち上がる、そんな見出しを考えています」

三人の背後に追いついた宮沢が告げると、田名部が歩みを停め、振り返る。依然としてこめかみの血管が動いている。

「妄想は勝手だが、見立て違いの記事は誤報になるぞ」

宮沢は田名部を見上げ、強い視線を送り続けた。田名部のほかに、門間と西澤も宮沢を睨んでいる。

「僕なりに、真犯人の目星はついていますよ」

宮沢が言うと、即座に門間が反応する。

「素人に助けてもらうほど鈍っちゃいないよ」

田名部もすかさず口を挟む。

「かつておまえさんの閃《ひらめ》きに助けてもらったことがあるのは事実だ。だがな、今回はそんなに簡単じゃない」

宮沢は二人の顔を交互に見たあと、口を開く。

「真犯人はリブート・ハウスの三村代表ではありませんか？」

宮沢が言い切ると、田名部ら三名の警官が顔を見合わせ、苦笑した。宮沢は田名部のこめかみを注視する。依然として血管がひくひくと動いている。筋は外していない。

「三村はホームレスや低所得者を三陸各地の避難所に送り込み、義捐金をだまし取った。一連の構図に気づいた早坂さんが田名部さんに告発の準備を進めていた。僕の見立ては違いますか？」

「完璧《かんぺき》な取材データを持ってから当てにこいよ。くだらない記事飛ばしたら、絶交だ」

一段と目を見開き、強い口調で言い放つと、田名部は門間と西澤を伴って仙台中央署のロビーを足早に横切っていく。遠ざかる三人の背中を見つめ、宮沢は低い声で自らに告げた。

「当たりだ」

門間という殺人事件担当、そして殺人の動機となった義捐金詐欺の担当捜査官が仙台で合流した。事件は着実に動いている。

6

「西澤、宮城県警本部への道順は分かるか？」

「以前、仙台で大捕り物やりましたから覚えています」

レンタカーのハンドルを握る西澤が、アクセルを踏んだ。仙台中央署を出た車両は、大通りへの流れに乗る。

「宮沢のことは一旦横に置いて、ひとまず東京から部下が来た理由を説明する」

田名部は運転席の後ろに座る門間に向けて告げる。

「結論から言う。ＮＰＯ法人リブート・ハウスは、以前から区役所や市役所の福祉担当者に袖の下を送っていた」

「汚職ですね」

「そうだ。西澤がこつこつ調べを続け、尻尾《しっぽ》をつかんだ」

田名部は顎で運転席を指す。西澤がわずかに頭を下げる。田名部はブリーフケースから書類を取り出し、門間に手渡した。「厳重保秘」の判子が押された表紙を手に、門間が口を開いた。

「見てもよろしいですか?」

「もちろんだ。概略はこんな感じだ」

田名部は記憶を辿ると、資料に記された犯罪の構図を話し始めた。

低所得者やホームレス、あるいは派遣切りに遭った労働者を支援してきたNPO法人リブート・ハウスは、二年半ほど前から大きく姿を変え始めた。

支援する人数が多くなるにつれ、NPOが用意する民間アパートの調達数が増えた。その頃から、生活保護の申請を援助した人から手数料を徴収するようになった。西澤の報告によれば、ピンハネと言っても良い状態だという。

「善意の活動が効率の良いビジネスに変質したわけですね」

「三村が主宰していた劇団の運営がカツカツになった時期とも重なる」

書類をめくる門間の手が止まる。

支援する労働者やホームレスの数が増えると、スムーズに生活保護の申請が降りるよう、三村は弁護士を雇い入れた。同時に、市役所や区役所の担当者にも近づき、袖の下を使って働きかけるようになった。

「三村の学歴も調べた。中々の切れ者だ」

田名部は資料の一箇所を指す。

〈中央大学法学部卒〉

「……西澤が調べたら、ゼミの担当教授が熱心に司法試験を受けるよう勧めていたほど、成績が良かったそうだ」

「法律にも明るいとなれば、ますます臭《にお》いますね」

田名部は頷き返す。

「この課長のケースは酷《ひど》いですね」

資料を睨む門間が唸る。

首都圏の政令指定都市にある区役所、生活保護を統括する課長のページだ。リブート・ハウスのスタッフが課長に専用の携帯電話を持たせ、都内の繁華街で派手に飲み食いする際に連絡を取りあっていた。この携帯電話の存在を西澤が突き止め、端末の料金精算の痕跡《こんせき》からNPOが使っていた袖の下専用の銀行口座を炙り出した。

「さすが桜田門の知能犯係《ナンバー》ですね」

「イロハのイです」

門間が感嘆の声をあげると、西澤がはにかんだように答える。

「この区役所の場合、担当課長への贈賄額は半年間で一〇〇万円以上、その他自治体の分も入れたら四、五〇〇万円のカネが流れていた」

田名部が淡々と告げると、門間が溜息《ためいき》を漏らす。

「裏金でそれだけ使ったとしても、十分にもとが取れる仕組みを作ったわけだ」

西澤ら担当捜査員の調べによれば、リブート・ハウスはのべ一〇〇名分の生活保護申請を支援した。一人当たり、一月に約一三万円が支給される。このうち小遣い銭程度のわずかな金額だけ本人に渡し、リブート・ハウスは約一〇万円を食費と宿泊施設の使用料の名目で徴収、いや強制的に吸い上げていた。

「貧困ビジネスの世界では、〝囲い屋〟と呼ぶようです」

ハンドルを握る西澤が告げる。

調べの結果、一カ月で約一〇〇〇万円が転がり込むことが分かった。劇団の運営費どころではない。大きなビジネスが生まれたのだ。この頃から、三村は信州の高原にボランティア活動の拠点となるロッジを建設し、メディアを通じて〝善意の人〟という顔を創《つく》り上げていった。

当初、支援した若手スタッフの就業支援が主業務だった高原のロッジの片隅には、支援する人間を詰め込むプレハブの施設が新たに作られた。

一方、表玄関では、不登校の児童を集めたイベントを行い、交通遺児支援のイベントを開く。その都度マスコミの取材を受け入れ、三村とＮＰＯの好感度が上がる仕組みだ。ロッジの名が売れてくると、今度は企業の研修施設としても認知度が上がり、高額な使用料収入とともにＮＰＯの財布が膨らみ始めた。

「震災後に福島の子供たちを信州の高原で遊ばせているところをテレビで観《み》ました」

門間の口調が自然と強くなる。

「立派な行いだが、裏にはエグい仕組みがあった。とんでもない話だ」

田名部にも二人の娘がいる。子供を悪用して善人の顔を装うことは絶対に許せない。

「生活保護申請のサポート、そしてピンハネの仕組みは、やがてマル暴や半グレの連中がマネし始めましたので、旨味《うまみ》が少なくなっていきました」

ハンドルを握りながら、西澤が説明する。なるほどと、門間が頷く。

「旨味が減ったところに起きたのが、先の大震災だったわけだ」

自分の口から出た言葉だったが、とんでもない腐臭がすると田名部は感じた。

「今回の汚職事件を調べる過程でこんな話も聞きました。震災直後、都下のホームレスの数が激減したと」

西澤が低い声で告げると、門間がすかさず反応する。

「リブート・ハウスが避難所に送り込んだ?」

「そこまではつかめなかった。ただ、そういう読みも可能だ」

田名部は門間の手元を指す。門間が慌ててページをめくる。

「そうか……」

門間の手の中には、千葉県や神奈川県にある中堅・中小のバス会社の一覧と運行計画表、そして実際に発行された領収書の写しがある。西澤が主導したチームが根気強く洗い出した成果だった。

「マル暴系のNPOのほか、リブート・ハウスがチャーターしたバスも一〇台確認した」

「酷い……」

資料を一瞥《いちべつ》した門間が顔を上げる。両目が真っ赤に充血していた。

「震災発生直後、本職は前任地である気仙沼署の応援に行きました……地元住民が血眼《ちまなこ》になって肉親を捜している最中に……」

「もっと怒れよ。絶対に許さない、そうだろ」

田名部が語気を強めると、門間が歯を食いしばる。

「では、二課が触るわけですね?」

「あくまでも汚職の一件としてだ。三村は贈賄の主役だ。叩けば、もっと多数の収賄の顔が見えてくる。表向き、役人を挙げる踏み台として三村を調べる」

目の前で門間が意を決したように口を開く。

「その際、ウチが触ってもよいのでしょうか？」

「そのために西澤を仙台まで呼んだ。内々に警視庁の刑事部長と警察庁刑事局の許可も得ている。取調室を借りるからには、宮城の顔を立てなきゃならんだろ」

田名部の言葉に門間が安堵の息を漏らす。

「早坂氏を殺す動機はつかんだ。ただし、それを実証するだけの決定打がない。あくまでも汚職の捜査の中で、様子を見ながら殺しの件を詰めていく」

「分かりました」

門間が腿《もも》に手を当て、頭を下げる。そして律儀に天地を正したのち、資料を田名部に戻した。

「ところで、宮沢はやけに自信たっぷりだったが、なにかつかんだのか」

田名部の脳裏に、三村を犯人だと名指ししたときの宮沢の顔が浮かぶ。

「彼も記者の一人です。きっと揺さぶりをかけるためのブラフですよ」

バックミラー越しに西澤が告げる。

「俺もそう思いたい」

そう言ったあと、自分の言葉が耳の奥で響いた。

〈かつておまえさんの閃きに助けてもらったことがあるのは事実だ〉

福島県の奥会津、山形県の庄内、青森県の津軽、秋田の男鹿《おが》半島、岩手県を縦断する東北自動車道、そして震災直前の宮城県の牡鹿半島……東北六県で起きた殺人事件や誘拐事件では、宮沢が取材したデータが田名部ら警察陣の捜査と嚙み合った瞬間、解決に向かった。

閃きだと揶揄《やゆ》したが、宮沢の取材と閃きは、ときに捜査の先を行くことがある。いや、警察が出し抜かれたケースさえあった。今回、宮沢が決め打ちのように捜査陣の感触を試しにきた。なにか確証を得ているのかもしれない。

「きみのところにはどんなことを言ってきたんだ?」

田名部が顔を向けると、門間が顔をしかめながら答える。

「目撃者を見つけてきたと言って……覚えていませんか? 仮設住宅の視覚障害者を目撃者として連れてきました」

「そうだ、石巻署で俺が初めて門間警部補と会ったときのことだね」

門間が黒田という名を告げ、宮沢とどう関わっていたかを詳しく説明する。黒田という人物の聴覚が極めて鋭く、犯行直後の様子を詳細に記憶していた、という話だった。また、門間自身の足音を記憶していたほか、古傷も言い当てたという。

「殺しの件では、真鍋犯行説で突っ走っていたので、他に重要参考人も浮かんでおりません。ご想像の通り、私が確かだと感じても、黒田氏の証言が捜査本部全体の方向を変えるには力不足でした」

門間の声が沈む。

真面目《まじめ》な県警捜査員の横顔を見ながら、田名部は納得した。たしかに捜査は手詰まりとなっている。二課が持ち込んだ汚職と詐欺容疑という別件で三村を揺さぶりつつ、本丸である殺しにつなげなければならない。

「宮沢がつかんでくるその種のネタは本物だ。うまく説明できないが、今まで奴は、常人では考えつかない方向から取材して証拠を持ってきた」

田名部自身は警官だが、現場捜査の機微に通じたノンキャリではなく、キャリアとして組織全体を俯瞰《ふかん》して人と事件を見渡す鳥の目線の役割を果たしている。

宮沢はかつて経済部に所属し、企業の合併や提携ネタで同業他社を出し抜くことに専念してきた。だが、自身が関わった誤報によって自殺者が出て以降、東北の閑職に飛ばされた。

東北での取材を通じ、宮沢は地元で生活する人たちに密着し、寄り添うことで変わった。どこか上から目線だった取材の姿勢が一八〇度変わった。同時に、様々な事件の取材でも、当事者や関係者の視線で考え、調べている。黒田という人物のことは直接知らない。だが、宮沢が調べて門間に直訴するような証言者ならば使える。

「殺しの一件がどう転ぶかは未知数だが、ここは宮沢を利用してみるか?」

「どうやって?」

門間が首を傾げる。バックミラー越しに、西澤も怪訝な目線を田名部に送っている。

「意図的に大和新聞にネタを流して、三村の様子を見るのですか?」

西澤の問いかけに、田名部は強く頭を振る。

「当たり前のやり方は通じない。俺に任せてくれるか」

レンタカーが信号待ちで停車したとき、田名部は頭に浮かんだアイディアを二人に披露した。

「大丈夫だ。絶対あいつは乗ってくる」

田名部はそう告げたあと、スマフォから宮沢の番号を呼び出した。すぐに宮沢が電話口に出た。

〈どういう風の吹き回しですか?〉

「今晩遅く、仙台中央署に来られるか?」

田名部の言葉に、宮沢が即座に反応する。

〈もちろん行きますよ〉

「ただし、条件がある。飲めるか」

田名部が発した言葉に、宮沢が電話口で黙りこくった。

7

再度田名部らを張るために、夕方近くになってから宮沢は仙台中央署に戻った。数時間前、総局の駐車場でプジョーに乗り込んだ直後にスマフォが鳴った。

〈東松島の黒田氏を動員してもらった上で、捜査に協力してもらえないか〉

電話口で聞く田名部の声が思い切り低い。問答無用の響きがあった。

なぜ黒田なのか、宮沢が問い返しても答えはもらえない。宮沢は黒田の意向を確認すると告げ、一旦電話を切った。

プジョーの運転席で腕を組む。視覚障害者の黒田は、早坂殺人事件の唯一の目撃者だ。直接犯人の姿を見ていないにせよ、犯行直後の様子を詳細に記憶している。犯人は仮設住宅近くの幹線道路に共犯者を待たせていた可能性もある。だからこそ、門間に紹介した。県警が最重要視していた真鍋が容疑者のリストから外れた今、黒田の存在がクローズアップされたということなのか。

だが、それならば門間が直接、黒田に協力を仰げば良い。なのに、田名部が宮沢を通してという回りくどいことを依頼してきた。

フロントガラス越しに仙台中央署の建物を仰ぎ見る。田名部が乗り出した、という点がキモになるのは間違いない。

田名部と西澤という捜査二課メンバーが仙台に残っている。加えて黒田という証言者を求めているということは、リブート・ハウスの詐欺案件と早坂殺しの一件が密接にリンクする、そう読むことができる。

宮沢はスマフォを取り出し、黒田の番号にかける。二コール目で電話がつながった。

〈やぁ、宮沢さん〉

電話回線を通していても、黒田の聴覚は素早く声を聞き分ける。宮沢は、警察から非公式な捜査協力依頼が入ったことを伝える。

〈早坂さんの無念を晴らすためなら、どんなことでも〉

「僕が迎えにあがります。今、どちらですか?」

〈職場です。そろそろ帰宅しようと思っていましたから、タイミングが良かった〉

すぐに向かうと告げ、宮沢はカーナビを操作する。

黒田の職場は仙台市の北側、JR北仙台駅近くの視覚障害者情報センターだ。旧名は点字図書館。黒田は、センターでボランティアが制作した点字本の校正を専門に担当している。目的の住所をセットすると、宮沢はプジョーのアクセルを踏み込んだ。


黒田を職場からピックアップして一時間後、宮沢は再度仙台中央署の駐車場にプジョーを停めた。

助手席のドアを開けて黒田を玄関に誘導していると、背後から聞き覚えのある声が響いた。

「宮沢さん、専用口にどうぞ」

振り向くと、捜二の西澤警部補が生真面目な顔で立っている。宮沢が紹介すると、西澤は黒田の両手を強く握り、同時に深く頭を下げた。

「ご足労いただきまして、ありがとうございます」

「早坂さんの無念を晴らすお手伝いですね？」

西澤の方向に顔を向け、黒田が訊く。

「詳細はまだお伝えできませんが、そう取っていただいて結構です」

西澤は宮沢に頷いてみせると、黒田の手を取り、ワンボックスの捜査車両が停車する駐車場奥の扉に歩き始めた。

二人の後を、宮沢はゆっくり歩を進める。扉の奥には、県警の機動捜査隊の詰め所がある。白木の看板の脇を通り抜け、西澤は薄暗い階段を登り、二階に向かった。

鑑識課資料室と書かれた扉を通り越すと、捜査課会議室のプレートが掲げられたドアが見える。西澤がノックしようと腕を上げたとき、ドアが内側から開いた。

「黒田さん、ありがとうございます」

田名部は背の低い黒田に合わせるよう腰を折り、手を握った。同時に、強い視線を宮沢に送ってくる。

「分かりましたよ、とにかく黙って皆さんを見ていますから」

「お利口さんだ」

田名部はそう言うと、薄暗い会議室の中へ黒田を誘導する。続いて宮沢も部屋に足を踏み入れた。照明を抑えた部屋の奥に、ぼんやりと人影が見える。

「黒田さん、ありがとう」

門間だった。ヘッドフォンを装着した県警捜査員は黒田を迎え、物々しい機材脇のパイプ椅子に誘導した。

「いったいなにをやるんです？　僕だけでなく、黒田さんも全く皆さんの意図を聞いていませんよ」

田名部の方向を振り返り、宮沢が告げる。だが、田名部と門間は黒田に視線を合わせたまま、なにも言わない。

「西澤さん、どういうことですか？」

ドアの前に控える西澤は黙って首を振った。次の瞬間、西澤が耳に手を当て、指で田名部に合図を送る。

「来るぞ」

田名部が門間に手振りで指示を出す。てきぱきとした手付きで、門間が黒田の両耳にヘッドフォンをかける。

「誰ですか？　それに黒田さんは全面協力すると言ったわけではありませんよ」

田名部に歩み寄って告げると、三名の捜査員が一斉に口の前に指を立てる。

「まったく、強引なんだから……」

宮沢があきれると、黙って椅子に座っていた黒田が突然、声を上げる。

「……乾いた革靴の音だ。ガニ股《また》気味ですね。左足を蹴り出すような仕草があります……そうです、やはり左足です」

眉間《みけん》に皺《しわ》を寄せ、黒田が言う。ヘッドフォンの中では、どんな音声が再生されているのか。宮沢は顔をしかめ、黒田を見つめる。

「……左足の踵《かかと》、内側の部分が相当にすり減っているはずです……」

踵という言葉を聞いた瞬間、宮沢は閃いた。黒田が聞いているのは、新たな容疑者として浮上した人物の足音だ。

「……怪我《けが》、なんらかの職業、もしくはそういう風にしろと強制されてガニ股気味になった人物だと思います」

黒田の言葉を、西澤が熱心にメモしている。門間は田名部を見上げ、なんども頷いている。

黒田の声を聞いた途端、宮沢は身構えた。同時に、県庁の我妻の言葉が蘇る。

〈鬼界ヶ島に流された俊寛を演じたときなんて、わざと足をねんざして役作りしたのよ〉

黒田が指摘した特徴と三村の役柄がオーバーラップした。

「あの日、東松島の仮設集会所から出てきた人物と同一です」

両手でヘッドフォンを強く握った黒田が、力強い口調で言い切った。黒田の様子を見た直後、田名部と門間が互いに強く頷いた。その直後、田名部と西澤が勢い良く会議室を飛び出して行った。

「宮沢さん、間違いありませんよ」

二人が出て行った方向に顔を向け、黒田が言う。

「三村ですね？」

宮沢は門間を見やる。すると、童顔の警部補がゆっくりと頷いた。

8

監視部屋を出た田名部は、西澤に続いて取調室に足を踏み入れた。

「お忙しい中、ご足労いただきまして恐縮です」

部屋の中央に置かれたデスクに着いた途端、西澤が口を開いた。先に椅子に座っていた三村が小さく頭を下げた。椅子の脇には、三村が持ってきた革製のブリーフケースがある。口の開いた鞄《かばん》から、映画やドラマの台本や、リブート・ハウスのパンフレットの一部が見えた。三村の足元に目を転じた。黒田が指摘した通り、革靴の底、左足の方がすり減っていた。田名部は横にある記録係の席に着き、三村を見据えた。地味なベスト、穿《は》き古したジーンズ姿の三村が口を開く。

刑事ドラマで観た顔だ。著名な主役を食うこともある名脇役。しかし、目の前にいる男から俳優特有のオーラは出ていない。あくまでもNPO法人の代表としての顔だ。

「どういったご用でしょうか？　宮城県警から捜査に協力してほしいと聞かされただけなのですが」

探るような目付きで三村が西澤を見る。脇の机から田名部は三村を睨む。

悪事を働く人間特有の警戒感を三村は発していない。

「我々はこういう者です」

田名部が三村を見据えていると、西澤が警察手帳を取り出す。所属と階級がついた面を三村に向ける。

「警視庁刑事部捜査二課……県警ではないとは、どういうことですか？」

西澤と手帳を見比べた三村が田名部にも視線を向ける。田名部は即座に頷き返し、西澤と同様、警察手帳の階級欄を提示した。

「我々の仕事は、選挙違反や詐欺、横領など主に知能犯と呼ばれる連中を追うことです」

ゆっくりとした口調で西澤が告げると、三村が首を傾げる。

「私は俳優でありNPOの代表です。なぜ知能犯担当の刑事さんが?」

「NPO絡みで色々ときな臭い話がありましてね。それで著名な三村さんにお知恵をお借りしようと思った次第です」

自動車のセールスマンが新型車の説明をするように、丁寧な口調で西澤が応じる。

相手はいくつもの顔と人格を使い分けるベテラン俳優だ。普段対峙《たいじ》する詐欺師や横領犯より何枚も上手だ。西澤は相手の出方を慎重に探っている。三知の筆頭警部である真藤の指導により、取り調べのスキルが格段に上がった。

東京からわざわざ知能犯担当の捜査員が出張してきたという事実を突きつけられても、三村は驚きの表情を見せない。

「残念ながら、あまりお役に立てるようなお話は持ち合わせておりません」

三村が机に両肘《ひじ》をつき、口元で手を合わせながら言う。

この仕草はどういうサインなのか。

かつて真藤から取り調べ時の被疑者のクセを教えてもらったことがある。せわしなく足を揺する者、指で小刻みに机を叩く者、あるいは爪《つめ》を噛む者と被疑者によりクセはバラバラだと聞かされた。

口元を隠すのに、なにか意図があるのか。田名部は三村の様子をうかがう。三村が主宰するN

ＰＯは生活保護費のピンハネに始まり、沿岸の避難所に人を送り込み、義捐金を不正に受け取った。その上、これに気付いた宮城県庁の早坂を殺《あや》めた疑いが限りなく濃い。知能犯と殺人犯の容疑を同時にかけられる犯罪者は稀《まれ》だ。しかし、三村には全く犯罪の気配が見えない。

そっけない返答をした三村に対し、西澤が口を開いた。

「そうですか」

突然、西澤の声音が変わる。両肘をつき、手で口元を隠している三村の目付きが一瞬だけ変わる。かまわず西澤が話を続ける。

「善意の顔を持つＮＰＯばかりじゃない。いかがわしい連中も多いそうです。その辺りはご存知ですか？」

「どういう意味ですか？」

三村の声は依然落ち着き払ったままだ。西澤に向ける視線にも変化はない。

「田所課長、舟木次長。それから向井次長。随分とあなた方と懇意のようですね」

冷たく、乾いた口調で西澤が告げる。直後、三村の左眉がわずかに上がる。

「誰ですか？」

三村が訊くと、間髪入れず西澤がそれぞれの所属先である区役所や市役所と部署名を告げる。西澤はいきなり持ち札を切った。様子をみようとする相手をいきなりやりこめる取り調べの手法だ。

「全員、あなたのＮＰＯと昵懇《じっこん》だ。いや、ねんごろと言った方が良いかもしれない」

西澤は一方的に告げ、三村を睨む。田名部の側から西澤の目は見えないが、強い力を発し、三村を見据えているはずだ。

「お尋ねの主旨がよく分かりません」

今までと同じ姿勢で三村が答える。西澤は机の足元に置いたブリーフケースを開き、中からファイルを取り出す。

「再度うかがいます。それぞれのお役人とあなた方の関係を聞かせてください」

手際よくファイルを開いた西澤は、隠し撮りした写真を指す。三村の視線が机の上を舐《な》める。

西澤の口調は自信に満ちている。

部下の警部補は、写真の中の一点を指した。

「ここに写っているのは、あなたの腹心のスタッフ、高倉雅雄《まさお》さんですよね」

先ほど車の中で門間に説明をした際、田名部も同じ写真を見た。西澤が指したのは、宮城県庁を田名部が訪れた際、三村に寄り添っていたスタッフだった。ＮＰＯの主要メンバーが贈収賄の現場にいた。西澤はいきなり、三村をコーナーに追い込んだ。

「そのようです」

無表情なまま、三村が告げた。

捜二は一年以上、役人とＮＰＯの主要メンバーを行動確認してきた。何月何日の何時に、どの店で飯を食い、女をはべらせて酒を飲んできたのか。西澤が主導した行動確認班は不正の実態を詳細に摑んでいる。

「歌舞伎町で役人たちを豪遊させたのは明確な事実です。生活保護の申請を通しやすくするための接待です。彼らの給与の三カ月分以上の内容ならば贈収賄が成立します。もちろん、全てウラを取ってありますよ。簡単に言えば、あなた方も役人たちも度を超えてしまったのです」

西澤がファイルのページを繰る。写真の一覧が表示されたページの横には表計算ソフトで記録された日付やＮＰＯが支払った料金の明細が載っている。

「これらの記載については、全て店側の領収書の写しも保管しています。代表である三村さんが知らないはずがない。いや、知らなければならない立場にありますよ。どう言い訳しますか？」

一切の感情を排した声音で西澤が告げると、今まで口元を覆っていた三村が両手を机の上に置いた。

「なぜ、こんなことをしているんですか？」

「明確な犯罪事実だからです。あなた方は公務員を籠絡《ろうらく》した。贈賄容疑で立件します。もちろん、公務員の側は収賄容疑で挙げます。贈賄側、収賄側ともに時効成立前ですので、双方が摘発されるという構図です」

乾いた口調で西澤が告げた途端、三村が肩を落とし、溜息を漏らす。

「私も逮捕されるのですか？」

三村がか細い声で訊く。

「贈収賄にどの程度関わったかによります。ただし、法人としてのリブート・ハウスは間違いなく立件します」

「信じてもらえないかもしれませんが、私は俳優としての顔を使い、必死で低所得者層の支援を行ってきました。事務的なことはスタッフに任せきりでした」

「その辺の事情はおいおいうかがうことになります」

そう告げると、西澤は黙ってファイルのページを繰る。

やりとりをみる限り、贈収賄について三村は事情を知っている。いや知らぬはずがない。どこまで警察の調べが済んでいるのか、慎重に探っているのだ。自身に嫌疑が及ぶのか、どこかで逃げ出す隙《すき》はないか。

ファイルを繰っていた西澤の手がぴたりと止まる。

「鰐淵、衣笠……ここにリストアップした人物とリブート・ハウスの関係は？」

人名だけが書かれた一覧を西澤が指さした。三村の視線が西澤の指先を追う。

「……誰ですか？」

「贈収賄とは別件で調べています」

西澤が思い切り低い声で告げ、三村を睨む。机の上に置かれていた両手が動く。三村は再度両肘を机につき、口元を隠すように手を組んだ。

三村は無意識に口元を隠すクセがある。三村の変調を察した西澤が声のトーンを一段低くした。

「調べた裏は山ほどあります。贈収賄に加え、このリストにある人物たちは、明確な詐欺行為を働いていた。我々はあなた方が組織ぐるみで企図していたと睨んでいます。ここは素直にご自分の口から説明されてはどうですか？」

丁寧な口調を崩していないが、西澤の追及は三村の胸の内側を抉《えぐ》り込んでいく。

「贈賄に関して、素直に認めたら、ダメージは軽くなりますか？」

上目遣いで三村が西澤を見る。

「日本では司法取引は認められていません。我々は調べ上げたことを淡々と立件するだけです」

「スタッフがいくつか危ういことをしていた、そのような気配は感じていました」

三村は口元を隠したまま告げる。まだ本当のことは言っていない。田名部は強い視線を三村に向けた。西澤も睨み続ける。四つの目から発せられた視線に、三村が体を後方に反らせる。

「逃げ道はありませんよ」

追い打ちをかけるように、西澤が声のトーンをもう一段落とす。三村は両手を机に載せ、硬直した。

9

〈明確な証拠はあるのですか?〉

マジックミラー越しの三村の様子を、宮沢は固唾《かたず》を飲んで見守っていた。黒田は既に東松島の仮設住宅に帰宅している。薄暗い会議室には、宮沢と門間だけしか残っていない。

三村は背筋を伸ばし、椅子に座っている。足元には、薄型のブリーフケースが見える。台本かNPO関係の資料が詰まっているのだろう。革製の鞄がパンパンに膨らんでいる。

「これは特例だ。田名部管理官のゴーサインが出るまでは絶対に書くなよ」

「分かっています。二課の案件を迂闊《うかつ》に書けば、証拠隠滅されたり、参考人が自殺することもありますからね」

マジックミラーを覗《のぞ》きながら、宮沢は背後に立つ門間に答える。

「ただし、シバリが効くのは二課の領域です」

「随分と引っかかる言い方だな」

宮沢は声の方向に振り返る。腰に両手を当てた門間が仁王立ちしている。

「二課の案件については、三村氏が自供を始めるのは時間の問題です。このあと、門間さんが乗り込み、殺しの一件を詰めていくんですよね?」

「そんなことは記者が考えることじゃない」

門間が語気を強める。だが、宮沢も引くわけにはいかない。このまま警察に良《い》いように使われては記者の沽券《こけん》に関わる。

「手詰まりになっている殺人事件に関しては、僕がカギを握っています。黒田さんが重大な証言を行い、三村氏が最重要容疑者として浮かんだことは責任持って書きますよ」

宮沢は椅子から立ち上がり、門間を睨み返した。

「調子に乗るな」

「調子に乗っているのは警察です。記者に助けてもらったことがマイナスですか?」

宮沢は一歩進み出て、門間の眼前で告げる。だが、門間は動じる気配を見せない。

「宮沢、早坂さん殺しは俺の事件《ヤマ》だ。早い段階で世間に知れることになれば、事件が潰れる公算だってある。まだ書いてもらうわけにはいかないんだよ」

門間が宮沢の右腕を強く摑《つか》む。存外に強いグリップに、宮沢は顔をしかめる。

「力ずくですか? 門間さんらしくない」

「それだけ必死ってことだ」

宮沢は空いた左手で門間の手を払うが、強く握られた手は離れない。

「協力には感謝する。絶対に大和新聞が抜けるように手筈《てはず》を整える。今日のところはこれで帰ってくれ」

見開いたままの門間の両目が真っ赤に充血している。

「ただし、他社が情報を摑んだ気配がある場合は、躊躇《ちゆうちよ》なく書きますよ」

宮沢が言うと、門間が大きく頷き、握っていた手を離す。右腕に鈍い痺《しび》れが走る。

「約束する。必ず端緒は伝える。恩に着る」

門間が腰を折り、頭を下げる。

絶対ですよ、そう言いかけて宮沢は言葉を飲み込んだ。

「逐次連絡を入れます」

宮沢はそう言い残して薄暗い会議室を後にし、駐車場に向かった。プジョーの運転席に乗り込むと、瞼《まぶた》の裏に三村の顔が浮かぶ。

西澤と対峙する三村の表情は、どこかつかみ所がなかった。あの顔と態度は、俳優特有の演技なのか、それとも三村自身の素の姿なのか。

かけだし記者時代、妻の亜希子となんども下北沢の小劇場に足を運んだ。下積みの若い役者たちと居酒屋に繰り出す機会も多かった。もの静かに酒を飲んでいた村田浩介《こうすけ》という俳優に台詞《せりふ》を言ってくれと言った瞬間、店中の客が振り返るような声を張り、二分以上の長台詞を喋《しゃべ》ったことがあった。

宮沢が慌てて止めると、村田はにやりと笑い、これが仕事だと告げた。どうやって覚えるのか尋ねると、一日中台本を肌身離さず読み込むのだと教えてくれた。役者によって台詞の覚え方には独特のやり方があるとも教えられた。

三村は元々小劇団を主宰していた。あのときの村田以上に、役柄を演じ分けることができるはずで、一瞬で気持ちと表情を切り替える術《すべ》を知っている。また、小劇団では自ら脚本を書き、演出もこなしていた。台詞を覚える以前に、ストーリーも紡いでしまう人間なのだ。

それにも増して、難解なシェークスピアの戯曲を二時間半も一人で語り、足をわざとねんざしてまで役作りに没頭する。マジックミラー越しに見えたあの表情は、三村のどんな顔を映しているのか。

田名部や門間がどこまで三村を追及するのか。今は呼吸を整えながら待つタイミングにある。

宮沢はイグニッションを捻《ひね》り、無理矢理そう思い込むことに決めた。

10

「スタッフが行き過ぎた接待をしていたことは薄々感づいておりました。内部調査した上で、真《しん》摯《し》に対応させていただきます。ただ、詐欺容疑に関しては、全く心当たりがありません」

三村が小声で西澤に答えたとき、部屋の扉が開いた。三村の視線が動く。更なる追及を恐れているのか、扉の前の人物を見たあとは、西澤、そして田名部の順にせわしなく視線を動かした。

「ゆっくりと話を詰めていきましょうか」

田名部の横に移動すると、門間が三村を見据え、告げる。

「どなたですか?」

怯《おび》えたような目付きで、三村が門間を見上げる。

「宮城県警本部捜査一課の門間だ」

「県警の一課? この調べは警視庁の捜査ではないのですか?」

三村がまた口の前で手を組む。門間が机に歩み寄り、顔を三村に近づけて言った。

「強行犯の一課がなぜ出てきたのか、おまえ自身が一番よく知っているはずだ」

門間が一気に言うと、三村が組んでいた手をほどく。

「どういう意味です?」

わずかに顎を上げ、三村が門間を見上げる。

三村の様子が少しだけ変わった。汚職や詐欺の話が出たときとは三村の目付きが違う。

「この聴取は任意ですよね？」

三村が足を組む。門間が三村を見下ろし、強い口調で言い放つ。

「もちろん。だが、一課の人間が出てきたことをよく考えるんだ」

門間の言葉を受け、田名部は口を開いた。

「警視庁捜査二課と県警はセットだと考えてほしい」

「二課は知能犯担当で、一課は凶悪犯で全く別じゃないですか。仰《おっしゃ》っている意味が分かりません」

三村の口元が歪《ゆが》む。不安を隠そうとする容疑者が悪びれる表情とは違う。なにかしら絶対の自信がある。田名部は三村の表情をそう読みとった。

西澤が机の中央に身を乗り出し、口を開いた。

「とにかく、今後しばらくは二課として事情を訊くことになります。ご承知ください」

「事務所に戻り、スタッフと協議します」

三村がまた神妙な表情に戻る。ころころと顔つきが変わる。さすがに性格俳優だ。門間と西澤を手で制し、田名部は告げた。

「協議が証拠隠滅を指すかは知りませんが、既に立件に向けて十分なネタは揃《そろ》っています。ジタバタされない方が良いですよ。公判時の心証に響きます」

思い切り声のトーンを落とし、もう一度言い放った。

「善意の顔を持つＮＰＯの裏側は、全部調べてある」

「接待の件は行き過ぎを認めます。しかし、その他は心当たりがありません。本当です」

みるみるうちに、三村の瞳が真っ赤に充血する。贈収賄については全面降伏するというサインなのか。三村のクセを読み切れない。田名部は自身の感覚に従い、口を開いた。

「詐欺の方はどうなんだ？」

「ですから、意味が分かりません」

三村の目は充血したままだ。三村の表情から「避難所詐欺」が発覚したという怯えの色はみてとれない。

「被災地にリブート・ハウスの息がかかった人間を送り込み、義捐金を詐取しただろう！」

突然、門間が両手で机を力一杯叩いた。三村が口を開け、門間を見上げている。

「殺し担当の俺が出てきたのは、義捐金詐欺の線が絡んでいるからだ。詐欺の横行に気付いた宮城県庁の早坂氏を殺《あや》めたのはリブート・ハウス、いや、おまえだ」

門間が思い切り三村に顔を寄せる。鼻先と鼻先がついてしまうほどの距離だ。

「四月七日の午後十一時前後、あんた一体どこにいた？」

門間が三村の眼前で告げる。

「恐らく仙台の事務所だと思います」

「証明できる人間は？」

「スタッフの高倉が一緒でした。なぜそんなことを？」

三村が淡々と告げる一方、門間の顔が紅潮する。

「疑っているからに決まってるだろ。それから、スタッフはだめだ。口裏合わせたらおしまいだ。共犯の可能性もあるしな」

門間が三村の胸ぐらをつかみそうな勢いで言う。田名部は慌てて二人の間に割って入る。

門間を一歩下がらせた上で、田名部が告げる。

「贈収賄に関しては、スタッフに罪をなすり付けて逃げ切る。だが、義捐金詐欺は知らぬ存ぜぬ、そういうことだな?」

「弁護士と相談します。もう帰ってもよろしいですか?」

三村はもう一度、口元を歪める。瞳の奥から鈍い光が漏れると同時に、口元に薄ら笑いが浮かんだ。ゆっくりと立ち上がった三村は、田名部と門間の間をわざと体をぶつけながら通り、扉に向かう。

「素直にスタッフの非を認めているのに、警察はこじつけで難航している事件を僕らのせいにしようとしている。こちらにも考えがあります」

捨て台詞を吐くと、三村は力一杯ドアを閉めた。

「あの自信の裏側にはなにがある?」

ドアを見つめ、田名部が告げる。

「すぐにボロを出しますよ」

門間がもう一度机を叩き、言った。

義捐金詐欺についても、リストアップした人物たちの供述が取れれば、すぐに逮捕状を請求するつもりでいる。だが、三村が示した強気の態度が気になる。あの自信はどこから出ているのか。

田名部は灰色のドアを睨み続けた。

宮沢はどんな確実な証拠を握っているのか。

獲物は間近にいる。だが、急所に打ち込むはずの矢が心もとない。いや、弓を持つ両腕が震えて矢を放てない。最重要容疑者の去ったドアに、薄ら笑いを浮かべた三村の姿が映った気がした。

終章　共震

1

「びしっと紙面が締まるネタはないのか?」

　午後八時過ぎに総局に戻ると、社会部デスクが宮沢に歩み寄ってきた。宮沢は無言で頭を振った。

「俺は県庁の偉いさんたちとの飲み会だ。夜回りの連中がなにか言ってきたらよろしくな」

　社会部デスクは引き継ぎノートを宮沢の手に載せると、背広を肩にかけ、編集局を後にした。

　宮沢は冷蔵庫からミネラルウォーターを取り出し、自席に戻った。

　夕食か酒席に出ているのか、県政担当や文化面担当の記者やデスクも全員出払い、編集局はがらんとしている。

　自席に着くと、宮沢は引き出しから赤いスウェードの巾着袋《きんちゃくぶくろ》を取り出した。袋を開け、三村の事務所から譲ってもらったタンブラーに冷えたミネラルウォーターを注いだ。黒田を仙台中央署に同行して以降、ずっと緊張を強いられてきた。喉が異様に渇いている。タンブラーから一口喉に水を流し込む。

〈それだけ必死ってことだ〉

つい三〇分ほど前、宮沢の腕をつかみながら門間が力んだ。今まで見せたことのない表情だった。宮沢と同様、門間もからからに精神が渇き、追い込まれていた。

ショルダーバッグからパソコンとメモ帳を取り出し、宮沢は改めて事件の構図を整理する。

発端は宮城県庁の早坂の殺害だ。メモ帳をめくり、東松島の仮設住宅団地で拾った黒田の声をパソコンに打ち込む。

『毎日聴いているラジオのトーク番組が終わった直後ですから、午後十一時十五分過ぎでした』……。

黒田の証言は具体的だった。また、黒田は走り去った犯人の足音を鮮明に記憶していたほか、先ほど仙台中央署では三村の足音をそれと同一だったと断定した。

宮沢は再度、リブート・ハウスのパンフレットを手に取り、ページをめくる。

〈高度なスキルを得て社会復帰を＝リブート・ハウスの就業支援プログラム〉

東京大田区の町工場で、バラバラの年齢層の男たちと溶接技術を学ぶ三村の写真が載っている。

次のページには、旋盤加工の様子が写っている。

〈スキルを身につければ、必要とされる人間に生まれ変われる〉

それぞれの写真の下には、三村が手書きしたメッセージがある。また、三村自身も旋盤の機械を操作し、工場の職人と会話している様子が掲載されている。

〈自分の将来は現場で身につけよう〉

やはり三村の手書きメッセージが添えられている。宮沢はもう一度、旋盤機械を操作する三村を凝視する。その途端、肩が急激に強張《こわば》っていくのを感じた。

「……嘘《うそ》だ」

写真を凝視しながら、独り言が溢《あふ》れ出る。三村は嘘を言っている。写真が雄弁に物語っている。同時に、仙台駅東口にあるリブート・ハウスの事務所に赴いたときの光景が蘇《よみがえ》る。

〈私自身もなんどか研磨の工場で実際に仕事をしてみました。思った以上に大変な仕事です。しかし、この高度な技術を身につけることができれば、職人としてどこに行っても食べていけます〉

瞼《まぶた》の裏に、三村の得意気な顔が浮かぶ。同時に、三村とNPOの事務所にいた若手スタッフ高倉とのやりとりも蘇る。

「……あれも嘘だ」

仙台の事務所を出た直後、宮沢の胸の中に正体不明の靄《もや》が湧《わ》いた。あのときの得体の知れない感覚は、間違いではなかった。

再度、旋盤機械前の三村の写真を凝視する。

大型機械と三村の全身が写っている。その隣には、初老の工員が工具を運び込んでいる。

〈思った以上に大変な仕事です……〉

耳殻の奥で三村の声がなんども反響する。三村は俳優という職業を悪用し、善意のNPO代表を演じている。だが性格俳優として、顔付きや喋り方を作ることはできても、肝心の中身は伴っていない。三村は下積み時代に様々な職業を経験したと言った。その過程で得た実体験は表情や声音という演技の下地になった。だが、人間としての本質までは作れない。宮沢は、もう一度パンフレットの写真を睨んだ。妻・亜希子の故郷にある工場が写っている。宮沢はタンブラーを持ち上げ、残った水を飲もうと銀色の器を傾けた。このとき、電流が指先から脳天に駆け上がるような感覚があった。

「あっ」

自分でも驚くほど大きな声が出た。がらんとした編集局の中で、自分の声が反響する。宮沢は指先を凝視した。自分の手は普段となんら変わりがない。だが、今まで自分が得てきた感触とは明らかに違う。もう一度、指先から電流が頭に突き上がった。

「……これだ。これだったんだ！」

宮沢はパンフレットの写真と自分の机の上を交互に凝視する。リブート・ハウスが用意した説明資料と自分の机には、早坂をどうやって殺害したのか、その明確な答えが示されていた。宮沢は真っ赤な巾着袋に、タンブラーを入れてショルダーバッグに放《ほう》り込んだ。一刻も早く、田名部に真相を伝えねばならない。宮沢は慌てて席を立った。

2

仙台中央署を出たあと、田名部は門間に案内され、市内中心部にある古びたアーケード街に向かった。以前、真藤や西澤ら三知メンバーで大捕り物を展開した「壱弐参《いろは》横丁」だ。

門間は横丁の入口近くの「かめや」というラーメン屋に入った。閉店準備中の老夫婦は門間の顔をみると相好を崩し、真っ赤な暖簾《のれん》を片付けながら店舗に招き入れる。

「オヤジさん、悪いね」

田名部が丸椅子《まるいす》に腰掛けると、主人が笑う。

「彼はこの近所の交番勤務が振り出しでね。息子みたいなもんだ」

「やめてくれよ」

門間が照れくさそうに笑う。壁に目を向けると、ラーメンや天丼《てんどん》と書かれた短冊がある。値段はそれぞれ五〇〇円となっている。

「ラーメン二丁でいいね」

門間が頷《うなず》く。老主人と女将《おかみ》は調理作業に入り、わざと二人と距離を置いた。田名部はグラスの水を飲み干し、小声で告げた。

「行確は万全だな?」

「本部の若手五名を緊急動員しました。抜かりありません。それで、二課はすぐにでも逮捕状《フダ》を?」

「まだだ。収賄側の連中がフトコロした金額が確定し切れていない。あと一週間は三村をぎりぎりと贈賄容疑で締め上げる」

田名部の答えに、門間が安堵《あんど》の息を吐く。

「取り調べの様子でどう感じた?」

田名部が声のトーンを落として訊《き》くと、門間が小首を傾《かし》げる。

「様々な状況証拠を勘案すれば、三村が犯人であることは間違いないと思います。ただ、あの男、とらえどころがないというか……」

門間は田名部と同じ感触を得ていた。

「今、県警本部鑑識課が三村の下足《ゲソ》を採取して、東松島のブツと照会しています決定打になればいいな」

知らずしらずのうちに、自分の言葉が頼りなくなっているのが分かる。目の前の門間も顔をしかめる。

たとえ下足痕《ゲソコン》が一致したとしても、三村には言い訳の術《すべ》がある。東松島の仮設住宅にはリブート・ハウスのポスターが何枚も掲示されていた。イベントの打ち合わせに行ったとでも証言されれば、それまでだ。逮捕、起訴というプロセスを経ても、下足痕は公判を維持するだけの証拠にはなり得ない。

「NPOの裏の顔が早坂氏にバレてしまった。確実な動機はあるんです。でも、殺しに手を下したという決定打がありません。それに共犯《レツ》がいる公算もあります」

田名部に強い視線を送りながら、門間が言う。同感だった。田名部が口を開きかけると、頭上から店主の声が聞こえる。

「お待たせ。難しい話は食ってからにしたらどうだい。店を閉めたから邪魔は入らんよ」

カウンターに湯気を上げる丼《どんぶり》が置かれる。透明なスープに薄いチャーシュー、メンマと刻んだ葱《ねぎ》だけのシンプルなラーメンだ。

「ひとまず腹ごしらえだ」

田名部のひと言を合図に、門間が丼を抱えスープを口に含む。

「いつ来ても、代わり映えしない味だなぁ」

門間が軽口をたたいた。田名部もレンゲでスープを口に運ぶ。子供の頃、父親に連れて行かれた駅前食堂と似ている。鶏《とり》の風味が口に広がる。

「チェーン店が幅を利かせる中で、味を守り続けるのは大事なことじゃないのか」

田名部は誰に言うでもなく告げ、麺をたぐる。細い縮れ麺がスープと絡み合う。張りつめた取り調べの緊張を解きほぐしてくれる懐かしい味だ。

「変わらないのが取り柄でね」

店主が笑顔で告げたとき、田名部の背広の中でスマフォが震えた。箸《はし》を置き、画面を見た途端、田名部は通話ボタンを押した。

「メシ中だ。後にしろ」

〈すぐに会ってください。重要な事柄が判明しました〉

「後にしろって言ってるだろう。麺が伸びちまう」

〈三村のトリックが分かりました。あとは警察の協力が得られれば、事件は全面解決しますよ〉

「バカ言うな」

田名部は一方的に通話を断ち切り、スマフォの電源も落とした。

「どうしました?」

「宮沢だ。三村のトリックが判明したからすぐに会いたいとさ」

「まさか……」

門間が心配げな表情になる。田名部は頭を振ってみせる。

「宮沢の閃《ひらめ》きと取材力は無視できない。しかし、俺たちが手詰まりなのに解決なんてできっこないだろう。それにあいつはどこか抜けたところがあってな。大体、肝心のこの店の場所を知らない。追い詰められることはない」

「それもそうですね」

門間の表情が明るさを取り戻す。田名部は麺をたぐり、スープを一気に飲み干した。食事のあともう一度仙台中央署に戻り、明日からの聴取の段取りを組み立てねばならない。

3

仙台市中央部の青葉通りに出た宮沢は、信金近くの駐車場にプジョーを停《と》め、アーケード街を早足で歩いた。恐らく田名部は門間と連れ立って食事中だ。

田名部は電話口で麺と言った。ここ数年、東北各地で行動を共にするうち、田名部は地元のラーメンや蕎麦《そば》の魅力を再確認し、あちこちの店に顔を出しているようだ。釜石でも震災から復活した素朴なラーメンに舌鼓を打った。仙台中心部で昔ながらの味と言えば、思い当たる店は一軒だけだ。中央署からの距離も遠くない。

「こんばんは」

宮沢は中腰のままシャッターをくぐった。

「もう閉店だよ」

老主人が告げた。同時に、カウンターの先客二人が思い切り顔をしかめている。

「オヤジさん、こいつにもう一杯だけラーメンを」

渋面の門間が告げると、老店主は肩をすくめ、丼に醬油《しょうゆ》ダレを入れる。

「なぜここが分かった?」

仏頂面の田名部が宮沢を睨む。

「田名部さんの行動パターンを予測した上で、門間さんというトッピングを加えたらここになりました。それに田名部班は以前、この横丁でチョンボしましたからね」

宮沢が店を突き止めた理由を答えると門間が溜息《ためいき》を漏らし、田名部は一段と目を剝《む》く。

「それではお邪魔します」

田名部の右隣の丸椅子に腰を下ろすと、宮沢はショルダーバッグを開く。

「重要な事ってなんだよ」

ぶっきらぼうな口調だが、田名部は宮沢のショルダーバッグを凝視した。視線のとげとげしさは、捜査の手詰まり感をそのまま映している。宮沢は総局でチェックしていたリブート・ハウスのパンフレットをカウンターに置いた。その途端、田名部が拍子抜けしたように息を吐き、門間を見やる。

「そんなもの、俺たちだってチェックしている」

「見落としがあります」

宮沢はパンフレットを田名部に差し出す。しかめっ面の田名部はパラパラとページをめくり、それぞれの写真や記述を斜め読みしている。

「この中には重大な答えが潜んでいます」

「もったいつけるな」

田名部の背後から、門間が不機嫌な声で告げる。その直後、大げさにパンフレットを閉じた田名部が宮沢を見る。

「やっぱり答えなんて載っていないぞ」

「ですから、僕の説明が必要になるんですよ」

宮沢が田名部の手からパンフレットを取り上げたとき、老主人が丼をカウンターに置く。

「これでスープ終了だ。追加の注文はなしだよ」

「早く教えろ。ご主人も店じまいの都合がある」

眉間《みけん》に皺《しわ》を寄せた田名部が催促する。だが、宮沢はレンゲでスープをすくう。

「この鶏ガラの香りはいいですね。ちょっとだけ待ってください」

宮沢がスープを口に入れると同時に、カウンター席の二人が舌打ちする音が聞こえる。

「いい加減にしろよ」

カウンター席の奥で門間が気色ばむ。

「麺を食ってるときは、こいつになにを言ってもだめだ」

嘆息する田名部の声が聞こえる。宮沢は細縮れ麺を勢い良くたぐり続けた。


「ごちそうさまでした」

宮沢がカウンターに丼を戻すと、田名部が身を乗り出した。

「もう待てんぞ。このパンフレットにはどんな答えがあるんだ？」

「交換条件といきましょう。そもそも、県警と二課には貸しがありますしね、条件を飲んでくれたら明かします」

宮沢の言葉に田名部と門間が顔を寄せ、首を傾げる。

「しょうがない。ヒントを差し上げましょうか」

「あのなぁ」

焦《じ》れた田名部が肩を強張らせ、宮沢を睨んだ。宮沢は肩をすくめ、パンフレットの写真付きページを繰る。

〈自分の将来は現場で身につけよう〉

グレーの作業着を羽織った三村が旋盤の機械につかまり、工場の職人と会話している写真が眼前にある。なんど目にしても忌々しい写真だと思う。

「これが答えなのか？」

田名部が誌面と宮沢の顔を交互に見比べた。キャリア捜査官はまだ真相に辿《たど》り着いていない。宮沢は話を先に進める。

「三村氏が大嘘つきであるという明確な証拠です」

自信たっぷりに言い終えると、田名部と門間が顔を見合わせ、同時に溜息をついた。

「あのなぁ、俺たちは嘘つき連中の上前はねてメシ食ってるんだよ」

田名部が苛立《いらだ》ちを隠さずに言う。門間が渋面になる。

「そうじゃありませんよ。ここを見てください」

宮沢は写真の中心にいる作業着姿の三村を指す。

「この写真のどこが嘘つきなんだ？」

田名部の背後から覗《のぞ》き込んだ門間が苛立った口調で訊く。

「低所得者支援の一環として、彼は実際の工場で訓練を積むプログラムを作りました。また、彼自身が現場で作業したと強調していました」

宮沢はメモ帳を開き、三村の言葉を田名部と門間に伝える。

〈私自身もなんどか研磨の工場で実際に仕事をしてみました。思った以上に大変な仕事です。しかし、この高度な技術を身につけることができれば、職人としてどこに行っても食べていけます〉

「それがなぜ嘘つきにつながる？」

田名部は依然として不機嫌な口調で訊く。宮沢は、誌面の中の三村を指す。同じ箇所をなんども叩《たた》く。

「体の向きに注目してください」

宮沢は三村の目線の先と、写真の中の右手を交互に指す。

「だからなんだ？」

田名部の両目が充血し始める。

「三村氏は、工場の現場では絶対にあり得ないことをやっているのです」

「どういう意味だ？」

門間が語気を強める。

「基本的な安全動作を三村氏は全く理解していないのです。僕自身も騙《だま》されるところでしたが、先ほどようやく気付いたんです」

宮沢の言葉に、二人の警察官は依然として首を傾げている。

「もう一度、見てください」

宮沢は三村の目線の先と腕を再度叩く。

「この写真の中で、三村氏はレンチを受け取っています。しかし、目線は全く別の場所を見ていますよね」

宮沢は改めて写真の三村の顔を指した。三村は旋盤の刃先を凝視しているが、同時に半身の体勢で左手を伸ばし、レンチを受け取っている。目線の先、急回転する刃先に意識が集中する一方、体半分は別の場所にある。つまり、注意が散漫になっていると宮沢は力説した。

「そんなこと、言われんでも分かる」

思い切り不機嫌な声で田名部が応じる。宮沢は頭を振り、口を開いた。

「この動作は、工場の現場では絶対的な御法度です。なぜなら、彼は旋盤の機械の前にいます。万が一、レンチが旋盤の歯の部分に当たったらどうなります？」

田名部と門間にそれぞれ視線を向けたあと、宮沢は半腰の体勢を作り、写真の三村を真似《まね》た。割り箸の一本を右手に持ち、空いた丼に近づける。残りは自分の左手に載せた。

「この丼が超高速で回転していると考えてください。固い鉄を削る機械です」

宮沢が告げると、田名部が腕組みし、低い唸《うな》り声を上げた。門間は目を見開き、丼を睨《にら》んだ。

「軍手は手を保護する大事なツールですが、重いレンチを目視せずに受け取ろうとすれば、誤って滑り落ちる可能性があります。高速で回転する機械の前で万が一レンチを落としたら……」

宮沢はわざと左手の箸を床に落とし、同時に慌てて拾おうと身を屈めた。そのとき、右手の箸が丼に当たり、カウンターに転がった。

「怪我《けが》どころか、大事故に発展してもおかしくないだろうな」

写真を凝視したまま、門間が答える。

「僕の妻の実家は、写真の工場がある燕市のお隣です。彼女のツテでなんどか職人の取材に行きました」

宮沢は複数の工場で実習を兼ねて取材した経緯を説明する。現場を全く知らない宮沢が最初に指示されたのが、工具の受け渡しについてだった。

「相手が確実に受け取ったことを目視しなければならないと、職人さんからきつく言われました。工具の中には重い物や尖《とが》った物があるので、細心の注意が必要だと繰り返し言われました。まして、機械の前では尚更です」

「現場がどうとか、スキルを身につけろって偉そうなことを言ってるが、三村のやっていることは、あくまでポーズ、いや演技だってことだな」

田名部が唸り声を上げる。

「僕自身が工場取材をしていなければ、気付かないポイントでした。三村氏と事務所で会ったとき、彼がスタッフから物を受け取る際にも、この点に強い違和感を持ちました。オフィスだったからすぐには気付きませんでした。でも、あの場所が工場の一角であれば、もっと早く分かったかもしれません」

宮沢が告げると、田名部が首を傾げる。

「だが、三村が嘘をついたってことがどうして殺しのトリックにつながるんだ?」

「三村はNPOの善意の顔を悪用するような男だ。パンフレットにやらせ写真を載せることくらいは平気だろう」

田名部と門間が相次いで異論を唱える。予想通りの反応だ。宮沢はパンフレットを引き寄せ、もう一度写真を指で弾《はじ》く。

「この写真には、もう一つ答えが埋まっています」

自信満々の口調で告げると、田名部と門間が再度溜息を漏らす。

「もう限界だ。戻ろう」

田名部がいきなり立ち上がると、門間も後に続く。宮沢も慌てて席を立つ。

「殺害現場の遺留品リストと死体検案調書をチェックさせてください。あと一箇所、別の場所を家宅捜索すれば、答えが出ます」

仏頂面の田名部を見上げ、宮沢は言い切った。田名部と門間の行く手を塞《ふさ》いだ恰好《かっこう》となった宮沢は、ショルダーバッグから赤いスウェードの袋を取り出す。

「僕の見立ては、この中にあります」

二人の視線が赤い袋に集中する。宮沢は紐《ひも》を解くと、中身を取り出し、カウンターに置いた。田名部の瞳《ひとみ》が露骨に失望の色を映す。

「もったいぶりやがって。たかがタンブラーじゃないか」

「たかがではありません。傷物ですが、職人の技が凝縮された逸品です。正価なら三万円の高級品ですよ」

「だから、タンブラーがどうして殺しの決め手になるんだよ？」

門間が左手の指でなんどもカウンターを叩く。苛立ちが頂点に達している。だが、ここで手を抜くことはできない。宮沢はタンブラーを手に取る。

「県警の鑑識課の方にも立ち会ってもらい、これを使って実験させてください」

「実験だと？　記者と鑑識が同席するなんて前例がないし、許可も降りん」

門間が気色ばむと、慌てて田名部が制す。

「いったい、なにが狙いだ？」

身を乗り出した田名部が睨んでくる。宮沢は冷静に告げた。

「このタンブラー、そして集会所にあった別のタンブラーが、事件のキーだからです」

「鑑識まで動員して的外れだったら、おまえだけじゃなく仙台の総局長にも責任がかかる。その辺りのリスクは分かっているのか？」

田名部が鋭い視線のまま言う。だが、宮沢としても引くわけにはいかない。

「無理を承知でお願いしているんです。このタンブラーのトリックそれから三村氏の特異な職歴に気付かない限り、事件は未解決になります」

宮沢は〝未解決〟の部分に力を込め、二人にぶつけた。直後、田名部と門間が顔を見合わせる。

「タンブラー、そしてある物を使えば、早坂さんに警戒感を与えずに殺しを実行できます。つまり、どのように青酸化合物を摂取させたかの仕組みが判明します」

「絶対の自信があるな？」

田名部が腹の底から声を絞り出す。

「もちろんです」

宮沢が即答すると、田名部が門間を見やり、頷く。

「管理官、まさかやるんですか？」

「責任は俺が取る。ただし、実験の結果が思惑通りになってもまだ記事にするな。おまえの仮説が正しかったら、公判時に有力な証拠となり得る」

「了解しました」

「約束破ったら、大和は警視庁だけでなく全国の警察署への出入り禁止を通達してやる」

啖呵《たんか》を切った田名部が門間とともに店の外に向かう。出口の前で歩みを停めると、田名部は振り返って口を開く。

「付いて来いよ。証明してもらおうじゃないか」

「そうこなくちゃ、管理官殿」

宮沢がわざとおどけてみせると、田名部は無言のまま半開きのシャッターをくぐった。

4

仙台中央署に戻ると、宮沢は先ほどまで三村がいた会議室に通された。窓際の席からは、隣接する民間マンションの灯がぼんやりと見える。

「念を押しておくが、これは特別な計らいだ。裏切ったら、俺の首だけじゃなく門間への処分も確実だ。分かってるだろうな」

会議机の反対側で田名部が低い声で念押しした。肩をすくめ、宮沢は口を開く。

「今まで僕が裏切ったことがありましたか？　いい加減信用してくださいよ」

宮沢は答えた後、ショルダーバッグの脇に置いたコンビニのレジ袋に目線を向ける。田名部が不審そうな表情で言葉を継いだ。

「そりゃそうと、寄り道してなにを買ってきたんだ？」

「トリックを見破るための重要なツールです」

宮沢はコンビニの袋に目をやったまま答える。

「コンビニで買えるようなものが殺しの仕組みを炙《あぶ》るのか？　笑わせるな」

「その思い込みが数々の未解決事件を生んだのではありませんか？」

「ふざけんなよ」

会議机を挟み、宮沢は田名部と睨み合う。挑発するつもりはないが、常識や常道にとらわれた捜査員たちがいるのは確かだ。

眼前の田名部もそのうちの一人だ。しかし、警察という大組織の弱点を知っているからこそ、経歴に傷がつくリスクを恐れず、嫌味を言いながらも対応してくれる。

「いつもありがとうございます」

心の底から湧き上がった感情に押されるまま、宮沢は机に両手をつき、頭を下げる。

「藪《やぶ》から棒になんだよ」

「当初仙台に回されたとき、腐っていた僕を再生してくれたのは、田名部さんですから」

「事件の途中で変なこと言うな」

照れくさそうな顔で田名部が言うと、会議室の扉が開く。反射的に宮沢は振り向いた。扉の前に、門間と青い作業服を着た男が立っていた。

「県警本部鑑識課の大平《おおひら》巡査部長だ。彼の尽力があったから資料を持ち出せた」

門間の横には、下唇の分厚い中年の男が居心地の悪そうな顔で立っている。大平はキャリアである田名部に恐縮する一方で、記者である自分を不審な目で見ている。

「さっさと済ませようじゃないか」

田名部が口を開くと、大平が弾かれたように書類を机に置いた。宮沢が手を伸ばすと、田名部が素早く書類を取り上げた。

「あくまでも俺が取り寄せたという体面にしておく必要があるからな」

田名部は資料を手に、にやりと口元を歪《ゆが》めてみせる。警察組織の体面を優先する口ぶりだが、明らかに気を遣ってくれている。宮沢がもう一度頭を下げようとすると、田名部が手で制す。

「おまえに礼を言われる筋合いはない」

田名部は資料を一瞥《いちべつ》すると、目的のページを探し出す。

「ほら、チェックしろよ」

〈県庁職員殺害事件　現場遺留品リスト①〜⑤〉

表の一番上には、事件戒名が記されている。Ａ４の資料には、縦に二〇個ほどの枠が並ぶ。それぞれに番号が振られ、エンピツや洗剤といった仮設集会所に残されていた物品の名前がある。真横には備考欄が設けられ、材質やメーカー名が記されている。

上から順に視線を落としていく。ゴム手袋、洗剤、紙コップ……水回りの物品の名前が並んだあと、備考欄に「食器棚」の文字を見つける。

「食器棚」の項目には、ビール会社のロゴ入りタンブラーや寄贈された皿や小鉢の類《たぐ》いが続く。

「その他」の項目に目を転じる。一覧の中ほどに「タンブラー」の文字が見える。タンブラーの備考欄には、新潟県燕市商工会議所より寄贈との文字がある。

「あとちょっとです」

宮沢は頭の中に浮かんだ言葉を口にする。目の前の田名部の目付きが険しくなる。宮沢の横にいた門間と大平もいつの間にか肩越しに一覧を睨んでいる。「タンブラー」の備考欄、寄贈主の横に宮沢は目を転じる。「材質：ステンレス」との注記がある。寄贈された数は三〇。

「やはり、ステンレス製でしたか」

宮沢が呟《つぶや》くと、周囲の捜査員たちの目付きが一段と険しくなるのが分かる。

「材質が関係するのか？」

田名部が鋭く反応し、書類を机に置く。門間と大平が一斉に書類の上に視線を向ける。

「答えは仮設の集会所にはありません」

宮沢が告げた途端、鑑識課の大平が反応する。

「意味が分からん。リストにある物はすべて調べた。トリックが介在する余地などない」

大平の声に、門間が頷く。だが田名部が右手を差し出し、二人を制す。

「本当に証明できるんだな？」

「もちろん。これから秘密兵器を導入します。大平さん、死体検案書はお持ちいただいたでしょうか？」

宮沢はショルダーバッグの横に置いたコンビニの買い物袋を指す。首を傾げながらも、大平が口を開く。

「秘密兵器だって？　バカな……」

大平の声が擦《かす》れる。

「今から、三村氏が使ったトリックを再現しますよ」

宮沢はコンビニの袋を開け、中から千円で買った秘密兵器を二つ取り出した。

「それが切り札なのか？」

田名部が眉根を寄せ、宮沢を睨んでいる。

「コロンブスの卵です」

宮沢が言い切ると、捜査員たち全員が首を傾げた。

5

宮沢が秘密兵器を取り出してから八分が経過した。

「まだかよ」

腕時計を横目に、田名部が焦れた声を上げる。

「もう少し待ちましょう」

宮沢が答えると、鑑識の大平が眉根を寄せ、口を開く。

「二〇〇円のロックアイスと瓶詰めのサクランボを入れて、なにが分かるっていうんだ」

「やはり、お気づきでなかったのですね」

宮沢は努めて冷静に告げる。だが、大平の表情は強張ったままだ。構わず宮沢は言葉を継いだ。

「門間さん、時間ごとの室温は記録していますね?」

「指示通りにやってるよ……今、二〇・五℃だ。ほとんど変わりはない」

「ありがとうございます」

そう言ったきり、宮沢は目の前のタンブラーを凝視した。着実に成果が出始めている。

八分前、宮沢は大平から錐を借り、コンビニで買った大きめの氷二つにそれぞれ穴を掘った。そこに瓶詰めのチェリーを一個ずつ埋め込み、削った氷の破片で丁寧に蓋をした。その後、宮沢が持参したチタンのタンブラー、そして会議室に備え付けのガラスのコップに氷を沈め、同じ分量の水を注いだ。

なんどか門間が口を開きかけたが、その度に宮沢は手で制し、実験を続けた。宮沢の目の前で、二つの入れ物に違いが出始めた。だが、三人の警察官は顔をしかめたままだ。依然として宮沢の狙いを理解している様子はない。ということは、東松島の現場検分でもこの仕組み、すなわち殺しのトリックは見抜けなかったのだ。

「一〇分経《た》ったぞ」

腕時計を睨んだ田名部が告げる。宮沢は無言で頷くと、タンブラーとガラスのコップを両手で持ち、移動させた。

「これはかなりのヒントですよ」

二つの容器が元々置かれていた場所を指し、宮沢が答える。その途端、大平が口を開いた。

「……まさか、本当か？」

「本当です。あと二、三分もすればもっとはっきりしますよ」

大平が口を開けたまま、タンブラーを見つめる。同時に、大平は今までタンブラーが置かれていた場所をなんども指で触る。一方、田名部と門間は依然として腕組みし、宮沢と大平を睨んでいる。

「大平さん、どういうことだい？」

苛立ちを隠さず、門間が訊く。だが、大平はテーブルを触り続け、タンブラーとコップを交互に見つめるのみで答えない。

「宮沢、もったいつけるな。種明かししろ」

門間以上に焦れていた田名部が命令口調で告げる。

「僕ではなく、鑑識マンの大平さんの口から説明を聞かれてはいかがでしょうか？」

おどけた口調で言うと、真面目な顔で大平が応じる。

「管理官、これは鑑識課の見落としです……申し訳ありません」

我に返った大平が、田名部に頭を下げる。たちまち田名部の眉間の皺が深くなる。

「謝るのはあとだ。要点を言ってくれ」

「宮沢さん、このタンブラーの材質は？」

「チタンです」

宮沢と大平の会話を聞いた田名部が、低い声で唸っている。頭の中で、猛烈な速度で記憶のページを遡《さかのぼ》っているときのクセだ。

「チタンがどうした?」

「ここをちゃんと見てください」

宮沢は会議机を指す。今までガラスのコップがあった場所には、丸く水滴の痕《あと》がついているが、チタン製タンブラーの所にはなにもない。

「大平さん、死体検分調書の中に胃の内容物の記述がありますよね?」

呆然と机を見つめる大平に向け、宮沢が訊く。

「もちろんあります。ただ、最後の飲食からかなり時間が経過していたので、大半の内容物は消化されていました……あっ」

大平は、机に置いた書類綴じを猛烈な勢いでめくり始めた。

「どうした?」

門間が顔をしかめる。だが、門間は人指し指で目的の書類の一覧を追う。

「あった……もしや……」

大平が口を半開きにしたまま宮沢の顔を凝視した。

「さくらんぼ、いや、チェリーがありましたか?」

「は、はい」

大平が書類の一点を指し、田名部と門間に向けた。

「宮沢、どういうことなんだ?」

「三村氏の経歴です。彼は様々な職業を転々としたあと、俳優になりました。下積み時代にバーテンダーをやっていた、本人がそう言っていました」

宮沢の答えに、未だ納得いかないといった表情で門間が口を開いた。

「バーテンダーがどうした？」

「カクテルを作る際、種を抜いたチェリーを入れるケースが多いのです。実際、コンビニに瓶詰めが売っているほど、普及品ですからね。石巻で亡くなったバーの店長が教えてくれたことが今回の取材に活《い》きました」

宮沢が答えると、田名部が手を打った。

「三村氏は、実際にはもっと手のこんだことをしたはずです。削った氷に毒入りのチェリーを詰め、慎重に再冷凍させたのだと思います。もっと正確に氷が溶ける時間をテストした上で、早坂さんと同時にカクテルを飲み始めたはずです」

宮沢が説明すると、大平が立ち上がった。

「管理官、門間さん。大急ぎで現場遺留品、寄贈されたステンレス製のタンブラーで調べ直します」

大平は姿勢を正して頭を下げると、大急ぎで会議室の扉を開けた。

「なぜ、こんなことに気付いた？」

大平の背中を見送った門間が宮沢に訊く。ショルダーバッグからリブート・ハウスのパンフレットを取り出すと、宮沢は問題のページを開く。

「この写真を撮った工場こそ、チタン製タンブラーを製造した会社だからです」

〈この町工場の凄《すご》いところは、研磨の技術だけでなく、溶接の神業を持っているところなんです〉

宮沢は、リブート・ハウスの仙台事務所を訪れたときの様子を田名部と門間に説明する。二人の捜査員は身を乗り出し、宮沢の話に耳を傾けている。

「彼自身、相当な自信があったのでしょう。『溶接の神業』という言葉を聞き逃していたら、このトリックの謎《なぞ》は解けませんでした」

宮沢はショルダーバッグからノートパソコンを取り出し、燕市の町工場のホームページを開く。

「ここをチェックしてください」

宮沢は画面を指した。二人の熱を帯びた視線が指先に集まるのが分かる。

「このチタン製タンブラーは、外見上一枚の板をプレスしただけに見えますが、実は二層構造になっているのです。薄く伸ばしたチタンを二枚プレスし、その間にわずか〇・五ミリの真空の層を作っているのです。当然、薄板を張り合わせる溶接の技術は、神業でなければなりません」

画面には、チタンのタンブラーを縦に切った図解が載っている。薄い二枚の板の間に、空気が入る仕組みを作ったとの説明書きがある。

「このナイン工業産業という町工場は、かつては魔法瓶製造が主力でした。冷熱双方の保温に関してはプロ中のプロです」

宮沢が言い終えたとき、田名部が手を叩いた。

「それじゃ、三村は計算ずくで犯行に及んだわけだな？　ステンレス製のカップは保温力が弱いから氷がすぐに溶ける……自分はチタン製でゆっくりと氷が溶ける。早坂さんだけが青酸性の毒物、つまり毒チェリーをかじって即死状態になってしまったわけだ」

門間が自らを納得させるように言う。

「そこを最終確認するのが皆さんの仕事ですが、おそらくこういうことではないでしょうか」

宮沢は手振りを交えて説明を始めた。

仮設の集会所で早坂が一人になったことを確認した三村が現れ、懐柔を試みた。この間、三村は携えてきた酒をタンブラーに注ぎ、早坂に勧めた。三村はあちこちの仮設住宅でカクテル作りのアトラクションをやっていた。クーラーボックスを持ち込んでも不自然ではなかった。だが、ここからが三村の狙いだった。警戒感を強めたであろう早坂に対し、三村は持参したクーラーから氷を取り出し、自ら持ち込んだチタン製タンブラーに入れ、そして飲んでみせたのだ。氷には予《あらかじ》め青酸化合物が埋め込まれたさくらんぼを仕込んでおく。

三村が飲んだことで安心した早坂は、ステンレス製カップから酒を飲み始めた。だが、ステンレス製は三村のタンブラーと比べ保温性能が低い。なに食わぬ顔で酒を飲み続ける三村の顔を見ている途中、チェリーからにじみ出した毒物で早坂は死に至った……。

宮沢が説明を終えると、田名部が門間の肩を叩く。

「これから奴を呼ぼうじゃないか。それに、宮沢の説が正しければ、奴は物証を未《いま》だに事務所に保管している可能性がある。緊急で家宅捜索《ガサ》かけろ」

田名部の言葉に門間が弾かれたように会議室を飛び出していく。

「僕は総局で予定稿を書きながら待機します。必ず連絡をください」

「分かったよ。だが、まだ義捐金詐欺のネタは書くな」

田名部が渋面で告げる。宮沢は一歩間合いを詰め、田名部を見上げる。

「酷《ひど》いな。この段階まで来てまだシバリかけるんですか?」

「バカ野郎。汚職《サンズイ》についてはまだ数字のツメが終わっていないんだ。警視庁《カイシャ》の刑事部長にも上げていないネタを書かれたら、俺は本当にこれだ」

田名部は自分の首元で手刀を切る。

「それに、殺しの調べが優先される。ウチのネタが完全に固まるのはまだ先になる。感づいているのはおまえだけだ。焦るなよ」

「他社が動いている気配があれば、すぐに書きますからね」

「そのときは長年の腐れ縁を断ち切るときだ。絶交だ」

田名部が珍しく相好を崩す。宮沢は顎《あご》を引き、もう一歩田名部の前に進み出る。

「早坂さんの無念、絶対に晴らしてくださいよ」

「分かってる。抜かりはない」

田名部は短く言うと、宮沢の肩を叩いて会議室を後にした。

6

午後十時近くになり、ようやく三村が仙台中央署に現れた。田名部は付き添いの弁護士にロビーで待機するよう指示したあと、三村の背中を押しながら階段を登った。

「こんな遅い時間からの取り調べはありですか?」

ブリーフケースを携えた三村が露骨に不快な声を上げる。

「まぁ、悪く思わんでくれ」

田名部はわざと抑揚を排した声で応じる。

「弁護士の追加料金もばかになりませんからね」

「減らず口を叩けるのも今のうちだ」

田名部が言うと、階段の途中で三村が歩みを止める。

「どういう意味です?」

「いいから歩け」

田名部は左手に力を込め、三村の背中を押す。三村が渋々歩みを再開する。階段を登り切り、廊下を進む。以前と同じ会議室兼取調室だ。田名部がドアを押し開けると、門間が机の前で仁王立ちしている。

「なぜ、また一課の刑事さんが?」

三村が眉根を寄せる。田名部は無言のまま、三村の背中を押す。

「そこに座って」

門間がぶっきらぼうな口調で三村に指示する。怪訝《けげん》な表情で三村がパイプ椅子に腰を下ろす。

「二課が調べている贈賄に関しては、スタッフに加えて弁護士とも協議中です。近々、上申書を提出する予定です。行き過ぎた行為に走ったスタッフは厳重に処分し、あとは警察の判断に委《ゆだ》ねます」

不貞腐《ふてくさ》れた様子で、三村が覚えてきたであろう台詞《せりふ》を棒読みする。

「殊勝な心がけだ。だが、今回の用件は別だ。あとは頼む」

田名部が門間に視線を向ける。三村が眉根を寄せ、田名部を見る。

「一課の刑事さんが担当するということは、まだ言いがかりを続けるわけですね?」

「おまえが判断することじゃない」

田名部は言葉の一つひとつに力を込める。席に着いた三村が敵意の籠《こも》った眼差《まなざ》しで見ている。

田名部が目で合図すると、門間が三村の真正面に座った。

「やっぱりおまえは嘘つきだ」

低い声でいきなり門間が切り出す。三村の眉間の皺が一段と深くなる。

「贈賄に関しては、素直に認めるつもりです。準備も進めています」

「だが、詐欺と殺人についてはどうなんだ？」

顔は紅潮しているが、門間の口調はあくまで冷静だ。荒ぶる感情を懸命に押し殺し、眼前の殺人犯を追い込む気概に満ちている。門間の暴発を恐れていたが、その心配はないと田名部は感じた。

溜息をつき、三村が口を開く。

「先ほども申し上げましたが、全く心当たりがありません」

そう言ったきり三村は口を真一文字に閉じる。容易には喋《しゃべ》らないという態度だ。田名部は書類ケースを持ち、記録係席を離れた。ファイルを取り出すと、田名部は無言で門間の前に置いた。

門間は「厳重保秘」と書かれた部分を掌《てのひら》で覆い隠すと、ページを繰る。

「千葉県船橋市の中堅バス会社、北関東トラベルから一五台、神奈川県川崎市の港北ツアーズからも二〇台の大型バスをチャーターしたな」

門間の言葉を聞いた瞬間、三村がまた机に肘《ひじ》をつき、両手で口元を覆う形を作る。やはり、口元を覆うのが三村の特徴だ。

三村の変化を見逃すまいと、田名部は強い視線を向け続けた。西澤の班が調べ上げた詐欺行為の端緒を告げられた三村は固く口を閉ざしている。捜査がどの程度の深さまで辿り着いているのか、推し量っている。

「チャーターした事実は認めるのか？」

「誘導尋問めいた問いに答えるわけにはいきません。弁護士にもそう指示されています」

三村が淡々と応じる。法学部で優秀な成績を修めただけあって、返答の一つひとつが合理的で隙《すき》がない。

門間がページを繰る。次のページには、リブート・ハウスがバス会社に偽造させた偽の運行計画と水増しされた請求書と領収書の写しがある。門間が虚偽に満ちた書類を一瞥し、口を開く。

「誘導尋問ではない。ここには詐欺行為を働いた証拠の一端がある。早めに容疑事実を認めたらどうだ？」

「詐欺であれば、そちらの田名部さんがご専門ですよね？」

口元を隠したまま、三村が答える。目線は田名部に向かっている。

「減らず口を叩くなと言っているだろう」

田名部は思い切り声のトーンを落として応じる。

「他にもトラックが三〇台分水増し請求されている。なぜこんなことをした？」

「震災発生直後から、私は仙台を拠点にあちこち飛び回っていました。ボランティアを乗せるバスや支援物資を積み込むトラックについて、運行計画の詳細を知る立場にはありませんでした」

三村が澱《よど》みなく答える。門間の両目が充血すると同時に、顔面もますます紅潮する。

「あくまでも言い逃れするわけだな」

奥歯を嚙《か》み締めているのだろう。門間は口をほとんど開かずに告げる。

「あやふやなことを話して、自供したと言われても困りますからね」

小馬鹿にしたような口調で三村が言うと、門間の肩が強張る。田名部は椅子から腰を浮かす。

ここで暴発したら元も子もない。

「バスやトラックで動かした人員や物資はほんの一部だ。世界的な企業や支援団体に水増しした請求書と領収書を提出し、浮いた分をリブート・ハウスの運営費に充てた」

門間がゆっくりと容疑事実を語る。だが、三村はほとんど動かない。

「水増し請求だけだったら、まだかわいいもんだ」

門間が唾《つば》を飲み込む。一方、三村は同じ体勢のまま門間を睨み返す。

「県庁の早坂氏が不正に気付き、是正を求めてきた。違うか？」

奥歯を噛み締めながら、門間が訊く。歯ぎしりが田名部の耳にも聞こえそうだった。

「早坂さんは一八年前、阪神淡路大震災の復興作業のために兵庫県庁に一時出向した。ボランティアで現地に入っていたおまえとは、そこで接点ができた」

門間は、兵庫県警の名入り封筒から、兵庫県庁の古い資料を取り出した。阪神淡路大震災後に支援活動を展開したボランティア団体と個人のリストがある。門間は古い写真と名簿を指す。笑顔の三村の写真と名前が県庁の広報誌に載っている。

門間は早坂と三村の過去を炙り出した。とぼける被疑者に対し、ぐうの音も言わせない〝突きネタ〟を持ち出した。だが、門間の対面にいる三村が動じる気配は見えない。

「たしかに阪神淡路大震災後にボランティア活動を始めました。ただ、そこで早坂さんと会ったというのはこじつけです。刑事さんが思い描く都合の良いシナリオに沿ってお話しするわけにはいきません」

三村が淡々と答えた直後だった。椅子から立ち上がった門間が三村の口の前にある手を思い切り払い除《の》ける。

「取調官に対して、なんだその態度は！」

三村は大きく目を見開いたまま、固まっている。田名部と同様、門間も三村の手の動きに注目していたのだ。

口元に表れる弱点を隠すため、自らが舞台監督を務め、三村尚樹という役者に演技指導していた。依然として三村は目を見開き、半ば呆然《ぼうぜん》としている。門間が田名部に視線を向ける。荒っぽいやり方だが、間違ってはいない。態度を正しただけであり、供述を強要したことにはならない。

田名部が頷き返し、追い込みをかけるよう目で合図する。

「訊かれたことに対しては、真摯《しんし》に対応してほしい」

門間が普段通りの口調に戻って言う。

「刑事さんの用意したシナリオに沿って供述するつもりはありません」

驚きを隠せずにいたはずの三村が、平然と言ってのける。田名部が視線を向けると、口元に薄ら笑いを浮かべている。三村が田名部の顔を睨んだ。

「なにか、勘違いされていたのではないですか？」

三村の唇の左端が切れ上がる。得意気な表情だ。

「ＮＰＯを作る前から、小劇団の主宰者もやっております」

田名部の意図を全《すべ》て察したような口ぶりだった。三村は薄ら笑いを浮かべる。

「刑事ドラマに長く携わっていると、色々と勉強するんですよ。警視庁ＯＢが脚本や演技を監修してくれます。取り調べの極意も勉強させていただいたのです」

やられた。すべて見透かされていた。

田名部は机の足を蹴《け》り上げたい衝動をなんとか抑え込む。咳払《せきばら》いした門間が改めて三村に向かい、口を開きかける。このまま続ければ、三村の術中にはまる。田名部は慌てて門間を制した。

「三〇分ほど休憩しよう」

田名部の言葉に、三村が素直に頷く。

「どうぞ。こちらも不当な取り調べについて、弁護士に報告します」

三村が席を立ち、会議室のドアに向かった。門間がなにか言いたそうな目で訴えかける。田名部が無言で頭を振ると、背広の中でスマフォが震え始めた。

7

午後十時半近くになり、宮沢はしびれを切らせた。

早坂殺しに関して新たな重要参考人の存在が浮かんだと触れた原稿のほか、三村が全面自供したときに備え、容疑者逮捕の本記も用意した。このほか、俳優やボランティアとしての活動履歴を記した別原稿の準備も終えた。

まだ全国版の社会面、あるいは一面に載せる時間はある。

しかし、最終的な確認作業や社内の出稿時間の調整を考えると、タイミングはぎりぎりだ。連絡を入れると言ったものの、田名部はあくまで警察の仕事を優先する。新聞の締め切り時間など知っているはずもない。宮沢はスマフォの通話ボタンを押した。呼び出し音が一〇回以上鳴り続ける。溜息をつき、諦《あきら》めかけたときだった。

〈なんだ?〉

思い切り不機嫌な声が宮沢の耳殻を刺激する。あれほど自信たっぷりで三村と対峙《たいじ》すると意気込んでいた田名部の声が沈んでいる。宮沢の予想は真逆の方向に転んだ。

「タンブラーのトリックをぶつけたのですか?」

〈うるさい。取り調べの段取りまで教えてやると言ったつもりはない〉

電話越しの田名部の声は、無数の棘《とげ》が生えた剣山のようだ。電話を押し当てた左耳が鋭い痛みに襲われる。

「取り調べが難航しているのですか？」

宮沢は思い切って訊く。電話口で田名部が黙り込む。

「なにがあったんです？　こんなことを書くつもりはありませんから、教えてください」

〈……役者が一枚上手だった〉

「どういう意味です」

〈取り調べの筋書きを悟られている。奴のクセを読みとろうとしたが、完全にウラをかかれた〉

次第に田名部の声が萎《しお》れていく。田名部の部下には知能犯を専門に追ってきた真藤というベテランがいる。キャリアという立場であれ、田名部は現場の意見を尊重し、信頼を得てきた男だ。取り調べ時のスキルは真藤や他の叩き上げノンキャリア捜査員から仕入れているはずだ。その田名部が落胆している。

〈ちくしょう、役者が上手だった〉

うわ言のように田名部が呟く。宮沢の意識の中で、〈役者が上〉というひと言が引っかかる。田名部が言う通り、三村は役者だ。しかも観客との距離が近く、極度の緊張を強いられる小劇場の舞台が主戦場だった強者《つわもの》でもある。

田名部の気落ちした声が続いた。田名部と門間の取り調べに対し、三村は刑事ドラマで得た元警官による助言をフル動員させ、手の内を読み切っていたのだという。すなわち、演技していたわけだ。文字通りの役者というしかない。

〈今晩は一旦《いったん》帰して、仕切り直しするかもしれない〉

電話口で弱気の声音が響く。

「ちょっと待ってください。時間を与えたら、もっと準備されますよ」

〈そんなこたぁ分かってるよ！〉

電話口で田名部が怒鳴る。捜査全体の俯瞰図《ふかんず》を描き、現場捜査員を巧みに動かす指揮官が初めて宮沢に見せる動揺だった。

手元のパソコン画面に目をやる。朝刊用の予定稿ファイルが見える。今、電話をかけたのは、記者の都合を優先させた結果だ。だが、電話口では、東北で自分を再生させてくれた田名部が混乱の極みにいる。宮沢はパソコンを閉じた。盟友を助け、かつ尊敬の対象でもあった早坂の弔いに全力を傾けるべきときだ。

「なんとか知恵を絞ります。二分後にかけ直します」

宮沢は一方的に通話を断ち切った。自分でも驚く行動だった。田名部を助ける。そして早坂の無念を晴らすという気持ちだけが動いた。

がらんとした編集局の遊軍席で、宮沢は腕組みする。どうやれば三村から主導権を奪うことができるか。

〈役者が上手だった〉

田名部が吐いた言葉が再度頭蓋《ずがい》に響く。三村は、筋書きを自在に操り、キャラクターを瞬時に変えることができる文字通りの役者だ。

役者。田名部の声を聞いて以降、なんどもこの単語が意識の中を駆け巡る。

「そうだ」

突然、宮沢の意識の中で下北沢の古びた居酒屋の光景が蘇る。若い役者・村田が突然立ち上がり、二分間も舞台劇の長台詞を叫んだシーンだ。

村田は少しずつキャリアを積み上げ、最近はドラマの脇役として頻繁にテレビにも出演するようになった。役者のスキルを知り尽くしている人間ならば、弱点も知っているのではないか。宮沢はスマフォの連絡先リストから村田の携帯番号を見つける。通話ボタンを押すと、二コール目でつながる。

「大和新聞の宮沢ですけど、ご無沙汰《ぶさた》してます」

〈あぁ、どうも。どうしました?〉

村田は居酒屋にでもいるようだ。電話の周囲が騒がしい。

「いきなりで悪いけど、ちょっと知恵を貸してほしいんだ」

〈いいっすよ。ただし、今度舞台があるんで、文化面で取材してもらえないっすか?〉

おどけた口調で村田が言う。

「お易《やす》い御用だ。それでね……」

宮沢は、かつての下北沢の居酒屋での出来事に触れる。また、村田が四六時中台本を手元に置いていたことも覚えていると話した。

「大ベテランの俳優さん、とくに舞台経験の長い人なんかはどうしてるの?」

〈人によってやり方は色々ですよ。ＩＣレコーダーを使う人もいれば、家族にビデオで自分を録画してもらって徹底的に暗記する先輩もいます〉

通話しながら、宮沢は懸命に考える。どこかに三村の弱点があるはずだ。

「村田君って、台詞覚えがいいほうだよね?」

〈舞台出身ですからね。モデル上がりとかチャラチャラしたタレントとは違います〉

通りの良い声で村田が答える。声の張りとは別に、村田が役者という部分に力を込めた。三村も舞台出身だ。この辺りにヒントが隠れているのではないか。

「村田君は台詞を忘れちゃったり、突然思い出せなくなるようなことってあるのかな？」

〈そりゃ人間ですから、年に数回はやらかしますよ〉

「そんなとき、どうなる？」

〈頭が真っ白になりますね。リハーサルのときだったら近くに台本置いてあるのでなんとかなりますが、これが舞台の本番だったりすると、死にたくなるくらい苦しいです〉

「そうか……」

〈僕は台本を肌身離さないタイプですからね〉

少しずつ答えに近づく感触がある。宮沢は再度訊く。

「舞台出身だと三村尚樹さんとかいるじゃない。彼は小劇場で長台詞言うらしいけど、どうやっているか知ってる？」

〈彼の台詞覚えの凄《すさ》まじさは有名ですよ。でもね、案外泥臭いことやっているんです。俺、共演した舞台で見たことあります。それに、彼のマネージャーがポカをやったときは、彼半狂乱になりましたよ〉

村田がすらすらと話を続ける。〈泥臭いこと〉のあとで、村田が思いがけないことを告げた。

「それはいつもの事なの？」

〈彼の劇団メンバーからも聞きましたよ。役者は自分のやり方絶対に変えませんから〉

村田の言う泥臭いやり方を逆につけば、十分に反撃の糸口になり得る。

「ありがとう。文化部の同期には必ず連絡しておくから」

宮沢は再度スマフォを摑み、田名部の番号をリダイヤルする。

〈なんだ?〉

素早く出た割には、依然として沈んだ声が耳元で響く。

「弱点がありました」

〈どういうことだ?〉

宮沢はメモ帳に書き込んだ三村独特の泥臭い方法を教えた。電話口で田名部が黙り込む。

「田名部さん、聞いてますか?」

〈あぁ、聞いている。本当なんだろうな?〉

「信頼できる人間からネタを取りました。使うかどうかは、田名部さん次第です」

〈……分かった〉

低い声で応じたあと、田名部は電話を切った。

8

「三村を部屋に戻してくれ」

電話を切ったあと、田名部は刑事課の応接セットでうなだれる門間に促した。門間が不安げな顔で見上げている。田名部は若手捜査員のデスクに歩み寄った。断わった上で、机の上に置かれた小さな物体を拝借する。背後から門間が近寄る。

「決め手がありましたか?」

「分からん……だが、賭《か》けてみる価値はある」

振り返ると、門間が先を聞き出そうと口を開きかける。だが、田名部は刑事課を出て、同じフロアの会議室兼取調室に進んだ。背後で階段を駆け下りる門間の足音が響く。

宮沢がマジックミラー越しに見たものは、自分の視界にも入っていた。だが、果たしてあんなものが三村の固い壁を打ち砕く切り札になるのか。

門間の不安げな顔が頭をよぎる。今晩三村を帰してしまえば、犯罪行為をガードする壁は分厚く、一層高くなる。勝負をかけるのは今しかない。

大股《おおまた》で廊下を歩いたせいか、あっという間に会議室の前に辿り着いた。自らを奮い立たせるため、田名部は両手で頰《ほお》を張った。

ドアを勢いよく押し開ける。先ほどまで三村と対峙していた戦場が眼前に迫る。

「いつまでかかりますか?」

背後で三村の乾いた声が聞こえる。

「そんなに時間は取らせない」

自分でも驚くほど大きな声が出た。小馬鹿にしたように、三村が小首を傾げている。

「座れ」

また大きな声が出た。三村が机の反対側に回り、革製のブリーフケースを足元に置く。

「先ほどの続きだ」

「なにを訊かれても、答えは同じですよ」

席に着くなり、三村は机に両肘をつき、口元を隠す仕草をしてみせる。田名部が顔をしかめると、腕組みを解き、両手を机に置く。

「そうでしょ？」

三村は余裕を見せる。口元が醜く歪む。挑発されているのは分かっている。全身の血流がこめかみの血管に集まっていく。気付かれぬよう呼吸を整えると、田名部は椅子に座り、三村を見据える。

「贈賄に関しては、後に提出される上申書を待つことにする」

「だから、先ほどと同じですよ。堂々巡りです」

突き放すような言いぶりだ。記録係席に座る門間の苛立ちが伝わってくる。

「先ほど門間警部補が触れたように、チャーターしたバスやトラックの大半は水増しされたものだった。加えて、バスの中には、リブート・ハウスの支援した低所得者、あるいはホームレスも乗っていた。事実と違うところはあるか？」

田名部は一気に告げる。三村は小首を傾げ、薄ら笑いを浮かべたままなにも言わない。

「ホームレスをバスに乗せ、被災直後の沿岸の避難所に送り込み、義捐金を詐取した。我々は既に五名程度の人物を特定しており、彼らの行方を追っている。所在が分かれば身柄を拘束し、詳しい話を訊く。ＮＰＯ法人とおまえが無傷でいられるはずはない」

「それは警察の想像ですか？」

三村の右手が、小刻みに机の上でリズムを刻む。だが、もう騙されない。この仕草も演技のうちだ。

「まぁ、いいだろう。ところで、どのタイミングで早坂氏に気付かれた？　バスやトラックの水増しか？　それとも義捐金詐欺の段階なのか？」

「弁護士を呼んでください。これ以上、警察の横暴に付き合うわけにはいかない」

机を打っていた三村の指の動きが止まる。同時に、三村の瞳の奥が鈍い光を発する。今だ。潮目を変えるタイミングはここからだ。相手が突き押しに出てきた。体をかわし、相手の懐深くに飛び込め。田名部は秘かに自らを叱咤《しった》する。

「門間警部補《シュニン》、こいつの体を押さえろ」

自分の頭頂部を鋭い声が貫いたのが分かった。雷に打たれたように三村が体を硬直させる。門間を見やると、戸惑いの表情が現れている。

「早く押さえろ」

田名部の怒声に、門間が三村の背後に回る。次の瞬間、門間が両手で三村の肩をがっしりと摑《つか》む。

「動くな」

田名部は短く告げ、席を立つ。三村の真横に進み出ると、足元のブリーフケースを取り上げ、定位置に戻った。

「中身を見せてもらう」

田名部は革製の鞄《かばん》を机の上で逆さまにする。たちまち、数冊の台本やパンフレット、筆入れが机の上に散らばった。開いた台本には、びっしりと手書きの文字が見える。宮沢が言った通りだ。

我に返ったように三村が叫ぶ。

「勝手になにするんだ！」

「黙れ！」

もう一度、頭頂部を鋭い声が突き抜ける。映画や舞台の台本が四冊、そしてリブート・ハウスのパンフレットが見える。パンフレットを退《ど》けると、真新しい大学ノートが姿を現した。薄オレンジの表紙を手に取った途端、三村が目を剝く。

「やめろ！」

「うるさい！」

田名部が一喝すると、三村が体をよじる。ほぼ同時に、門間がきつく三村の肩を絞る。田名部は表紙をめくった。ページの上に、台本と同じように、鉛筆で書かれた小さな文字がびっしりと罫線《けいせん》の中にある。

目を凝らす。ページの上に〈対取り調べメモ〉の記述がある。

「ベテラン俳優さんは、随分と泥臭いことをやるんだな」

田名部はびっしりと取り調べへの対策が綴《つづ》られたメモを三村に向ける。

「私物だ。触るな！」

三村の口元から不敵な笑みが消え失《う》せた。同時に左の頰がぴくぴくと痙攣《けいれん》し始める。これが三村本来の顔だ。肩口を押さえている門間も異変を察知し、腕に込める力を一段と強める。

「暴力だ」

「大人しくしろ！」

会議室に怒声が響き渡る。三村の頰の痙攣が酷くなる。田名部はこの日初めて口元に笑みが浮かんだのを感じた。背広のポケットをまさぐると、田名部は先ほど若い捜査員の机から調達した物を取り出し、三村に見せつけた。

「対等に話をしようじゃないか」

三村に啖呵を切ると、田名部はノートを机に置いた。次いで、ポケットから取り出した消しゴムで最初のページを力一杯擦《こす》る。

「やめろ！」

三村が奇声を発する。

「なんてことするんだ！　器物破損だ」

三村の顔がみるみるうちに歪んでいく。だが、田名部は構わず消しゴムを力一杯ノートに擦り付ける。最初のページの文字がほとんど消えると、田名部は次のページに消しゴムを走らせる。

「頼む、やめてくれ」

次第に三村の声が萎《しぼ》んでいく。だが、田名部は一心不乱に消しゴムをノートに押しつける。

「頼むよ……お願いします。ノートがなきゃ、俺はだめなんだ」

田名部が四ページ目を消したとき、三村が涙声を出した。

顔を上げると、頰の痙攣のピッチが上がっている。同時に、三村は涙を流している。視線は天井や机の上をなんども行き来する。門間に視線を向ける。先ほどまで三村を押さえ込んでいた門間は、既に手を離していた。

「まだだ」

田名部は三村の懇願を振り切り、六ページ目も消した。

「……もうやめてください」

消え入りそうな声で言ったあと、三村はノートの上に突っ伏した。

「あんたは、台本を徹底的にノートに書き写して台詞を覚えるそうだな。ノートや書き込みをした台本がないと、情緒不安定になることも聞いた」

「……だから、もうやめてくれ」

「だめだ。ノート一冊分、綺麗《きれい》さっぱり消してやる。以前、マネージャーが誤って楽屋でノートを取り違えたとき、あんたは半狂乱になって映画の撮影が半日ストップしたっていうじゃないか。

性格俳優だかなんだかしらんが、案外もろいもんだ」

三村に強い視線を送りながら、田名部は消しゴムを動かし続けた。三村の顔面の痙攣のピッチが一段と速まったことを確認すると、田名部は門間に顔を向けた。

「おたくの一課長を呼んでくれ」

田名部の言葉を聞いた直後、門間が会議室から全速力で出ていった。

9

午後十一時半を過ぎると、ストップウォッチを握る県警本部鑑識課の大平巡査部長が口を開いた。大平の横では、口を真一文字に結んだ県警捜査一課長が三村を睨み続ける。

「水を注いでから一五分経過しました。室温は犯行当日の東松島市と同じ一三度に設定してあります。公判時にはより詳細な実験データを提出します」

田名部は机の上に置かれた二つのタンブラーを凝視する。右側には、東松島の集会所から緊急で取り寄せたステンレス製、左にはチタン製がある。宮沢が実演したときと同様、結果は如実に現れた。

右側のタンブラーの表面には、びっしりと水滴が付着し、底面には水によって輪ができている。中にいれた氷も大半が溶け出した。

一方、チタン製タンブラーに異変は生じていない。表面の結露もなければ、底面には水滴による輪もできていない。目視している段階だが、内部の氷は角すら取れていない。

「チタン製タンブラーは二層構造になっています。一見するとステンレス製と同じように一枚の板をプレスしただけに見えますが、中身は全くの別物です」

クリップボードに水温のデータを記しながら、大平が説明を続ける。

「極薄のチタンを二枚使ってタンブラーの中に薄さ〇・五ミリの真空層を作ります。この層により、抜群の保温効果が生まれます。温かい飲み物は冷めにくく、ビールや水割りが温《ぬる》くなることもありません」

「新潟の燕市の企業だったな？」

田名部が訊くと、大平が頷く。

「元々卓上魔法瓶やポットを作っていた企業です。金属を真空加工する特殊なスキルがこのタンブラーを生み出しました」

大平の説明を聞くと、田名部は三村に顔を向ける。

「この会社で就労支援の研修をやっていたんだな？」

田名部はリブート・ハウスのパンフレットを開き、三村が旋盤機の前にいる写真を指す。脱力し切った三村が小さく頷く。

「研修を通じ、この特殊なタンブラーの構造を知り、早坂氏殺害に悪用した。間違いないか？」

田名部は大平から死体検案書を受け取り、机に置く。

「シアン化ナトリウム入りのチェリーを凍らせ、チタン製タンブラーに入れた。そして自らドリンクを飲んだ。一方、早坂さんはステンレス製を使い、死に至らせた。殺されるかもしれないと早坂さんは警戒していたはずだ。彼を安心させるため、同じ氷を使ってドリンクを作って飲んでみせた。そうだな？」

「……その通りです。ジンとベルモットで色の濃いカクテルを作りました。事前に十回ほど、実験しました」

「なぜ殺した？」

田名部は抑揚を排した声で訊く。

「邪魔だったからです……」

消え入りそうな声で三村が答えた。田名部はさらに追及する。

「シアン化ナトリウムの入手経路は？」

「……スタッフの高倉は、元々ワーキングプアの若者でした。リブートで再起し、一時期大田区の小さな鍍金《めっき》工場で働いていました……」

「その工場に潜り込ませて、持ってこさせたわけか？」

門間が三村に顔を近づけ、鋭い口調で尋ねる。

「どんな方法を使ったかは分かりませんが、高倉は青酸ソーダを調達してきました……彼自身も、リブートのスタッフとしてキャリアをつけていましたから、早坂さんに邪魔されるわけにはいかない、そう言っていました」

田名部は門間に目を向けた。門間が納得したように頷いた。

「……昔、バーテンをやっていたころボトルアクションを体得しました。震災後、あちこちの仮設住宅で慰問活動をやる中で、このスキルも動員しました。お年寄りや、若い人にも喜んでもらいました」

俯《うつむ》いたまま、三村が言った。

「そんなスキルが、殺しに活きたわけか。だから、いつもカクテルを作れるようにクーラーボックスを持参していた。それなら早坂さんにも不審がられないからな」

田名部はきつい口調で言った。

三村は精緻な見取り図、いやシナリオを描き、自ら演じてみせた。小劇場やテレビの中ならば、毒入り飲料を飲んだ相手は息を吹き返す。所詮《しょせん》、作り物だ。しかし、目の前にいる三村は、ドラマを現実に置き換えてしまった。早坂は苦しみ抜いて息絶えた。

「決して許されることじゃない」

田名部が吐いた言葉に、三村が弱々しく反応する。

「彼は震災に関する手記を書いていました。その中で、私が被災地でどのようなことをしていたのか……彼は沿岸各地を飛び回っていましたから、詳細なデータを持っていました」

「義捐金詐欺についてもだな?」

田名部の問いかけに、三村が頷いた。

「義捐金を詐取した分は速やかに返納する。だから見逃してほしい。そう頼み込みました。ただ、彼は聞く耳を持たなかった……」

「それが殺意につながった?」

「……そうです」

三村が完落ちした。依然として頬の痙攣はやまない。もはや嘘はついていない。田名部がそう直感したとき、県警の捜査一課長が無言で部屋を後にした。逮捕状請求のため、部下を総動員させるのだ。

「なぜ早坂氏はおまえの申し出を聞き入れなかった?」

「……おそらく、私が阪神大震災の頃の志を見失っていたからだと思います」

早坂が一八年前、兵庫県庁に震災対応のために臨時出向していた事実をつかんだ門間が頷いた。

「宮城県庁から兵庫県に出向した早坂さんとは、神戸市長田区の避難所で出会いました。当時私は売れない役者で、劇団員の仲間の実家が全壊したので、支援に行きました……」

俯いたまま、消え入りそうな声で三村が話し始めた。田名部はきつい視線を投げかけ、次の言葉を待った。

「……神戸では、人に感謝されたことを素直に喜びました。こんな自分でも必要とされているんだって分かったんです。あのときがボランティア活動の原点でした」

「真摯に活動していたおまえを、早坂さんは見ていたわけだな」

「……県庁職員用の施設で休息をとらせてくれたり、食事も分けてもらいました。その後、私が徐々に売れ始めてからも、彼は定期的に連絡をくれました」

三村の声が一段と小さくなった。

田名部自身は早坂に会ったことはないが、捜査期間中に聞いた温かみのある人物像と重なる話だ。三村はもう嘘を言っていない。

「どの時点で早坂さんがおまえの悪事に気付いたんだ？」

「……詳細は分かりません。しかし、彼と最後に会う十日前、仙台の事務所にバスの運行状況の資料を携えた早坂さんが飛び込んできたと高倉から聞きました。なんでも、宮城県内の自治体からバスの数が合わないという報告を受けたとかで」

沿岸各地をくまなく回っていた早坂は、小さな訴えに敏感に反応し、自らが不正の根源を突き止めた。

なぜもっと早く自分に告発してくれなかったのか。田名部は唇を噛み締めた。詳細な調べを警察に任せてくれれば、命を落とすことなどなかったのだ。

だが同時に、別の思いが田名部の胸の中に湧き上がる。早坂は、三村のことを気遣ったのではないか。自分自身で三村を説得し、不正から手を引かせ自首するよう試みていたのかもしれない。

田名部は大きく息を吸い込んだのち、口を開いた。

「事件当日、東松島で早坂さんとどんな話をした?」

「……スケジュールの関係で、東松島でしか会う時間が取れないと言ったのは私です。あのとき、まさか本当に殺すことになるなんて思ってもみませんでした」

「だが、おまえは青酸入りのチェリーを用意した。立派な殺意があった」

田名部が語気を強めると、三村がなんども頭を振った。

「出来れば……出来れば使いたくなかったんです。本当です。私は徐々に不正を止《や》めると言いました。回り出した歯車をいきなり止めるわけにはいかない、でも、必ず不正から手を引くと言ったのですが……」

「早坂氏は聞き入れなかった?」

田名部の言葉に三村が小さく頷いた。

「徐々に手を引くと言ったあと、早坂さんが激高しました。〝支援は組織の規模じゃない、魂を込めた助けたいって気持ちだ。カネを抜く以前の問題として、おまえは支援の本質を忘れた。絶対に許さない〟と言われました」

三村が棒読み状態で告げた。演技がかっていないだけに、逆に本当の早坂の言葉が伝わった気がした。魂を込めた気持ち。早坂が言い放った言葉の根っ子の部分を、眼前の三村は最後まで理解できなかった。だからこそ、排除という最終手段に出た。

大きく息を吐き出した田名部は、事件の本質に切り込んだ。

「なぜ義捐金詐欺に手を染めた?」

「NPOをもっと大きくしようと考えたからです。信州の高原だけでなく、富士山麓《さんろく》にも新たな宿泊研修施設を作る予定でした」

「手っ取り早くカネを引っぱろうとしたわけか。おまえ、沿岸の被害の酷さを知っているよな」

田名部は身を乗り出す。岩手県警の堀合巡査部長と巡ったリアス式海岸の風景が頭の中で渦巻く。

入り江の深さや湾の形によって被害の度合いが違った。二年という年月が経過しても、未だに瓦礫《がれき》処理が進んでいない地域が多い。身内や友人を亡くした海を見ながら生活を続ける住民がいる。岩手の沿岸で、カーナビに現れた商店の名前と更地になった土地の画像が鮮明に蘇る。

「被災した地元民のことをどう思っている?」

沿岸で出会った人々の顔が次々に頭に浮かぶ。山田町の駅前にいたタクシー運転手、仮設住宅で早坂の死を悼んだ老女、釜石の書店で写真集を手に涙を流した女性……。

「……すみませんでした」

「謝って済む問題かよ!」

田名部は思い切り机を叩く。肩をすぼめ、下を向いた三村は憔悴《しょうすい》し切っている。だが、本当に反省しているのかは分からない。

「東北に無関心な連中は山ほどいる。そんな連中は放《ほう》っておけばいい。だがな、おまえは傷ついた地元民を悪用したんだ。どう思っているんだ?」

「……悪いと思っています。本当です」

三村が顔を上げる。瞳が真っ赤に充血している。演技なのか、本気で謝っているのか。完落ちした以上、ここから三村をさらに追及する必要はない。だが、涙が本物なのか、田名部はどうしても確かめたい。震災直後から救命活動に従事した後輩や、娘と孫を心配した真藤警部の顔が頭に浮かぶ。

「今も、夢を見るんです……」

三村がぽつりと言う。

「なんだって?」

「夢です……震災後四日目に仙台市の荒浜地区に行きました。被害実態を視察中に収容待ちの遺体を何体も目にしました……」

三村が両手で喉元を掻《か》きむしり始める。次第に首もとが真っ赤に変色する。

「……こんな感じで亡くなっていた女性がいました。きっと波にのまれ、溺死《できし》されたのでしょう。苦しかったのでしょう……」

三村はそう言ったきり、嗚咽《おえつ》を漏らし始めた。

だが、三村は苦しみ抜いて亡くなった遺体を目にしても、なお、カネ集めに邁進《まいしん》した。三村本来の気持ちを、善意の人という虚像が大きな口を開けて飲み込んだのだ。

「これから上申書を書いてもらう」

三村が小さく頷いたとき、取調室の扉が開き、西澤警部補が現れた。西澤は田名部の脇に駆け寄り、見当たり捜査班の情報を入れた。

「先ほど、三知《ウチ》のメンバーが新宿駅で鰐淵の身柄を押さえました。現在、新宿署で事情を訊いています」

「分かった。他の共犯も早急に身柄確保を」

そう返答したあと、田名部はもう一度三村を見据えた。

「詐欺の共犯はこれから芋づる式に検挙する。今のうちに全部話せ」

田名部の声に、三村が真っ赤な目で返答した。

「もう苦しまなくて済む。あとは謝罪を続けろ」

田名部は肩を震わせる男に言い残すと、席を立った。

10

田名部に反撃のアイディアを授けた翌日、宮沢は午前七時半から開かれた宮城県警の緊急会見に臨んだ。

三〇分間の会見中、県警捜査一課長にはどのような経緯で三村の存在が浮かんだのかに質問が集中した。県警側は、当初真鍋という別の人物を追っていた失点を覆い隠すように、避難所を舞台にした義捐金詐欺が横行していたと力説し、巧《たく》みに論点をずらした。

会見には仙台中の新聞、テレビの記者やクルーだけでなく、東京から情報番組のリポーターや週刊誌の記者までもが集まった。

早坂殺しの真犯人が三村尚樹という俳優であり、震災時にボランティア活動を熱心に行っていた著名人だったからに他ならない。

五分前に会見が終了した。大方の記者やリポーターが一課長にブラ下がり、会見場を後にした。

「同着とは惜しいことをしたな」

宮沢の隣席で会見を聞いていた社会部のデスクが舌打ちする。

「まぁ、良しとしましょう」

宮沢は手元のメモ帳に目線を落としたまま答える。

昨夜、日付が変わる直前に田名部から連絡が入った。宮沢が東京本社の宿直デスクと連絡を取り合い、県警が逮捕状を請求したという事実をネット版の速報として短くまとめ、配信した。同時刻、地元ブロック紙の河北日報もネット版で速報を流し、宮沢のスクープは幻となった。早坂の高校の後輩だという一課長が、地元紙に情報を提供したとみるのが妥当だ。

「今度は完全な抜きをやろうな」

ノートとICレコーダーをバッグに放り込み、社会部デスクが席を立つ。背後にずらりと並んでいたテレビ局のクルーも全員帰り支度を始めている。

スクープが消え、悔しくないと言ったら嘘になる。河北日報と比較すれば、宮沢が書いた本記と解説の方が、圧倒的に中身が濃かった。社会部デスクは、この点を本社の角田編集局長になんども電話で強調していた。

取材ノートとペンをショルダーバッグに放り込む。会見本記は県警担当の中堅記者が書き、解説と雑観は若手記者たちが分担して書くよう社会部デスクが差配した。宮沢はメモを提供したあと、今後被災地を食い物にした詐欺事件の背景を抉《えぐ》る企画記事を担当することになった。

さっさと総局に引き揚げ、第一回目の企画記事を書かねばならない。だが、なぜか足が動かない。宮沢がぼんやりと会見席を見つめていると、ポケットの中でスマフォが着メロを奏でる。液晶画面に電話の主の名が点滅する。宮沢は慌てて画面を押した。

「東京に戻らなくてもいいのですか？」

〈あと二、三日は残る。殺しの調べのあとで、義捐金詐欺の聴取をするからな〉

一睡もしていないはずだが、田名部の声には張りがある。

「そうですか」

宮沢はそっけなく答える。

〈河北日報と同着だったこと拗《す》ねてるのか？　あれは一課長のリークだ。俺にはどうしようもなかった。詐欺に関してはちゃんとネタを卸してやるから、腐るなよ〉

昨夜、萎れていたときとは別人のような声で田名部が言う。

「そうじゃないんです。まだ、一つだけ解けていない事があるんです」

〈三村は全面自供した。あとは殺しと詐欺、きっちりと詳細を調べるのみだ〉

「違います。早坂さんの口癖ですよ。『ゆっくり、焦らずにやればいい』という言葉がどうも引っかかっているんです。震災対策の陣頭指揮を執った人で、三村を告発しようとしていた人です。そんな人の言葉にしては、悠長な感じがしませんか？」

ずっと早坂の足取りを追ってきた。役人の枠を飛び出し、県境を越えて飛び回っていた早坂だからこそ、三村の悪事に気付いた。

東北を愛しているからこそ三村を許せなかった早坂だが、沿岸の人々に対しては、優しい態度で接し、一貫してぶれなかった。その姿勢を表しているのが「ゆっくり、焦らずにやればいい」という言葉だ。なぜ早坂がこの言葉をかけ続けたのか、真意が分からぬうちは企画記事が手につきそうにない。

〈おい、宮沢。起きてるか？〉

耳元で田名部の声が響く。生返事を返すと、田名部が言葉を継ぐ。

〈いま、俺の横に鑑識の大平氏がいる。おまえに礼がしたいそうだ。例の会議室に来られるか？〉

「礼なんかいらないって伝えてください。そんなつもりでタンブラーのトリックに気付いたわけじゃありませんから」

〈そうじゃない。新しい発見があったからおまえに知らせたいそうだ〉

「……分かりました」

気乗りしないが、大平の言う新しい発見というキーワードは気にかかる。電話を切ると、宮沢は会議室に向かった。

11

会議室の扉を押し開けると、田名部と門間、そして青い鑑識服を着た大平が宮沢を待ち受けていた。

「待ってたぞ」

田名部が会議室中央に置かれた机を指す。

「なんだか取り調べ受けるみたいですね。誰か監視しているんですか?」

パイプ椅子に腰掛けると、宮沢は壁に埋め込まれたマジックミラーを指す。

「バカ言うな。事件の最大の功労者にそんなことするわけないだろう」

苦笑しながら門間が言う。門間の横から、大平が進み出る。

「今回はお世話になりましたね。これ、宮沢さんだけにお見せします。もちろん、記事にしてもらっては困りますがね」

はにかんだ笑みを浮かべた大平が、大学ノートを机に置く。

「なんですか、これ?」

「被害者《マルガイ》の遺族が提供してくれたノートですよ」

「遺品ってことですか?」

宮沢が訊くと、大平が頷いた。

「遺された奥さんからの言伝《ことづて》だ。事件直後、取材陣が殺到した中で、大和新聞の若い女性記者が優しい心遣いをしてくれたそうだ」

「そうなんですか?」

「若い記者は、落ち着いたころ、きちんと話を聞かせてほしい旨のメッセージを名刺に書いてポストに入れた。宮沢記者の名前も添えてね」

大平がゆっくりとした口調で言った。

若い記者が荒れた現場に投入されると、闇雲に取材合戦に加わり、報道被害を生んでしまうことがある。事件が明るみになった直後、宮沢は後輩に名刺を使うテクニックを伝えた。自分でもよく使う方法だった。だが、そこに自らの名前が添えられていたとまでは想像していなかった。

「奥さんは、早坂さんからなんども宮沢記者の話を聞いていたそうだ。だから、これをわざわざ提供してくださった」

大平が目で先を読めと促した。どこにでもある薄青色のノートだ。宮沢が手を伸ばしかけて躊《ちゅう》躇《ちょ》していると、田名部が声をかける。

「鑑識マンがいいって言ってるんだ。開けてみろよ」

「では、見せていただきます」

宮沢は薄青色の表紙を凝視する。ノート下に③の手書きメモがある。表紙をめくると、河北日報の切り抜きが貼りつけてある。

震災発生から二週間後、東京から複数の閣僚が県庁を訪れたときの写真付きの記事だ。その横には〈物見遊山の政治家はいらない〉と早坂が記した殴り書きに近い文字があった。怒りが文字の形で表れている。

宮沢は顔を上げ、三人の捜査員を見る。門間が目線で続きを読めと指示する。次のページをめくると、宮城・岩手両県知事が首相官邸を訪れたときの大和新聞の記事がスクラップされている。横には〈当事者意識の違い、明確に〉のメモ。

宮沢は次々とページをめくる。震災に関して、気になった記事を残していたようだ。一〇枚ページを繰ったところで、宮沢は手を止める。

「これは……」

「おまえがウジウジ言っていた答えじゃないのか」

田名部がわざと渋面を作ってみせた。宮沢はもう一度、スクラップに見入る。

『被災者だから分かり合える言葉がある』

震災から一カ月経ったときの岩手新報の記事だった。阪神淡路大震災を経験し、地元の街を復興させた神戸の商店主たちが岩手沿岸を訪問したときの記事だ。

『今は生活再建で必死だと思いますが、復興は長い目で取り組まないと疲弊するばかり。ゆっくり、焦らずにやらないともちませんよ』

神戸の精肉店店主の言葉が記事にある。〈ゆっくり、焦らずにやらないともちませんよ〉の部分をピンク色の蛍光マーカーがなぞっている。

「俺たちは当事者じゃない。この気持ちは、早坂さんや神戸の人たちじゃないと共有できない。

なんど沿岸に足を運んでも、俺たちでは分かり得ない感情だ」

ノートを覗き込んだ田名部が告げる。宮沢も同感だった。同じ災禍を経験した人の言葉だからこそ、重みがある。早坂は直感的にこの言葉に感じ入ったのだ。

「おっしゃる通りですね」

宮沢はそう言ってノートを閉じる。

「まだ、終わりじゃないぜ」

洟《はな》をすすりながら、田名部が言う。宮沢が首を傾げると、田名部がノートを開く。

「先を見ろって」
二、三枚ページをめくる。
「あっ」

自分でも驚くほど大きな声が出た。宮沢は目の前のスクラップ記事に視線が釘付《くぎづ》けになる。

『届け、切実な声（ここで生きる／連載第一回　東北総局・宮沢賢一郎）』

眼前には、自分が書いた記事がある。震災発生から二週間後、宮沢が盛岡に出張したとき、釘付けとなった光景を記事にした内容だった。

JR盛岡駅を降りると、市街地側の出口にバスターミナルがある。あの日、宮沢は寒さに凍えながら、運行が再開されたばかりの県北バスの乗り場に向かった。盛岡や周辺町村に住む沿岸出身者が長い列を作っていた。バス乗り場の端に、先に沿岸入りしていたボランティアからの伝言板が設置されていた。

あの日、宮沢は伝言板に記されたメッセージを読み、しばし身動きができないほどショックを受けた。

辛《かろ》うじて、持参したニコンのデジタル一眼で伝言板を撮影した。

「下手くそだけど、いい写真だよな」

ノートを見ながら田名部が言う。宮沢は自分で撮った写真に見入る。

『〈宮古市、周辺町村からの物資の要望→乳児用オムツ、粉ミルク、レトルト食品、肌着……白菊、線香、できればロウソクも……〉』

盛岡に入ったときは、取材道具のほかに調達した食料品や肌着を特大のバックパックに詰めていた。必要とする人がいれば、すぐにでも配るつもりでいた。だが、菊の花や線香、ロウソクには全く思いが至らなかった。

伝言板のメッセージを通じ、沿岸の犠牲者の多さと惨状にようやく思いが及んだ。記者という仕事にあぐらをかいていなかったか。本当に取材する資格があるのか、宮沢は小一時間、バス乗り場で立ち尽くした。

「この気持ち、分かるよ」

門間が記事横の手書きメモを指す。

〈在京の大手新聞にも、共に震えてくれる記者がいた！〉

早坂がノートに遺した文字を見た瞬間、宮沢は掌で口元を押さえた。すると、大平が宮沢の肩を叩く。手元には、鑑識課の通し番号札が着いた古いタイプの携帯電話がある。

「早坂氏の端末だ。ファイルに入っていた写真の意味がわかったよ」

大平が手早く小さなキーボードを叩くと、液晶画面に宮沢の撮った写真が現れる。

「遺族に確かめた。震災関連の仕事で壁に打《ぶ》ち当たると、彼はこの写真を見て自分を奮い立たせていたそうだ」

門間の言葉を聞き、宮沢の頭の中に沿岸で取材した地元民たちの顔が駆け巡る。早坂が励まし続けた人たちの顔だ。

「まだ先は長いぞ。ずっと震えさせる記事書けよ」

宮沢の耳元で、田名部が言った。

エピローグ

五月初旬、宮沢は石巻漁港で旬《しゅん》の魚の水揚げ情報を取材したあと、万石浦近くの仮設住宅に向かった。

駐車場にプジョーを停《と》め、武山美帆に連絡を入れると集会所にいると知らされた。プレハブの小さな団地を通り抜け、集会所を目指す。

仮設住宅の周囲に小さな鉢植えの花が増え始めていた。学校や幼稚園から戻った子供たちが携帯型ゲームに興じ、コミック雑誌を回し読みしている。プレハブ造りという点を除けば、団地にはしっかりと生活のリズムが刻まれていると感じる。

集会所にたどり着くと、玄関先で武山が待ち受けていた。

「宮沢さん、早くはやく！」

武山が手招きする。小走りで玄関に入ると、スーツを着た三人の男が笑っている。

「ついさっき、正式契約が終わったところなのよ」

武山の声が弾んでいる。

集会所の中央に設置された簡易テーブルには、武山ら仮設住宅に住む女性たちが制作したウエットスーツ素材の小物が並んでいる。

「コインケースのほかにも、ポーチやバッグも新しく作ったの」

武山の背後にいたロングヘアの中年女性が笑みを浮かべ、説明する。

「契約の件、記事にしますけど、構いませんか？」

宮沢が告げると、ロングヘアの女性が満面の笑みで応じる。

「できましたら、ウチの名前も入れていただけるとありがたい」

会話を聞いていた恰幅《かっぷく》の良いスーツの男が豪快に笑う。名刺交換すると、神戸市三宮にある関西系大手百貨店の仕入れ部長の肩書きがある。

「数量はどのくらいですか？」

「当初はコインケースとポーチ合計で三〇〇〇個です」

宮沢は数字をメモする。すると武山が口を挟む。

「この人たち、人使い荒いんだから」

武山のひと言で、集会所にいたメンバー全員が笑う。

「石巻産のウエットスーツ素材の小物は大評判です。デザイン性、機能性が申し分ないから、売れるんです」

「助かります」

武山がなんども頭を下げる。

「変な意味じゃありません。本当に製品が良いから受けているんです。早坂さんは本当に良いネットワークをお持ちだった」

今まで快活に笑っていた仕入れ部長の声が一瞬だけ沈む。

「彼は本当に住民に腹を向けて仕事していましたから」

宮沢が応じると、集会場の面々が一斉に頷《うなず》いた。

「いけない。忘れてた」

突然、武山が素《す》っ頓狂《とんきょう》な声を上げた。

「どうしました？」

「取材のほかに、別の用事が入っていたんです」

「電話で追加取材させてもらいますから、どうぞ行ってください」

宮沢が言うと、武山の表情が曇った。

「なにか問題でも？」

「今朝、車で娘を送ったんですけど……ここに戻る途中で故障しちゃって。安い中古だから……。今、修理工場に入っているんです。それに、娘を保育園に迎えに行かないと」

「僕の車でよければ、送迎しますよ」

「本当ですか？」

武山の表情が一気に明るくなった。


仮設団地で借りたチャイルドシートを後部座席に取り付けた。保育園に回り、武山の娘を座らせた宮沢は、プジョーの幌《ほろ》を上げた。心地よい浜風が車内に入り込む。

「この子、車に乗るとすぐに寝ちゃうんです」

バックシートを見やった武山が言う。

「僕もぐずったら車に乗せられたクチです」

宮沢が答えると、武山がくすりと笑いながら言った。

「少し遠回りになりますけど、南浜に行ってみませんか？」

南浜という地名を聞き、自分の肩が強張《こわば》るのを感じる。

「……僕は構いませんけど」

「私、最近あまり行っていなかったから」

武山はそう言って口を閉ざす。

ハンドルを握りながら、宮沢は武山の心の中を想像する。

仮設住宅での暮らしは二年を超えた。武山は介護施設のパートとコインケース作りでなんとか生計を立てている。中古の軽自動車も購入し、ようやく自分の生活のリズムができてきたばかりだ。

夫とその家族、実の母親を一瞬のうちに亡くした南浜に行こうと言い出した真意はなにか。答えは一向に見つからない。

プジョーは水産加工業者が再興し始めた魚町を通り、大きく弧を描く日和大橋を渡る。浜風に髪をなびかせながら、武山が南浜の一帯を見下ろしている。

「あそこで結婚式を挙げたんです」

武山がグレーの廃墟を指す。初めて武山の境遇を聞いたときと同様、言葉が出ない。なおも武山が言葉を継ぐ。

「随分瓦礫《がれき》の量が減ったと思いませんか、宮沢さん」

橋のたもとには、市内各地から寄せ集められた瓦礫の置き場がある。武山が言う通り、以前取材したときよりも確実に山が低くなっているのが分かる。

「あの中に、私や夫の家の一部があったのかもしれません」

置き場に目を向けたまま、武山が呟《つぶや》く。以前、取材したときと同様、なにも言えない。いや、言う資格がない。宮沢は口を噤《つぐ》む。

橋を降りたプジョーは、かつて広大な住宅街が広がっていた南浜の中心部に向かった。

「随分、綺麗《きれい》になりましたね」

震災後初めて訪れたときの光景が一瞬だけ頭をよぎる。大勢の自衛隊員が復旧作業の傍ら行方不明者を捜していた。

今、目の前に広がるのは、コンクリートの土台を残した住居跡の大群だけだ。宮沢が黙りこくっていると、突然、武山が口を開いた。

「なんとかしなきゃ」

「えっ？」

宮沢はとっさに聞き返した。

「なんとかしなきゃって、そう思うんです」

かつての住宅街を見やり、武山が同じことを言う。

「私は、この一帯になにがあって、どんなことをして過ごしたか鮮明に覚えているけど、このままにしておいたら、この景色がこの子の原風景になってしまうんですよ」

武山の真意を聞いた瞬間、ハンドルを握る手に力がこもった。

まだなにも終わっていない。取材を続ける。バックシートを愛《いと》おしそうに見つめる武山の横顔を見たとき、宮沢はそう心に決めた。

あとがき

二〇一〇年一〇月、私は『偽計／みちのく麺食い記者・宮沢賢一郎⑥仙台・石巻編』（双葉文庫）を上梓《じょうし》しました。

宮沢記者と田名部警視のコンビが東北六県を順番に回るシリーズ物で、最後にたどり着いたのが宮城県の石巻市でした。同作でシリーズはひとまず終了ということになっていましたが、ご存知の通り、刊行から半年後にあの日を迎えました。いつになるかは分からないが、必ず宮沢と田名部が三陸の地を訪れる物語を紡ぐ、私は常にそう考えてきました。

『共震』の中で触れた宮沢や田名部のエピソードの大半は、著者である私自身が震災発生後に東北沿岸一帯を再訪したときに得たものです。

通信社の記者として、主に金融関係の取材ばかりしてきた私にとって、大規模災害の現場に立つのは初めての経験。実際に足を踏み入れた大震災後の取材はショックの連続でした。

本編で宮沢が言った通り、これほど死が身近にある現場に立ったことはなく、沿岸被災地で見聞きする事柄の一つひとつに打ちのめされました。

日頃、「嘘《うそ》を書いてナンボ」と嘯《うそぶ》いてきた身としては、「嘘をはるかに凌駕《りょうが》した圧倒的な現実」

の前に立ち尽くすしかありませんでした。

震災発生から三週間後、ようやくガソリンの調達にメドをつけた私は自家用車に物資を積み込み、『偽計』の取材でお世話になった石巻の人たちを訪ね歩きました。

その後も定期的に石巻や三陸全域に足を運び、遅々として進まぬ復興の様子を取材しました。このあとがきを書く直前、震災から二年も経《た》った三陸全域を再度取材し、傷ついたままの地域、そして被災者の生の声に接しました。

本編で触れた過酷なエピソードに驚かれた読者は少なくないはずです。しかし、これらは、大震災の小さな一コマに過ぎません。本書をお読みいただき、三陸の現実に関心を抱いてくださる方が一人でも増えてくださると幸いです。

ストーリー中に登場する各地の食堂は、私が勝手に一文字程度もじった仮名です。実際に現在も被災地で懸命に営業を続けています。インターネットで検索をかければ、確実にヒットします。麺好きが高じて「みちのく麺食いシリーズ」を立ち上げた著者が自信を持ってお勧めします。

また、本編中に登場したウエットスーツ素材のコインケース等の小物についても、実際に石巻の〝浜の母ちゃん〟たちが今日も一個ずつ手作りしています。彼らは、支援される側という立場から、自立するというフェーズへ移行しています。興味を持たれた方はサイトを訪れてみてください。

http://puchinya.shop-pro.jp
先に触れた『偽計』の中で、沖本石巻支局長のモデルとなった元朝日新聞石巻支局長の高成田享・仙台大学教授は、震災遺児たちの学資資金を支援する「東日本大震災こども未来基金」を立ち上げられました。同基金は支援の裾野《すその》を広げています。こちらもＵＲＬを記しておきます。

http://www.mirai-kikin.com

本書は、日本製紙石巻工場で生産された「紙」を使用しています。復旧工事に従事され、上質で、特別な意味を持つ紙をご提供くださった同社関係者に心より御礼申し上げます。

二〇一三年六月

相場　英雄

解説

石井光太

商業ビルの三階につきささる大型クルーザー、市街地の真ん中に漂着する漁船、家屋からヘドロをかき出す住民、焼け焦げた小学校……。

東日本大震災が発生してからわずか三週間後、著者の相場英雄は津波で破壊された被災地へと向かった。これまで東北を舞台とした著書を世に送り出してきた彼の目に、ヘドロをかぶって死に絶えた町はどのように映っただろう。

被災地から帰ってきた相場は、メディアで積極的に震災に関する発言を行ってきた。数えられないほどの惨状を目にし、何人もの被災者の言葉に耳を傾けてきたに違いない。それは被災者の心情や土地の現状を恐ろしいほどに映し出していた。

相場は通信社の元記者という肩書を持つ一方で、ベストセラーを出してきた小説家だ。ジャーナリストとして発言をしつづける一方で、いつか小説家・相場英雄として震災と向き合わなければならないという思いを抱くようになるのは必然だった。

だが、彼自身が言うように「嘘《うそ》をはるかに凌駕《りようが》した圧倒的な現実」に小説家として取り組むのは並大抵のことではない。東北に対して人一倍思い入れのある彼ならなおさらだろう。

——どれだけ経《た》ってもいい。作品を待ちつづけたい。

そんなふうに思っていた矢先、相場がその作品を書き上げたという報が届いた。わずか二年少しで完成にこぎつけたのである。

その著作こそが、『共震』だったのだ。

物語は、震災から二年が経った四月、宮城県東松島市の仮設住宅で起きた殺人事件によって幕を開ける。

被害者は、宮城県庁の職員早坂順也。震災復興企画部の特命課長で、宮城、福島、岩手の被災地を飛び回って復興に取り組んでいた五十代の職員だった。彼は仮設住宅の住民を訪ね、今後の復興住宅に関する説明を行った翌朝、突如毒殺死体で発見される。

この事件を追うのは、二人の人物。捜査を主導する警視庁のキャリア田名部昭治、そして大和新聞の記者である宮沢賢一郎だ。（多くの読者にとって、宮沢は「みちのく麺食《めんく》い記者」として馴《な》染《じ》みがあるだろう）警察と記者という二つの目線が事件の真相に迫っていく。

物語を貫いているのは、相場が田名部と宮沢になり代わって、震災復興の闇《やみ》についてこれでもかというほどに切り込んでいこうとする姿勢だ。震災に対する復興予算は五年間で二五兆円ともそれ以上ともいわれている。一部では、暴力団や悪徳企業がそれらの膨大な予算にたかり、「復興」の名目で事業を請け負ったり補助金を受け取ったりして自分たちの利益にしている事実がある。相場はまさにこうした「シロアリ」の実態を克明に描いていく。

これまで、相場はミステリの手法をつかって社会の暗黒面を暴く作品を著してきたし、今回も大きな構造としては同じだ。だが、他の著作と大きく異なるのは、ミステリの方程式を破らんばかりに被災地の現実を描写している点だろう。一般的なミステリではあらゆるシーンを謎解《なぞと》きの伏線として書くことで複雑化、かつ娯楽化しながらラストに向けて一本の筋書を作り上げる。だが、本書には伏線以外の「私情」や「被災地の現状」がふんだんに盛り込まれており、まるで被災地のルポルタージュを読んでいるかのような錯覚に陥るほどだ。

たとえば宮沢が宮城県石巻市を訪れるシーンがそうだ。彼は車で大川小学校の前を通りかかる。実際に津波の際に避難が遅れた児童や教職員七十名以上が命を落とした場所だ。そこにはまだ若い夫婦が呆然《ぼうぜん》と立ちすくみ、廃墟《はいきょ》となった小学校を見下ろしている姿がある。子供を失った両親に違いない。宮沢はその二人に声をかけることができぬまま、立ち去る……。

別の場面では、岩手県釜石市の実在の遺体安置所が描かれる。被災した地域から続々と担架に乗せられて運ばれてくる遺体。それらはヘドロで覆われている。遺体安置所で働く人々がその汚れを少ない水で懸命に洗い落としつづける……。

また、登場人物たちの言葉も生々しい。ある女性は新婚早々夫と母親を津波で失ったことを次のように語る。

「私は幸せです。子供も無事に生まれたし、主人とその家族、実の母親も（遺体として）見つかったんですから」

周囲の遺族が遺体さえ見つからずにいる状況を踏まえての言葉だったのだろう。

別のシーンにも印象的な言葉はある。ある女性が宮沢に対してこう訴えるのだ。

「大津波から生き残っただけでも、みんな必死で頑張ったの。これ以上頑張ったら、東北の人間はみんな死んじゃうよ」

こうした言葉は、まさに現地で被災した人々と直接話をしなければ書けないものだ。相場はミステリの正当な方法――トリックを複雑にして読者を楽しませること――を半ば削ってまで、こうした現地の光景や被災者の肉声を物語に刻み込んでいく。

なぜなのか。

それは相場がこの作品を単なる謎解きの物語にするより、被災地の真実を描ききろうとしているからだろう。物語の中に被災地の現実を次々と盛り込むことで、複雑な被災地の事情、遺《のこ》された家族の絡み合う心理など被災地の実態を明らかにしているのだ。

私は本書を読みながら、相場本人に会った時のことを何度も思い出した。彼と初めて会ったのは、震災後一年が経ってしばらくした頃だったと思う。共通の編集者を介して四谷の居酒屋で食事をともにしたのだ。

店の片隅で、相場は酒を飲むのも忘れて被災地で会った人たちの生の声がどんなものだったかを熱く語っていた。今思えば、それはまさにこの物語に書かれているものだった。彼は何度も現地へ赴き、そこで生きる人々と人間関係を築き、一つひとつ大切な言葉に耳を傾けていた。そして自分はそれを書かなければならない義務があるとまで言い切っていた。私はその言葉を聞きながら、きっと彼はミステリ作家ではなく、一人の人間として震災についての本を書こうとしているのかもしれないと思った。

実際、完成した待望の作品は、まさに被災地の実情を包括するような壮大な物語だった。だが、相場はそこで起きている現実を美談でまとめたりはしない。各地から駆けつけるボランティアや企業の良い面だけを描くわけではないし、あえて復興景気で風俗店が繁盛している事実を真正面から描きもする。現地で自身の目を通して映った世界をありのまま、良いところも悪いところもステンドグラスのように描いていくのだ。ただ、その根底には、相場の被災地に対する思いがある。「みちのく麺食い記者」シリーズをはじめ、多くの作品で東北を描き、かかわってきた人間としての大きな愛情にあふれている。だからこそ、重ねられていく描写には温かな励ましがある。

物語を読み進めていくと、相場は被災地の混沌《こんとん》とした現状を描きながら、最後の最後に一つの光を提示する。それは宮沢賢一郎と殺された宮城県庁の職員がどのように結びついていたかを示すエピソードだ。

宮沢は震災後間もなく大和新聞で連載「ここで生きる」をはじめ、被災地で出会った人々との体験を描いてきた。詳細を書くのはネタばらしになるので伏せるが、そのことと宮城県庁の職員の生き方とが最後の最後で奇跡のように交差し、読者はそこに至って初めて『共震』という物語の本質、そして日本人が向き合わなければならない大切なことを提示されるのである。

私はこの見事なラストシーンを読み、きっと本書は相場自身の祈りそのものだったにちがいない、と思った。彼は何度も被災地へ赴くことで、現地で生きる人々が求めるものが何なのかを考えつづけてきた。その答えこそが、津波によって悲しみのどん底に叩《たた》き落された被災者の精神や暮らしを支えることになることをわかっていた。そして、相場は被災地で悩み苦しみもだえながらもやがて自分なりの回答を発見し、物語の最後のラストであたかも一本の道を光で照らすように描き切った。そういう意味において、本書は、現場と向き合ってきた相場なりの犠牲者への祈りであり、遺族への励ましであり、我々に対する指南だといえるのだ。

最後になるが、相場が本書で描き、あとがきでも触れている石巻でつくられたコインケース、実は私も見たことがある。あれは相場と最初に会った夜のこと。

四谷の居酒屋で飲んだ後、私たちは二軒目のバーへ移った。先述の編集者が何度か来たことのある、馴染みのある店で、たまたま仕事つながりの若い女性デザイナーが数人いて同席することになった。相場はそのデザイナーたちに被災地の現状を熱心に語った後、バッグから袋に入ったいくつものコインケースを出して配った。石巻に足を運んだ際、被災者が生活のためにつくって売っているのを知ってまとめて購入してきたのだ。それが、本書に登場する品物だったのである。

他にも本書には被災地のラーメンや書店など様々なものが登場する。詳しくは書かないが、それら一つひとつに相場の被災地に対する善意に満ちたかかわりがある。私はそのことを知っていたため、本書のあとがきを読んだ時、相場の被災地に対する必死の取り組みを思い出し、ついこみ上げてくるものを抑えきれなくなった。

そして本を閉じ、網膜にまだ残るエピソードの数々について思いをはせながら、相場に対して心の底から「この本を書いてくれてありがとう」とささやいた。

（いしい・こうた／作家）

装画　吉實　恵
装幀　山田満明

《参考文献》

『遺体』石井光太（新潮社）
『津波の墓標』石井光太（徳間書店）
『悲から生をつむぐ』寺島英弥（講談社）
『東日本大震災　希望の種をまく人びと』寺島英弥（明石書店）
『風化と闘う記者たち』岩手日報社編集局（早稲田大学出版部）
『その時、ラジオだけが聴こえていた　ＩＢＣ岩手放送3・11震災の記録』ＩＢＣ岩手放送（竹書房）
『東日本大震災津波　岩手県防災危機管理監の150日』越野修三（ぎょうせい）
『ガレキ』丸山佑介（ワニブックス）
『おもかげ復元師』笹原留似子（ポプラ社）
『6枚の壁新聞』石巻日日新聞社（角川ＳＳＣ新書）
『特別報道写真集　平成の三陸大津波』岩手日報社（メディア・パル）
『明日への一歩　大津波復興の証言』（岩手日報社）
『さかな記者が見た大震災　石巻讃歌』高成田享（講談社）
『火怨　北の燿星アテルイ』高橋克彦（講談社文庫）
『週刊ポスト』（小学館）

※本書は、書き下ろしです。
※本作品はフィクションであり、登場する人物・団体・事件等はすべて架空のものです。

相場英雄
Hideo Aiba

1967年新潟県生まれ。2005年に『デフォルト（債務不履行）』で第二回ダイヤモンド経済小説大賞を受賞しデビュー。12年『震える牛』が大ヒット、他の著書に『ナンバー』『鋼の綻び』『血の轍』などがある。

共震

2013年 7月28日 初版第一刷発行

著者 相場英雄
発行者 稲垣伸寿
発行所 株式会社 小学館
〒101-8001 東京都千代田区一ツ橋2-3-1
電話 編集03-3230-5959
販売03-5281-3555
印刷所 大日本印刷株式会社
製本所 牧製本印刷株式会社

＊造本には十分注意しておりますが、万一、乱丁・落丁などの不良品がありましたら、「制作局」（フリーダイヤル0120-336-340）にご連絡ください。
（電話受付は土・日・祝日を除く9時30分～17時30分）

Ⓡ〈公益社団法人日本複製権センター委託出版物〉本書を無断で複写（コピー）することは、著作権法上の例外を除き、禁じられています。本書をコピーされる場合は、公益社団法人日本複製権センター（JRRC）の許諾を受けてください。

JRRC http://www.jrrc.or.jp/ Eメール：jrrc_info@jrrc.or.jp TEL03-3401-2382
本書の電子データ化等の無断複製は著作権法上での例外を除き禁じられています。代行業者等の第三者による本書の電子的複製も認められておりません。

© Hideo Aiba 2013 Printed in Japan ISBN978-4-09-386358-2